Sauerlandkrimi & mehr

2003 by Kathrin Heinrichs
Alle Rechte vorbehalten
Umschlagillustration: Birgit Beißel
Umschlagfoto: Edith Kuhlmann
Druck: Zimmermann, Balve
Erste Auflage 2003
ISBN 3-934327-04-4

Kathrin Heinrichs

Krank für zwei

Sauerlandkrimi & mehr

Blatt-Verlag, Menden

Ähnlichkeiten zu realen Orten sind gewollt.
Personen und Handlung des Romans dagegen sind
frei erfunden. Bezüge zu realen Menschen wird man
daher vergeblich suchen.

Er war erregt, freudig erregt. Endlich hatte er das Zeichen gefunden. Im nachhinein erschien es ihm so offensichtlich. Es war verwunderlich, daß er nicht schon viel früher darauf gestoßen war. Es war schlicht und einfach und trotzdem hundertprozentig zutreffend. Und das beste an dem Zeichen war - er konnte es leicht umsetzen. Es war praktikabel.
Praktikabel war ein gutes Wort. Etwas mußte praktikabel sein. Und dann mußte man es anpacken. So ging das. Schritt für Schritt mußte er jetzt noch einmal alles durchdenken, um nichts zu übersehen. Das war wichtig. Nichts zu übersehen. Zuverlässig sein. Das galt auch für seine Arbeit. Er durfte nicht auffallen, mußte seine Arbeit weiterhin gewissenhaft durchführen. In der Klinik mußte man sich auf ihn verlassen können. Das war wichtig.
Schon rutschten seine Gedanken wieder ab zu dem Zeichen. Das Geniale war, daß es so eindeutig war und daß trotzdem keine Spur zu ihm hinführen würde. Dieses Gefühl befriedigte ihn zutiefst. Vorsichtig zog er die Schublade seines Schreibtischs auf. Zielsicher griff er mit einem Arm über die Schublade hinweg und ertastete den Gegenstand, der an der Rückseite der Schublade mit Krepphand angeklebt war. Er fühlte das kühle Metall und ließ seine Finger ein paarmal darüber gleiten. Dann zog er seinen Arm wieder ein. Es war noch zu früh. Er würde alles zur rechten Zeit hervorholen. Zur rechten Zeit. Das war wichtig. Er durfte keinen Fehler machen. Nichts unnötig herumliegen lassen. Er würde es hervorholen, wenn die Zeit gekommen war. Jetzt, da er das Zeichen gefunden hatte, konnte es nicht mehr lange dauern.

1

Es war genau so, wie wir es im Geburtsvorbereitungskurs gelernt hatten. Schmerzen im Bauchraum, die nach unten ziehen. Ich versuchte, ruhig zu atmen. Mich zu entspannen. Schon hörte ich die Stimme von Gerhild in meiner Erinnerung. Gerhild war die Leiterin unseres Schwangerschaftskurses gewesen, und Gerhild war eine Meisterin, wenn es darum ging, Entspannung zu verbreiten. *„Stell dir vor, du bist ein Wal!"* Gerhilds Stimme hatte immer so etwas Hypnotisches gehabt. *„Du bist ein Wal und schwimmst durchs Wasser."* Wo sonst, hatte ich mich an dieser Stelle immer gefragt. *„Du bist groß und schwer."* Das wiederum hatte ganz gut auf mich gepaßt. *„Und trotzdem wirst du von den Wellen getrieben."* Hier war meistens der Punkt gewesen, an dem ich eingeschlafen war. Als ich einmal besonders laut geschnarcht hatte, hatte Gerhild mich geweckt. Das war schon etwas peinlich gewesen. Gerhilds vorwurfsvoller Blick hatte mir zudem klar gemacht, daß ich unter diesen Voraussetzungen nie zur Elite der Wal-Eltern gehören würde.

Schon wieder durchzuckte mich der Schmerz. Ich krümmte mich. Davon war nie die Rede gewesen. Natürlich war mir bewußt, daß eine Geburt Schmerzen mit sich brachte. Für die Mutter! Aber doch nicht für den Vater! Oder hatte sich auch das in den letzten Jahren geändert?

„Vincent! Was ist denn mit dir los?" Endlich, Alexa war zurück. Sie würde mich retten. Schließlich war sie Tierärztin. Die kennen sich mit Walen aus.

Alexa kam mit besorgtem Blick auf mich zu und setzte sich auf den Rand unserer Couch.

„Hast du Schmerzen?"

„Wehen!" wollte ich gerade sagen, aber etwas hielt mich zurück. Alexa sollte mich nicht für verrückt halten. Ich wollte auch weiterhin als würdiger Vater unseres Walbabys gelten.

„Mein Bauch", stöhnte ich. „Ich habe furchtbare Bauchschmerzen."

„Hast du dir den Magen verdorben?"

„Woher soll ich das wissen?"

„Wie lange hast du die Schmerzen schon?"
„Ein paar Stunden."
„Übertreib nicht, ich bin erst seit zweieinhalb Stunden weg. Und vorher warst du noch putzmunter!"
„Zwei Stunden und fünfundzwanzig Minuten."
„Wo tut es denn weh?"
Ich strich über meinen Bauch. „Hier überall."
Alexa stand auf, zog sich ihre Jacke aus, so daß ihr Schwangerschaftsbauch gut sichtbar war, und kniete sich neben mich auf die Couch.
„Tut es hier weh?"
Ich brüllte und entschied, daß ich doch kein Wal war. Ich war ein sensibles männliches Geschöpf. Und ich mußte liebevoll untersucht, nicht aber von einer Tierärztin grausam zerquetscht werden.
„Hier auch?"
Ich brüllte wieder. „Du bringst mich um!"
„Ich tippe auf Blinddarm", sagte Alexa schonungslos. „Und zwar ein ziemlich entzündeter. Zieh dich an, ich fahre dich ins Krankenhaus."
„Aber das geht nicht", widersprach ich. „Du bist hochschwanger. Unser Kind kann jeden Moment zur Welt kommen."
„Eben", sagte Alexa. „Und da kann ich einen wimmernden Ehemann an meiner Seite nicht gebrauchen. Dann schon eher einen ohne Blinddarm."
Ach, die Sauerländer sind ja so pragmatisch. Wie klappte das nur mit Alexa und mir? Ich ein feinfühliger, temperamentvoller Rheinländer. Und Alexa, meine Alexa, eine Sauerländerin. Eine Sauerländerin wie Sauerländer eben so sind. Und inzwischen hatte ich sie ganz gut kennengelernt, die Sauerländer, nachdem mich vor gut zwei Jahren eine Lehrerstelle an einer katholischen Privatschule hierhergelockt hatte.
Wie hatte mein Kölner Freund Robert damals noch gelästert? Man müsse erst ein 50 Liter-Pilsfaß den Kahlen Asten hinaufschleppen, bevor man als Zugezogener im Sauerland akzeptiert würde. Nein, so schlimm war es gar nicht. Man mußte lediglich 50 Liter von diesem Pils-Gebräu hinuntergewürgt haben, bevor man als vollwertiger

Mensch anerkannt wurde. Während ich mich vom Sofa hochquälte, kam mir ein interessanter Gedanke. Was war unser Kind eigentlich, wenn es das Licht der Welt erblickte – ein echter Sauerländer (oh Gott, darauf mußte ich nach der Geburt erstmal ein Kölsch trinken) oder ein Rheinländer, der zufällig am falschen Ort auf die Welt gekommen war? Ich konnte nicht länger darüber nachdenken, denn kaum war ich aufgestanden, fuhr mir der Schmerz quer durch den Körper. Ich krümmte mich erneut.

„Schaffst du es zum Auto?" Alexas besorgter Blick holte mich in die Wirklichkeit zurück. „Sonst rufe ich einen Krankenwagen."

„Bist du verrückt?" Ich versuchte mich aufrecht hinzustellen. Das fehlte noch. Ich wußte doch, wie es in dieser kleinen Stadt zuging. Kaum hätten die Sanitäter mich zu Gesicht gekriegt, hätte einer von ihnen sich schon als Schülervater geoutet. Und morgen war es dann am gesamten Elisabeth-Gymnasium herum: Herr Jakobs hat sich wegen einer leichten Blinddarmentzündung mit Blaulicht ins Krankenhaus bringen lassen – prust. Nein, nein, da würde ich doch lieber auf der Privatfahrt in die Klinik glorreich verenden.

Na ja, ganz so schlimm würde es schon nicht werden. Dachte ich.

2

„Blinddarm", sagte der Arzt müde, während er etwas in eine Karteikarte eintrug. Wahrscheinlich die Abrechnungsziffern.

„Blinddarm! Das habe ich auch gleich gesagt!" Der Pfleger, der mich zuvor durchgecheckt hatte, versuchte nun, sich am Arzt vorbei an meine Behandlungsliege zu lavieren. Das fiel ihm nicht ganz leicht, weil er figurmäßig eher an einen Maikäfer denn an eine laviertaugliche Blindschleiche erinnerte. Ein grüner Maikäfer übrigens, denn der Pfleger trug einen grünen, unförmigen Anzug, wie ihn auch die OP-Leute im Fernsehen anhaben. „Gustav, habe ich mir gesagt, wenn das kein Blinddarm ist, dann hast du 30

Jahre lang umsonst als Pfleger gearbeitet." Dabei nickte der Mann selbstgefällig, was sein Doppelkinn in unvorhergesehene Wallungen brachte. Gustav hieß er, das hatte er mir gleich zu Anfang gesagt. „Pfleger Gustav. Seit dreißig Jahren hier im Pankratius-Krankenhaus. Da hat man alles gesehen, glauben Sie mir." Ein verheißungsvolles Lächeln in meine Richtung sollte mich beruhigen. „Machen Sie sich keine Sorgen! Wär' doch ein Wunder, wenn wir nicht auch Sie lebend wieder hier rausbrächten, woll?"

Das waren Worte der Zuversicht! Sogleich hatte ich mich besser gefühlt! Dabei war ich anfangs etwas enttäuscht gewesen. Ich kannte doch diese Szenen aus einschlägigen Krankenhausserien. Immer dieselbe Anfangsszene. Da schleppte sich ein Hilfesuchender mit letzter Kraft in die Notaufnahme, und kaum hatte eine hochengagierte Schwester ihn zu Gesicht bekommen, schrillten im gesamten Krankenhaus die Alarmglocken. Alles drehte sich nur noch um den Patienten. Sanitäter eilten herbei, Schwestern und Ärzte in Hülle und Fülle. Alle arbeiteten schweißtreibend und überstündlich, um den Armen zu retten und zu versorgen. Da war man als Verletzter etwas! Dort stellte man etwas dar! Und so ähnlich hatte ich mir meinen eigenen Einstand in der Notaufnahme auch vorgestellt! Folglich hatte ich meinen Schritt verlangsamt, als wir uns dem Pförtner genähert hatten. Vorsorglich hatte ich außerdem meine Arme in den Unterbauch gepreßt und einen entsprechenden Gesichtsausdruck aufgelegt.

Trotzdem hatte es zwei Minuten gedauert, bis Alexa es geschafft hatte, den Pförtner vom Telefon loszueisen. „Wo ist denn die Notaufnahme?" hatte sie durch das winzige Glasfensterchen gebrüllt. „Die NOTAUFNAHME?"

Reizenderweise hatte der Pförtner dann die Hand auf die Muschel gelegt und uns den Weg beschrieben. Was heißt *beschrieben*? „Linker Gang", hatte er zurückgebellt und dann weiter telefoniert. Um sein Mitleid zu erregen, hätte ich vor seinen Augen kollabieren müssen. Ich hätte Schnecken spucken und grüne Punkte haben müssen. Und selbst dann hätte ich nicht sicher sein können, daß er dieselben Krankenhausserien guckte wie ich.

In der Notaufnahme dann die klassische Desillusionierung. Alle anderen in der Warteschleife hatten viel erbärmlicher ausgesehen als ich. Das kleine Kind zum Beispiel, das sich in der Haustür die Finger gequetscht hatte und nun schrie wie am Spieß. Dann der Handballspieler, dessen rechter Arm die besten Siebenmeter augenscheinlich hinter sich hatte. Ganz zu schweigen von den zwei Brüdern, deren Alkoholfahne einen Abstinenzler ins Koma hätte schicken können. Der eine mit einem veilchenblauen Auge, der andere mit einer knochenmäßig ziemlich platten Nase, die aber zum Ausgleich von einer ballonähnlichen Schwellung verziert war - was zum Alkoholpegel wiederum paßte. Inmitten dieser illustren Gästeschar war eine Erkenntnis in mir gereift: Wenn man hier arbeitete, mußte man ein ganz besonderer Mensch sein. Es hatte etwas von Frontcharakter, wenn man in der Notaufnahme Verbände anlegte. Frontcharakter – der zeichnete auf jeden Fall auch Pfleger Gustav aus.

„Wann haben Sie zum letzten Mal gegessen?" Der diensthabende Mediziner holte mich aus meinen Gedanken heraus.

„Gegessen?"

Alexa und ich hatten ziemlich opulent zu Abend gespeist, Nudelauflauf und Salat, nicht zu vergessen, den Pudding zum Schluß.

„Gegen sieben!" antwortete Alexa für mich.

„Und noch etwas später", murmelte ich. Schließlich hatte ich den Nudelauflauf in aller Ruhe zu Ende gegessen, nachdem Alexa aus dem Haus gegangen war.

„Das ist schlecht", warf der Arzt ein. „Eine sofortige Operation ist in diesem Fall nicht ratsam. Glücklicherweise sind Ihre Entzündungswerte nicht so hoch, daß man auf einer Not-OP bestehen müßte."

Der Arzt streckte seinen sehnigen Körper und warf nochmal einen Blick auf meine Blutwerte. Der Mann hatte eine olivbraune Haut, einen feingliedrigen, schlanken Körper und schwarzes dünnes Haar. Ein Südamerikaner wahrscheinlich. Auf jeden Fall sprach er perfektes Deutsch.

„Ich schlage vor, wir bringen Sie zunächst mal auf die Station. Dort warten wir bis morgen ab. Natürlich bekommen Sie ein Mittel gegen die Schmerzen, und etwas Entzündungshemmendes sollten Sie auch nehmen. Morgen sehen wir dann weiter."

Gustav nickte zustimmend. Man konnte annehmen, daß er mit der Vorgehensweise einverstanden war.

„Das geht nicht", warf ich ein. Der Arzt blickte erstaunt hoch. Gustav stemmte entrüstet die Arme in die Hüften.

„Meine Frau ist hochschwanger. Außerdem erwarten mich meine Schüler, die Zwölf schreibt morgen eine Klausur."

Der Mediziner sah mich an, als sei ich von allen guten Geistern verlassen. Ein übereifriger Lehrer war offensichtlich das letzte, was ihm in diesem Dienst noch fehlte. Jedenfalls klang seine Stimme, als habe er just in diesem Augenblick entschieden, aus Deutschland auszuwandern. „Die Klausur wird ohne Sie stattfinden müssen. Mit einem akuten Bauch können wir Sie nicht nach Hause schikken. Das ist Ihnen doch wohl klar, oder?"

„Schon!" Ich wurde etwas kleinlauter. „Ich bin auch durchaus bereit, mich operieren zu lassen. Aber vielleicht muß das ja nicht unbedingt morgen früh sein. Morgen nachmittag würde mir viel besser passen." Alexa neben mir starb tausend Tode. Schon im Auto hatte sie wieder darauf herumgeritten, daß Lehrer nicht eben zu den beliebtesten Patienten der Ärzteschaft gehörten – wenn man von ihrer Privatversicherung einmal absah.

„Er steht unter Schock", sagte meine Gattin wie selbstverständlich. „Ich schlage vor, wir gehen jetzt auf die Station."

So lief das also. Kaum war man malad, schon wurde man entmündigt. Gerade verheiratet, entschied die liebende Ehefrau. Na ja, vielleicht durfte ich wenigstens, wenn die Dinge schlechter liefen, noch einen Vorschlag für meinen eigenen Grabspruch einbringen. Da mich just in diesem Moment ein heftiger Schmerz durchzuckte, konnte ich den Gedanken leider nicht fortsetzen.

Der Arzt, der Dr. Petras hieß, wandte sich jetzt an Pfleger Gustav: „Informieren Sie mal eben die Drei?"

„Einmal die Drei", singsangte Gustav lautstark und verließ das Zimmer. Der Mann hatte Freude an seiner Arbeit, das war nicht zu übersehen. Dr. Petras wandte sich jetzt

13

wieder an mich.

„Herr Jakobs, früher oder später muß die Sache ohnehin gemacht werden. Wenn Sie den Blinddarm jetzt aufschieben, könnte er zu einem viel ungünstigeren Zeitpunkt akut werden." Dr. Petras blinzelte in Alexas Richtung, vielmehr in Richtung ihres Bauches, wurde aber unterbrochen, als plötzlich die Tür aufging. Ein Herr um die Sechzig schaute um die Ecke. „Haben wir hier die Gallenkolik?"

Dr. Petras stand sofort auf. „So spät noch unterwegs?" fragte er jovial. „Nein, die Gallenkolik muß woanders liegen. Dies ist ein Blinddarm. Könnte morgen anfallen."

Aha, ich war also ein Blinddarm. Ganz neues Ich-Gefühl. Immerhin war ich als Blinddarm so interessant, daß der Eindringling einen weiteren Schritt zu uns in den Behandlungsraum kam. Er trug keine weißen Sachen, sondern elegante Freizeitkleidung und hatte einen Sommerblazer über dem Arm. Offensichtlich war der Mann zum Dienst gerufen worden.

„Herr Jakobs möchte morgen nicht operiert werden, weil er noch eine Klausur beaufsichtigen muß", petzte Dr. Petras. Falls er dabei grinsen mußte, konnte er sich das gut verkneifen.

„Wie sind denn die Werte?" Der Ältere ging zu Petras und blickte über die Zahlen in meiner Karteikarte.

„Temperaturdifferenz? Druckschmerz?" Petras nickte.

„Hierbleiben müssen Sie auf jeden Fall", erklärte der zweite Arzt dann. „An einer akuten Appendizitis sind schon andere gestorben."

Eine reizende Einführung. Ich bedankte mich mit einem Lächeln.

„Das ist übrigens unser Chefarzt Dr. Peuler", stellte Petras jetzt seinen Kollegen vor. „Er würde in Ihrem Fall morgen auch die Operation übernehmen."

„Eine laparoskopische OP", sagte Peuler in meine Richtung, „das heißt, wir operieren nach dem Schlüssellochprinzip. Kleines Loch, große Wirkung." Während Dr. Peuler sich im weiteren über die Genialität seiner Behandlungsmethode ausließ, machte ich mich mit dem Gedanken vertraut, die nächsten Tage im Pankratius-Krankenhaus zu verbringen. Dabei fiel mein Blick plötzlich auf Chefarztens Hände. Der Mann hatte riesige Pranken. Insgesamt war er gar nicht besonders groß gewachsen, aber seine Hände waren ein echtes Phänomen. Vielleicht war der Mann Chirurg geworden, weil er in Zeiten der Personaleinsparungen als einziger mit einer Hand die Bauchdecke aufhalten konnte, um mit der anderen zu operieren. Aber Quatsch. Dr. Peuler wollte ja ganz anders operieren. Große Hände, kleines Loch, wenig Schmerzen.

„Ich schicke Ihnen dann gleich noch unseren Anästhesisten vorbei", schloß Dr. Peuler seinen Vortrag. Hoffentlich hatte wenigstens Alexa hingebungsvoll gelauscht. „Alles Weitere macht der Kollege." Peuler zwinkerte mir aus dunkelbraunen Augen zu und reichte mir seine Pranke. „Bis morgen dann."

Bis morgen dann! Erst im nachhinein bekamen seine Worte eine besondere Bedeutung. Noch hatte ich keinen Schimmer, daß ich Peuler zwar noch einmal sehen würde, allerdings in einem Zustand, den ich uns beiden lieber erspart hätte.

„Ich geh dann jetzt rüber zur Gallenblase", sagte der Chefarzt und ging zur Tür. Ich, Blinddarm, wollte noch etwas sagen, aber er, Skalpell, hatte bereits die Klinke in der Hand. Als er einen Schritt in den Flur machte, wäre er beinahe von einem Bett überfahren worden. Vielleicht wäre das eine glücklichere Tötungsart gewesen. Na ja, schwer zu entscheiden. Lenker des Bettes war natürlich Gustav, am anderen Ende hing noch ein zweiter Mann, ein schlacksiger Typ in meinem Alter, der Gustav eindeutig untergeordnet war.

„Tach, Chef", sagte Gustav. Aber Peuler grummelte nur etwas und war schon auf dem Weg zu anderen Organen. Gustav wandte sich jetzt an Dr. Petras. „Hier ist das Bett", erklärte er, als könne irgend jemand das Ungetüm übersehen. „Es war sogar noch ein Läufer da. Gott sei Dank. Auf der Drei war nämlich mal wieder keiner frei."

Was war denn ein Läufer? Das hörte sich mehr nach Leichtathletikstadion als nach Klinikalltag an. Der Typ an Gustavs Seite sah allerdings nicht so aus, als sei er mal mit Ben Johnson um die Wette gesprintet. Er war eher der blasse, unsportliche Typ. Sicher war er als Junge immer als letzter in die Völkerballmannschaft gewählt worden.

„Wenn wir Sie dann mal zum Einsteigen überreden dürften?" Pfleger Gustav schlug die Bettdecke zur Seite und strahlte mich aus seinem runden Gesicht auffordernd an.

Ich dagegen warf einen verzweifelten Blick zu Alexa hinüber. „Aber ich kann doch laufen", versuchte ich es. „Wirklich wahr. Meine Beine sind noch ganz in Ordnung. Es ist wirklich nicht nötig, daß Sie-" In dem Moment durchzuckte mich ein Schmerz. Ich hielt mir die Seite und krabbelte kleinmütig ins Bett.

„Kostet auch nichts extra", scherzte Gustav und steckte meine Schuhe ans Fußende. „So, Micha", sprach er seinen stummen Schiebegenossen an, „dann mal ab dafür."

Als wir über den Gang fuhren, schloß ich die Augen. Allein dieser Geruch: Desinfektionsmittel, Medikamente, Küchengerüche und weniger appetitliche Bestandteile, die sich da zu einer ganz spezifischen Mischung zusammensetzten. Es war immer dasselbe: Sobald ich ein Krankenhaus betrat, überkam mich eine solche Beklommenheit, daß ich am liebsten sofort Reißaus genommen hätte. Leider war das im Moment nicht möglich. Ich hatte einen entzündeten Blinddarm. Und der mußte wohl oder übel raus.

Ich erinnerte mich an einen Krankenhausaufenthalt in Köln. Eine Schnittwunde an der Hand, die ich in der Uniklinik hatte behandeln lassen. Ein Monstrum von einem Krankenhaus, in dem der Hinweis, sich in der Röntgenabteilung zu melden, einen ähnlichen Abenteuerwert hatte wie der Versuch, mit verbundenen Augen ein Maislabyrinth zu durchwandern. Jetzt wohnte ich im Sauerland, wo es in den vielen kleinen und mittelgroßen Städten auch nur kleine oder mittelgroße Kliniken gab. Aber wo man immerhin mit einem kleinen Schnitt eine mittelgroße Wirkung erzielen konnte: Blinddarm weg.

„Herr Jakobs?" Ich riß die Augen auf und stellte fest, daß wir vor einem Fahrstuhl angelangt waren. „Was machen Sie denn hier?" Neben meinem Bett stand jemand, der vor kurzem in einen Farbtopf gefallen sein mußte. Jedenfalls sahen seine gelbgefärbten Haare danach aus.

„Benno?" Tatsächlich, er war's. Leibhaftig stand er vor mir, mein ehemaliger Geschichtsschüler, immer noch gut an seinen ziemlich abstehenden Ohren zu erkennen. Benno war einer der ersten Schüler gewesen, die ich am Elisabeth-Gymnasium unterrichtet hatte. Ein pfiffiger Junge, der mir auf der Abiturfeier das *Sie* verboten hatte. „Ab jetzt ist Schluß mit der Oberstufensiezerei!" hatte er mir feierlich verkündet, und dann hatten er und seine Freunde drei Gläser Sekt hintereinander hinuntergekippt.

„Sind Sie krank?" Benno zeigte auf das Bett.

„Nein, nur auf einer Probefahrt."

„Herr Jakobs ist ein Scherzbold", warf Gustav ein. „In Wirklichkeit ist er wegen Blinddarm hier. Hab' ich sofort erkannt."

Bevor der Pfleger die Sache weiter ausführen konnte, kam ein Fahrstuhl an. Sowohl Benno als auch meine Sänftenführer wollten offensichtlich hinein.

„Quetschst du dich dazu?" fragte Gustav, während er zusammen mit dem anderen Knaben mein Bett hineinschob. Alexa paßte mit ihrem Bauch gerade noch daneben, und auch Benno fand noch ein Eckchen.

„Klar fahr ich mit. Ich muß auf die Fünf."

„Machst du hier eine Ausbildung?" wollte ich von Benno wissen.

„Nee, Zivildienst." Benno grinste.

„Im Notfall nehmen wir sogar Leute mit Abitur", quatschte Gustav dazwischen und gackerte über seinen Witz.

„Auf welcher Station arbeitest du denn?"

Benno runzelte die Stirn. „Eine Zeitlang war ich auf der Drei."

„Auf der Drei?" rief ich erfreut. „Dann sehen wir uns ja häufiger."

„Aber jetzt bin ich auf der Fünf eingesetzt." Benno zog vielsagend die Augenbrauen hoch. Ich wollte gerade nachfragen, als plötzlich im Aufzug ein Piepen zu hören war. Der junge Mann, den Gustav eben als Läufer bezeichnet hatte, nestelte an seinem Gürtel herum. Dann zauberte er eine Art Mini-Handy hervor und nahm ein Gespräch an.

„Sofort, ja", sagte der Mann ins Handy hinein. Inzwischen hatte der Lift den dritten Stock erreicht. Die Tür öffnete sich lautlos.

„Was Dringendes?" wollte Gustav wissen.

„Ein Bett für die Eins. Da kommt gleich eine gesprungene Fruchtblase."

„Dann sieh zu, daß du loskommst. Das Bett kann auch Benno übernehmen, was Benno?"

Benno grinste. Offensichtlich hatte er sich wieder gefangen. „Ich bin zwar nicht im Dienst", unkte er, „aber für ehemalige Pauker mache ich eine Ausnahme." Kurzerhand griff er zu und schob mein Bett nach draußen.

Der angepiepste Bettenschieber blieb im Lift und winkte kurz, als sich die Aufzugtür schloß. „Mach bald Feierabend!" rief Gustav ihm nach. Der Kollege konnte es schon nicht mehr gehört haben. „Einer der wenigen Läufer, die richtig was tun", erklärte Gustav wichtigtuerisch in unsere Richtung.

„Was ist denn eigentlich ein Läufer?" fragte Alexa. Sie hatte ebenfalls genug von diesem Marathon- Insider- Gedöns.

„Läufer gehören zum Hol- und Bringedienst", erklärte Benno, während er per Knopfdruck eine Glastür zur Station öffnete. „Sie machen nichts anderes als Betten, Blutproben oder sonstwas durchs Krankenhaus zu transportieren. Per Pieper werden sie von A nach B geschickt."

„Und warum machen das nicht die Schwestern und Pfleger?"

„Zu teuer. Wenn man Pflegepersonal einsparen will, muß man für die Hilfsarbeiten Ungelernte einstellen. Deshalb geht in der Regel eine Schwester oder ein Pfleger zum Bettentransport und nimmt sich einen Läufer dazu."

Wie auf Kommando kam uns auf dem Gang plötzlich eine Schwester entgegen. Eine Schwester im doppelten Sinne. Kranken- und gleichzeitig Ordensschwester, wie an ihrer weißen Haube leicht zu erkennen war. Das Pankratius-Krankenhaus war von einem Schwesternorden geführt worden, bevor es in die Hände der Pfarrgemeinde übergegangen war. Offenbar arbeiteten aber immer noch einige Schwestern im Hause. Schon in der Notaufnahme war der Geist des Hauses nicht zu übersehen gewesen. Ein riesiges Kreuz hatte dort für einen nachhaltig katholischen Eindruck gesorgt.

„Willkommen im Pankratius!" Die Stimme der Schwester war etwas gewöhnungsbedürftig. Wahrscheinlich ersparte sie der Klinik eine Lautsprecheranlage.

„Schwester Berthildis, hiesige Stationsschwester", murmelte Benno.

„Na, was haben wir denn da alles auf einmal?" Schwester Berthildis deutete strahlend auf Alexa. Die hob abwehrend die Hände. „Ich bin noch nicht dran. Zunächst muß mein Mann seinen Blinddarm loswerden."

„Na, das sollte doch wohl gelingen." Schwester Berthildis blinzelte durch ihre dickglasige Brille und packte am Bett an, was der Fahrt neuen Schwung verlieh. „Jetzt geht's erstmal auf Ihr Zimmer."

Auf dem Flur war trotz der Abendstunde noch einiges los. Vor uns humpelte ein Mann mit zwei Krücken den Gang entlang. Als sich das Bett näherte, preßte er sich an die Wand und ließ uns durch. Mir kam der Verdacht, daß er Berthildis' Fahrstil schon gewohnt war. Kurz bevor der Gang eine Biegung machte, hielten wir an. Benno öffnete die Tür und lotste mein Bett ins Zimmer hinein. Von der Größe her handelte es sich um ein Zweibettzimmer, doch außer mir war niemand zu entdecken.

„Vorerst haben Sie das Zimmer für sich", erklärte Schwester Berthildis. Pfleger Gustav sagte gar nichts mehr. Bei Berthildis hatte sogar er nicht mehr viel zu melden. Er klemmte nur noch die Räder des Bettes fest. „Muß wieder auf den Posten!" erklärte er dann, hob die Hand und zog ab. Benno schloß sich direkt an. „Ich komme bald mal vorbei!" rief er beim Hinausgehen. „Dann feiern wir ein Revival des Geschichts-Grundkurses." Er grinste noch einmal von einem Stehohr zum anderen. Dann machte er sich aus dem Staub. Zehn Minuten später war auch Schwester Berthildis verschwunden, natürlich nicht, ohne mich gründlich einzuweisen und mir die Ankunft eines Anästhesisten zu versprechen. Als sich die Tür hinter ihr schloß, atmete ich tief durch.

„Verdammte Hacke!" murmelte ich.

Alexa faßte meine Hand. „Alles halb so wild", beruhigte sie mich. „In drei, vier Tagen bist du hier raus. Dann ist die ganze Sache vergessen. Ich hole dir jetzt etwas zum Anziehen und rufe bei der Schule an. Es wird schon alles ohne dich laufen. Und morgen früh sieht die Welt schon ganz anders aus."

Dankbar lächelte ich Alexa an und gab ihr einen Kuß. *Morgen früh sieht die Welt schon ganz anders aus.* Wie wahr, was meine Walfrau da sagte. Wie fürchterlich wahr!

3

Mein Schlaf endete am nächsten Morgen ziemlich abrupt. Ich wußte zunächst gar nicht, wo ich war. Dann sah ich Schwester Berthildis vor mir und erinnerte mich.

„Gut geschlafen, Herr Jakobs?" Schwester Berthildis war, obwohl schon wieder oder noch immer im Dienst, voller Energie. Das unterschied uns irgendwie grundlegend.

„Ich stelle Ihnen ein Säftchen hier auf den Nachttisch. Trinken Sie das bitte gleich. Dann bekommen Sie von der Narkose schon gar nichts mehr mit."

Ich fragte mich, ob das wirklich nötig war. Im gestrigen Schmerzmittel mußte auch etwas Einschläferndes gewesen sein. Jedenfalls fühlte ich mich noch immer so kaputt, daß ich eh nichts mitkriegen würde. Um ein Haar wären mir die Augen wieder zugefallen.

„Meine Kollegin wird Ihnen gleich einen Einlauf machen", zwitscherte Schwester Berthildis weiter. „Bis später!"

Einen Einlauf? Plötzlich war ich hellwach. Offensichtlich hatte ich die wichtigsten Passagen in Dr. Peulers Vortrag gestern wirklich verpaßt! Dann riß ich mich zusammen und konzentrierte mich auf meine baldväterlichen Pflichten. Ich mußte jetzt aufstehen, mich auslaufen und operieren lassen, um möglichst schnell wieder Alexa zur Seite zu stehen. Voller Tatendrang, aber mit eingekniffenem Po machte ich mich auf den Weg zur Toilette. Im Flur wollte ich gerade die Klotür öffnen, als ich ihn hörte. Einen Schrei. Einen Schrei, der durch Mark und Bein fuhr. Ich blieb wie angewurzelt stehen. Etwas Schreckliches mußte passiert sein. So schrie man, wenn man um sein Leben schrie. Ich ging einen Schritt weiter auf den Flur und schaute, woher der Schrei gekommen sein könnte. Aus Richtung des Schwesternzimmers kam mit Panik im Blick Schwester Berthildis angerannt.

„Woher kam das?" rief sie im Vorbeilaufen.

„Von da!" antwortete ich. Die Stationsschwester hastete schon in die richtige Richtung. Ich folgte ihr etwas langsamer. Der Flur machte jetzt einen Knick. Vor uns auf dem Gang stand eine Tür auf. Berthildis blieb stehen und blickte vorsichtig hinein. Aus zwei Metern Entfernung sah ich, wie sie die Hand vor den Mund preßte. Langsam folgte ich ihr und warf ebenfalls einen Blick hinein. Eine Frau stand direkt neben der Tür an die Wand gelehnt. Sie war kalkbleich und wimmerte leise vor sich hin. Ich sah mich angsterfüllt um. Es war ein Büro, das sich vor mir auftat, feudal ausgestattet mit dunklen Eichenmöbeln. In der Mitte ein Schreibtisch, darauf ein Mann, der mit dem Oberkörper auf der Tischplatte zusammengesunken war. Er wandte uns den Rücken zu. Ich konnte nicht glauben, was ich da sah. In diesen Menschen war hineingeritzt worden. Anders konnte man das nicht erklären. Zwei Schnitte mußten in diesen Rücken hineingeritzt worden sein. Das Blut war verlaufen, die Form etwas unregelmäßig. Aber immer noch konnte man erkennen, was die Schnitte darstellen sollten. Ein Kreuz. Das war ein Kreuz. Ein rotes Kreuz auf einem weißen Kittel, der sich langsam mit Blut vollsog. Voller Entsetzen machte ich einen weiteren Schritt auf das Opfer zu. Sein Kopf schwamm in einer roten Lache. Ich erkannte den Mann trotzdem.

Es war der Chefarzt. Dr. Peuler.

Im selben Augenblick merkte ich, daß ich mich übergeben mußte. Ich fühlte mich krank, richtig krank. Im Grunde genommen - krank für zwei.

4

Meine Operation wurde abgesagt. Das komplette Krankenhauspersonal war in heller Aufregung. Nur Notoperationen sollten durchgeführt werden. Dazu gehörte ich offensichtlich nicht. Mir selbst war es immer noch speiübel. Dr. Peulers starrer Blick, den er im Augenblick seines Todes angenommen hatte, geisterte in meinen Gedanken herum. Sein Kopf auf dem Schreibtisch, die Blutlache. Noch nie war mir bewußt gewesen, welch durchdringende Farbe Blut hat. Dieses Rot verfolgte mich. Und dann das Kreuz. Warum tat jemand so etwas? Warum ritzte jemand einem anderen solch ein Kreuz in den Rücken?

Die erste Stunde lag ich praktisch reglos in meinem Bett. Draußen auf dem Flur war inzwischen die Hölle los. Stimmen, Schritte, Türenschlagen – die Polizei mußte mit einem Großaufgebot angerückt sein. Plötzlich kam mir in den Sinn, daß ich Alexa anrufen mußte. Sie durfte nicht hierherkommen, auf gar keinen Fall! Gott sei Dank erreichte ich sie sofort.

„Bleib bitte zu Hause", riet ich ihr. „Du kannst dir nicht vorstellen, was hier passiert ist!" Dann erzählte ich, daß ich soeben meinen Operateur tot aufgefunden hatte. Alexa war entsetzt. Ich versuchte daher, mich bei meinem Bericht auf das Nötigste zu beschränken. Die Sache mit dem Kreuz behielt ich für mich.

Als ich den Hörer aufgelegt hatte, sank ich nachdenklich ins Kissen zurück. Schon wieder tauchte das Blut vor meinen Augen auf. Ich versuchte, es beiseite zu schieben. Dr. Peuler war tot. Ermordet offensichtlich. Ich durfte gar nicht darüber nachdenken, daß ich es schon wieder mit einem Mordfall zu tun bekam. Seitdem ich hier im Sauerland wohnte, drängte sich der Verdacht auf, daß ich nicht im Land der tausend Berge, sondern im Land der tausend Morde gelandet war. Dreimal schon hatte ich mit so einer Sache zu tun gehabt. Und jetzt lag Nummer vier nur wenige Zimmer weiter in seiner Blutlache. Dr. Peuler – der Chefarzt. Rein zufällig der Mediziner, der mich just in diesen Minuten eigentlich hätte operieren sollen. Als es klopfte, schreckte ich auf. Langsam öffnete sich die Tür einen Spalt.

„Herr Jakobs?" Benno schob seinen Kopf durch den Türspalt. „Kann ich hereinkommen?"

„Benno, natürlich." Erleichtert lehnte ich mich ins Kissen zurück.

Benno sah mitgenommen aus. Blaß, mit zerstrubbeltem Haar und rotgeränderten Augen.

„Sie haben ihn gesehen, nicht wahr?"

Ich schluckte. „Dr. Peuler. Ja, ich habe ihn gesehen. Er lag vornübergebeugt auf seinem Schreibtisch."

Benno ließ sich kraftlos auf den Besucherstuhl fallen. Dann schaute er mich durchdringend an. „Kann ich Ihnen was erzählen?"

„Natürlich!"

„Es ist vielleicht ungewöhnlich, wenn ich gerade Sie damit belemmere – ich meine jetzt, wo Sie gar nicht mehr mein Tutor sind. Früher habe ich Sie ja öfter schon mal mit meinen Problemen vollgelabert, vor allem als sich meine Eltern getrennt haben. Auf jeden Fall kann ich über diese Sache schlecht mit jemandem aus dem Krankenhaus reden, und als Sie mich gestern gefragt haben, auf welcher Station ich arbeite, da dachte ich-"

„Schieß einfach los, Benno! Hat es etwas mit dem Krankenhaus zu tun?"

„Ja, speziell mit dieser Station", Benno sah mich mit großen Augen an, „hier ist irgendwas im Busch."

„Wie meinst du das?"

„Mir ist vor einigen Wochen etwas Seltsames passiert." Benno schien jetzt etwas leichter sprechen zu können. „Ich habe damals hier auf der Drei gearbeitet, das habe ich ja schon erzählt. Aber dann kam so ein Streßtag. Ich mußte überraschend im OP aushelfen – reinschieben, rausschieben, Sachen besorgen, so der übliche Handlangerjob. Eine OP-Schwester mußte ersetzt werden, dafür war eine Krankenschwester von der Eins gekommen, und ich sollte zusätzlich aushelfen, weil mehrere OPs gleichzeitig liefen."

Ich wartete gespannt, was jetzt kommen würde.

„Wir kriegten eine Not-OP rein, einen Motorradunfall. Wieder mal ein Ruhrpötter, der mit seiner Maschine die sauerländischen Kurven testen wollte. Auf jeden Fall wurde es hektisch im OP – ich sollte für die Anästhesie drei Ampullen Morphium heranholen, die schon im Vorbereitungsraum bereitlagen. Allerdings lagen dort nur zwei Ampullen, eine fehlte. Natürlich habe ich der Anästhesie sofort Bescheid gegeben, als ich die Ampullen abgab. Aber letztlich wurden doch nur zwei gebraucht, und im allgemeinen Trubel ging die Ampulle dann unter. Weil alles so hektisch war, habe ich zunächst mit niemandem mehr darüber geredet. Erst am nächsten Tag habe ich dann den Chef nochmal angesprochen."

„Du meinst Dr. Peuler?"

„Genau!"

„Und?"

„Peuler hat sich ziemlich aufgeregt. Ich solle aus einer Mücke keinen Elefanten machen und so. Die Anzahl der Ampullen wäre dann eben von der Anästhesie falsch angegeben worden. So etwas passiere auch in gut geführten Häusern, aus kleinen Unachtsamkeiten heraus. Fertig. Aus. Basta. Ich war richtig verschreckt. Peuler war ein Mann, der wußte, was er wollte, aber eigentlich kein aufbrausender Typ. Deshalb war ich von seiner heftigen Reaktion ziemlich überrascht."

„Vielleicht hat er einfach Streß gehabt?"

„Ja, das habe ich mir natürlich auch gesagt. Immerhin lag Peuler ziemlich mit der Gynäkologie im Clinch. Da hatte er wahrscheinlich genug Ärger am Hals. Ich hätte die Sache auch längst vergessen, wenn sie nicht noch ein zweites Mal passiert wäre." Benno scharrte auf dem Boden mit den Füßen herum. „Ein Patient klagte über Schmerzen und wollte ein Schmerzmittel haben. Schwester Beate, die gerade Dienst hatte, hat auf seiner Kurve nachgeguckt und festgestellt, daß er eine Stunde zuvor Dolantin bekommen hatte. Das sollte ich dem Patienten ausrichten. Der behauptete aber, er habe gar kein Schmerzmittel bekommen. Natürlich haben Beate und ich dann erstmal die Kurve studiert, um zu sehen, wer das Dolantin eingetragen hat. Es war auf Dr. Peuler eingetragen, und da es sich um einen Privaten handelte, konnte das durchaus sein. Wir haben dem Patienten dann ein anderes Mittel gegeben, ein weniger starkes. Damit war er zufrieden, aber bei seiner Meinung ist er trotzdem geblieben. Er habe kein Dolantin bekommen, und Dr. Peuler sei am Nachmittag gar nicht mehr bei ihm gewesen."

„Habt ihr den Chefarzt erneut angesprochen?"

„Ja, ich habe mich am nächsten Tag an ihn gewandt und den Fall geschildert. Peuler hat sich alles angehört und dann gesagt, er habe dem Patienten tatsächlich das Dolantin verabreicht. Offensichtlich habe der es vergessen. Auf jeden Fall wollte er sich darum kümmern und nochmal mit dem Patienten sprechen. Damit war der Fall eigentlich erledigt."

„Eigentlich?"

„Na ja, Beate hat anschließend den Tag nochmal rekonstruiert und festgestellt, daß Dr. Peuler an besagtem Nachmittag gar nicht mehr im Haus war. Wie soll er dem Patienten dann das Schmerzmittel gegeben haben?"

„Seltsam, ja."

„Und das ist immer noch nicht alles. Kurz darauf hat sich Beate nochmal an mich gewandt. Beate ist praktisch die stellvertretende Stationsschwester. Sie hat einen ganz guten Überblick. Und sie meinte, in letzter Zeit sei der Verbrauch an morphinhaltigen Präparaten angestiegen. Natürlich kann so etwas je nach Patientenbelegung passieren. Bei vielen schweren Fällen ist auch der Verbrauch an starken Schmerzmitteln hoch. Außerdem verschreibt jeder Arzt anders. Der eine bevorzugt diese Mittel, der andere jene. Nur im Zusammenhang mit unseren vorherigen Erlebnissen ist es Beate aufgefallen. Sie muß öfter den Bestand aufstocken als früher, glaubt sie."

„Und jetzt denkst du, die Sache könnte mit Peulers Tod zusammenhängen?"

„Liegt das nicht nahe?" Benno war jetzt sehr erregt

„Was ist denn das überhaupt für ein Zeug, über das wir hier reden? Morphium klar, das kennt man als starkes Schmerzmittel – aber dieses Dolodingsda. Hat es denselben Wirkstoff?"

„Es geht hier um Medikamente, die Morphine enthalten – Morphium ist unter den morphinhaltigen Mitteln der gängigste Wirkstoff", Benno scharrte unruhig mit den Füßen.

„Morphine werden als Schmerzmittel genutzt, wie gesagt. Aber wenn man keine Schmerzen hat, haben sie durchaus eine drogenartige Wirkung. Ich habe das vorher auch nicht gewußt, aber nach dem Vorfall habe ich mich erkundigt. Das Zeug wirkt benebelnd, euphorisierend und hat ein erhebliches Suchtpotential!"

„Man kann also damit Geld verdienen?"

Benno guckte erstaunt. „Sicher, klar. Wenn man Leute kennt, die auf so etwas stehen. Aber mal im Ernst. Meinen Sie, Peuler hat mit dem Verkauf morphinhaltiger Medikamente sein Taschengeld aufgebessert? Es wird tatsächlich genug geklagt unter Medizinern, aber so weit ist es noch nicht gekommen – jedenfalls, wenn es um die Chefärzte geht."

„Falls Peuler sich tatsächlich selber bedient hat, glaube ich auch eher an Eigenbedarf", sagte ich nachdenklich, „aber wahrscheinlicher ist, daß er jemanden decken wollte."

„Jemanden decken?"

„Ja, einen Mitarbeiter, der Peulers Namen in die Patientenkurve eingetragen hat."

„Aber warum sollte er?"

„Ja, warum sollte er?" Ich legte mich nachdenklich zurück. „Das ist eine gute Frage."

„Auf jeden Fall ist es kein Zufall, daß ich plötzlich die Station wechseln sollte."

Ich horchte auf.

„Einen Tag nach dem Vorfall mit dem Dolantin-Patienten teilte Schwester Berthildis mir mit, ich würde dringender auf der Fünf gebraucht."

„Auf der Fünf?"

„Das ist absoluter Quatsch. Dort oben sind sie eher überbesetzt. Auf der Drei dagegen wäre ich dringend notwendig."

„Strafversetzung sozusagen."

„So sehe ich das auch. Peuler wird Berthildis entsprechend angewiesen haben. Und nicht nur das. Darüber hinaus hat er Schwester Beate und mich zur Verschwiegenheit verpflichtet."

„Wie denn das?"

„Nun, er hat uns gesagt, wir sollten die Sache nicht an die große Glocke hängen. Das werfe ein schlechtes Licht auf das Krankenhaus und wir müßten das auf jeden Fall für uns behalten."

„Und das habt ihr auch getan?"

„Schon. Natürlich ist auch Beate inzwischen mißtrauisch geworden, aber sie hat die Klappe gehalten, und ich auch. Bislang stand ja auch alles auf höchst wackligen Beinen. Ein paar Beobachtungen. Unter Umständen nichts von Bedeutung."

„Bis du heute morgen von Peulers Tod erfuhrst?"

Dem Jungen schossen die Tränen in die Augen. „Mensch, was soll ich denn jetzt machen? Was ist hier eigentlich los?"

„Ich habe keine Ahnung, Benno. Sicher ist nur: Es **ist** etwas los auf dieser Station. Und du hast eventuell Informationen, die mit dem Mord zusammenhängen könnten."

„Das macht mir angst." Bennos Stimme war jetzt mehr als brüchig.

„Das kann ich verstehen, Benno. Das macht sogar mir angst, obwohl ich gar nicht direkt mit drinhänge. Ich mache dir folgenden Vorschlag. Inzwischen wird die Kripo eingetroffen sein. Ich könnte mir vorstellen, daß sie sehr bald mit mir sprechen wollen. Immerhin war ich als einer der ersten am Tatort. Ich werde ihnen sagen, daß du Ihnen etwas Wichtiges mitzuteilen hast. Es wird nicht weiter auffallen, wenn sie dich vernehmen. Ich schätze, alle Mitarbeiter auf der Station werden früher oder später ins Kreuzverhör genommen werden. Halte dich einfach bereit: Und wenn es dann soweit ist, dann bitte darum, mit dem ermittelnden Beamten allein sprechen zu dürfen, also ohne daß da die halbe Pankratius-Belegschaft drum herum steht. Hast du verstanden?"

Benno nickte.

„Wenn dir das lieber ist, frag, ob ich dazukommen kann."

„Ist gut."

Benno blieb noch einen Augenblick sitzen.

„Ich bin froh, daß Sie hier sind", sagte er dann schüchtern. Mir lag auf der Zunge, daß ich das ganz anders sah. Doch ich hielt mich zurück und versuchte ein Lächeln.

„Sieh es positiv!" sagte ich und stellte mir im selben Augenblick vor, wie man einen ermordeten Menschen in einer Blutlache positiv sehen sollte. „Dir wird demnächst etwas von den Schultern genommen. Was die Polizei mit deinen Informationen anfängt, ist dann ihre Sache."
Benno nickte nochmal. „Also dann, bis später."
Ich winkte ihm aufmunternd zu. Dann war Benno verschwunden. Im selben Moment stellte sich ein heftiger Brechreiz ein. Ich schaffte es gerade noch bis zur Toilette auf dem Flur. Während ich mich zum dritten Mal übergab, mußte ich mir eingestehen, daß mein Blinddarm wohl doch noch nicht so richtig in Ordnung war. Oder hatte mein Brechreiz mit dem Erlebnis von heute morgen zu tun? Zum erstenmal kam mir jedenfalls die Frage in den Sinn, wieviel Blut eigentlich bei einer Geburt so fließen könnte.

5

Es dauerte eine halbe Stunde, bis sie kamen. Ich hatte meine Übelkeit inzwischen wieder einigermaßen unter Kontrolle. Schwester Berthildis trat ins Zimmer. Sie war blaß und ernst wie wahrscheinlich alle, die derzeit im Haus waren.
„Die Herrschaften von der Kripo möchten Sie sprechen, Herr Jakobs."
„Die Herrschaften" waren vor allem eine Frau. Eine Frau um die Fünfzig mit einem forschen Gesichtsausdruck. Sie trug eine helmartige Kurzhaarfrisur und auffallend blaue Ohrringe.
„Marlene Oberste", sagte die Dame, als sie auf mein Bett zukam. „Hauptkommissarin und Leiterin der Mordkommission im Fall Peuler. Das ist mein Kollege Kriminalkommissar Jan Vedder."
„Herr Jakobs, Sie waren einer der ersten, die die Leiche entdeckt haben", die Hauptkommissarin nahm auf dem Besucherstuhl Platz. „Können Sie uns kurz erklären, warum Sie überhaupt hier sind."
Die Frage hatte etwas Provokatives. Mußte ich mich für meinen Krankenhausaufenthalt rechtfertigen? Ich ver-

suchte, mich nicht aus der Ruhe bringen zu lassen, und erzählte von meinen Bauchschmerzen und meiner gestrigen Aufnahme im Krankenhaus.

„Ich sollte heute operiert werden", erklärte ich.

„Und wie kamen Sie in das Büro des Chefarztes?" Jetzt mischte sich auch el assistento ein.

„Ich war gerade auf dem Weg zur Toilette", erläuterte ich, „als ich auf dem Flur einen fürchterlichen Schrei hörte." Ich erzählte und erzählte, wußte aber genau, daß meine Ausführungen nicht hilfreich waren. Schließlich hatte ich niemanden wegrennen sehen. Ich hatte keine Schritte gehört. Ich hatte einzig und allein das wahrgenommen, was auch Dr. Peulers Sekretärin und Schwester Berthildis gesehen hatten: einen toten Menschen, der in seiner eigenen Blutlache lag.

„Dr. Peuler ist unmittelbar zuvor ermordet worden", erklärte Jan Vedder. „Es ist erstaunlich, daß keiner von Ihnen den Mörder gesehen hat."

Mir selbst ging etwas anderes durch den Kopf. „Was war das für ein Kreuz?" Ich merkte selbst, daß meine Stimme ziemlich wacklig war.

Marlene Oberste sah mich durchdringend an. „Das möchte ich von Ihnen wissen. Was war das für ein Kreuz?"

„Es sah aus, als habe jemand dem Mann in den Rücken geritzt. Mit einem Messer. Mit einem extrem scharfen Messer. Da waren zwei Schnitte. Das Ganze sah aus wie ein Kreuz – ein Kreuz aus zwei gleich langen Strichen."

„Ich weiß, was Sie meinen."

„Was hat das für einen Sinn? Warum hat der Mörder da rumgeschnitten?"

„Wenn wir das wüßten, wären wir um einiges schlauer." Marlene Oberste sah nicht so aus, als ob sie sich mit mir darüber unterhalten wollte.

„Wie ist er denn umgebracht worden, dieser Dr. Peuler? Ich meine, woran ist er gestorben? Doch nicht an dem Schnitt!"

„Ein Schlag auf den Hinterkopf", Jan Vedder war offensichtlich ein wenig auskunftsfreudiger. Um seine Aussage zu unterstreichen, formte er eine Faust und machte eine Bewegung zum Hinterkopf hin.

„Aber doch nicht mit der Faust", sagte ich aufgeregt.
„Er kann doch nicht mit der Faust-"
„Neben dem Opfer lag eine Skulptur auf dem Fußboden", erklärte Jan Vedder, „na ja, Skulptur ist nicht das richtige Wort. Eher so ein Stein, etwas kleiner als ein Kegel und ziemlich schwer." Die Hauptkommissarin verschränkte gut sichtbar ihre Arme vor der Brust. „Aus Marmor ist das Teil", fuhr Vedder unbeirrt fort, „mit einer glatten Oberfläche und einem pyramidenförmigen Kopf. Keine Ahnung, wie so etwas heißt. Es soll ein Mitbringsel von einer Toskanareise sein. Aller Wahrscheinlichkeit nach ist Peuler damit der Schädel zertrümmert worden."

Instinktiv faßte ich mir an den Kopf.

„Und das Kreuz?" fragte ich weiter. „Womit ist das Kreuz geritzt worden? Es muß etwas unglaublich Scharfes gewesen sein. Vielleicht ein Skalpell?"

„Ermittlungen und Schlußfolgerungen überlassen Sie bitte der Polizei!" Jetzt mischte sich die Chefin wieder ein. „Stellen Sie sich vor, wir haben unseren eigenen Kopf zum Denken." Die Kommissarin erhob sich. Nette Person, angenehmer Tonfall. Trotzdem mußte ich ja noch etwas loswerden.

„Ach, ich hätte da noch was."

Marlene Oberste sah mich abschätzig an.

„Ich weiß nicht, ob es mit dem Mord in Zusammenhang steht." Mir schoß in den Kopf, daß mit diesen Worten sicherlich eine Menge Zeugenaussagen begannen. Dann berichtete ich in groben Zügen von meinem Gespräch mit Benno. Die Details wollte ich lieber ihm überlassen.

„Benno Allhoff? Und er ist Zivildienstleistender hier?" Die Hauptkommissarin schaute plötzlich ausgesprochen interessiert. Wahrscheinlich witterte sie endlich eine Spur. „Wir werden ihn uns gleich vornehmen."

„Er ist sehr aufgeregt wegen dieser Sache", versuchte ich zu erklären. „Vielleicht sollte ich mitkommen und-"

„Das wird nicht nötig sein", bestimmte Marlene Oberste kurz und knapp. „Als Zivildienstleistender ist er ein erwachsener Mann. Kein Bedarf an Unterstützung."

Ich war sprachlos.

„Mein Kollege wird jetzt Ihre Personalien aufnehmen."

Ich nickte wie ein kleiner Junge. „Sind Sie noch länger hier im Krankenhaus?" Frau Oberstes Frage war eigentlich keine richtige Frage. „Ich nehme es an, wenn Sie noch nicht operiert worden sind."

„Keine Ahnung", brummte ich. Dann verließ Marlene Oberste das Zimmer. Als ich mit Jan Vedder zurückblieb, war ich mir einen Moment lang nicht sicher, warum ich das Krankenhaus am liebsten sofort verlassen hätte. Weil ein Mörder in weißem Kittel auf der Station sein Unwesen trieb oder weil ich auf ein weiteres Gespräch mit Marlene Oberste keinen allzu großen Wert legte.

6

Den Entschluß, Benno zu suchen, faßte ich ein paar Minuten, nachdem Kommissar Vedder verschwunden war. Als ich aufstand, blickte ich kritisch an mir hinunter. Dieser Schlafanzug war nicht gerade ein Kracher - ein verwaschenes Blau und ziemlich eng anliegend. Meine Mutter hatte ihn vor vielen Jahren angeschafft. Ich selbst hatte die Kollektion nie erweitert, weil ich nachts lieber T-Shirt und Unterhose trug. Gestern allerdings hatte Alexa ziemlich geflucht. Was sollte sie zusammenpacken? Noch nicht einmal einen Bademantel besaß ich, daher hatte Alexa in aller Eile einen in der Nachbarschaft geliehen – bei einer älteren Dame, die mir andauernd die Kleidung ihres verstorbenen Ehemannes anbot. Bislang hatte ich immer dankend abgelehnt. Ich hatte schon gewußt, warum. Dieses Morgenmantelexemplar erinnerte gut und gerne an die frühen Zeiten des Alfred Tetzlaff: ein gelungenes Streifenmuster verschiedener Brauntöne. Gut, bei Darmproblemen der härteren Sorte war er sicher ganz praktisch. Aber für mich? Ich hatte keine Alternative. Als ich das durchgescheuerte Frottee-Teil überzog, tröstete mich der Gedanke, daß so mancher Klassiker irgendwann wieder modern geworden war.

Vorsichtig öffnete ich die Tür zum Flur und warf einen Blick nach draußen. Von rechts, wo der Gang schon bald abbog, konnte man Stimmen hören. Ich zögerte einen

Moment. Wo würde sich diese Oberste jetzt aufhalten? Am Tatort oder bei einer weiteren Vernehmung? Nun ja, zu Peulers Zimmer drängte es mich nicht gerade. Ich würde mich erstmal im Schwesternzimmer erkundigen. Dort saß eine stämmig gebaute Krankenschwester mit einem Anstecker, der irgendwie selbstgetöpfert aussah. *Schwester Beate* stand in bunten Lettern darauf.

„Kann ich etwas für Sie tun?"

„Ich suche Benno", erklärte ich.

„Stefan?" Beate rief in den hinteren Teil des Zimmers hinein, wo sich offenbar noch jemand aufhielt. Einen Moment später kam jemand nach vorne, ein Krankenpfleger mit lockigem, dunkelblondem Pferdeschwanz. „Weißt du, wo Benno ist?"

Der Zopf-Pfleger zuckte mit den Achseln. „Der müßte auf der Fünf sein, wenn er Dienst hat."

„Heute haben alle Dienst." Schwester Beate war offensichtlich ein kerniger Typ. „Hier ist die Hölle los", kommentierte sie in meine Richtung. „Die Polizei nimmt alles auseinander. Die Patienten sind in heller Aufregung, und keiner weiß, was er tun soll."

„Vielleicht können Sie mir sagen, wo die Polizei sich aufhält", versuchte ich es jetzt, „ich meine vor allem diese Kommissarin Oberste."

„Ach die", Stefan wußte sofort Bescheid. „Die hat sich im Stillraum eingenistet. Sie hat ein geräumiges, abgeschlossenes Zimmer gesucht. Da hat ihr der Oberarzt das Stillzimmer zugewiesen. Es liegt im ersten Stock, auf derselben Höhe wie Peulers Büro. Unter dem Tatort also." Stefans Stimme wurde merklich ruhiger.

„Das Stillzimmer. Wie komme ich da am schnellsten hin?"

„Hier den Gang zurück", mischte sich Schwester Beate ein. „Und dann zwei Stockwerke tiefer. Ich glaube, Nummer 106, oder?"

Die Frage war an ihren Kollegen gerichtet, aber der zuckte nur die Schultern.

„Sie können aber auch hinten die Treppe nehmen", erklärte Beate dann. „Drüben wuselt nämlich noch die Spurensicherung herum. Da dürfen Sie sicher nicht vorbei."

„Ich find' das schon", erklärte ich schnell und machte mich auf den Weg.

Hinter der schweren Milchglastür, die den Stationsflur vom Treppen- und Aufzugsbereich abtrennte, blieb ich abrupt stehen. Ein Polizeibeamter hatte sich dort postiert. Er sprach mit einer Frau, die einen Blumenstrauß in der Hand hielt. Offensichtlich erklärte er, daß sie ihren Krankenbesuch verschieben müsse. Kurzerhand kam ich jeder Frage zuvor.

„Vincent Jakobs", sagte ich im Vorbeigehen, „Blinddarm, Zimmer 314, ich soll zum Röntgen nach unten."

Der Polizist nickte, Glück gehabt.

Der Flur zwei Stockwerke drunter hatte dieselbe Aufteilung wie Station Drei, war aber heller und freundlicher gestaltet - die Baby-Station eben. Bunte Basteleien und fröhliche Beschriftungen sollten einen Baby-Blues gar nicht erst aufkommen lassen. Dann eine geöffnete Tür. Jetzt erinnerte ich mich. Hier war ich schon einmal gewesen, nachdem mich Alexa zur Kreißsaalbesichtigung geschleift hatte. Dies mußte der Babyraum sein, in dem die Neugeborenen untergebracht waren. Ein süßlicher Geruch wehte mir entgegen. War gerade Badezeit gewesen oder hatte die Firma Bübchen eine Verkaufsveranstaltung hingelegt?

Jetzt schlossen sich die herkömmlichen Krankenzimmer an. Eine Frau kam mir mit ihrem Winzling auf dem Arm entgegen. Das Baby bestätigte wieder einmal meine Vermutung, daß Säuglinge irgendwie alle gleich aussahen. Ich strahlte die Mutter trotzdem an. Vielleicht würden wir demnächst dieselbe Krabbelgruppe besuchen. Dann endlich. Meine Orientierung hatte mich nicht getäuscht. Hinter dem Knick im Gang kamen linkerhand die Besuchertoiletten, genau wie im Flur drüber, hier direkt vor mir war wohl ein Büro untergebracht und weiter rechts müßte gleich das Stillzimmer folgen,.

„-eine Unverschämtheit sondergleichen-" Die Stimme, die aus dem Büro kam, war außer sich vor Wut. Eine männliche, aufgebrachte Stimme, die dumpf durch die massive Zimmertür zu hören war. Ich blieb stehen und lauschte, ob es sich um Bennos Verhör handelte. Womöglich wurde mein Schützling da gerade zur Schnecke gemacht.

„Jetzt führen Sie sich bitte nicht so auf", antwortete jetzt eine andere Stimme. „In dieser Situation müssen wir Geschlossenheit signalisieren. Es wird für das Krankenhaus schwierig genug werden, aus den Schlagzeilen wieder herauszukommen."

„Geschlossenheit kommt sicherlich nicht dadurch zustande, daß Leute wie Sie Ihre Kompetenzen überschreiten, Herr Dr. Lübke. Wenn jemand das Stillzimmer zur Verfügung stellt, dann bin ich das als Chef der Gynäkologie und nicht Sie!"

„Sie machen aus einer Mücke einen Elefanten." Dr. Lübke verteidigte sich. „Bedenken Sie doch bitte, daß wir alle erheblich unter Druck stehen. Ich werde-"

„Ich wüßte nicht, warum ich unter Druck stehe", die Stimme des Chefgynäkologen hatte etwas sehr Überhebliches. „Wenn sich hier jemand unter Druck sieht, dann doch wohl Sie, oder sehe ich das falsch?"

Jetzt schien Dr. Lübke auszurasten. Es dauerte einen Moment, bevor er antwortete. Dann allerdings mit voller Wucht.

„Kellermann, ich garantiere Ihnen eins", begann er, und auch ohne daß ich ihn sah, beschlich mich das Gefühl, er würde gleich platzen. „Wenn Sie diese Situation für Ihre eigenen Interessen nutzen, dann wird der Schuß ganz sicher nach hinten losgehen."

Der Verteidiger des Stillzimmers lachte schrill, was den anderen noch mehr reizte.

„Sie intrigieren gegen die chirurgische Abteilung mit allen Ihnen zur Verfügung stehenden Mitteln", preßte Dr. Lübke hervor. „Das hat sich ein Mann wie unser Chef Peuler vielleicht gefallen lassen, aber diese Zeiten sind vorbei - das schwöre ich Ihnen. An mir werden Sie sich schneller die Zähne ausbeißen, als Ihnen lieb ist."

„Fragt sich nur, ob Sie das noch erleben." Dr. Kellermanns Stimme war plötzlich eiskalt.

Ich zuckte zusammen. Was sagte der Typ da?

„Vielleicht werden Sie gar keine Gelegenheit haben, solche Erfolge noch in diesem Haus zu feiern, oder meinen

Sie, Ihre Weiterbeschäftigung ist in jedem Fall gesichert, jetzt da Ihr Gönner uns verlassen hat?"

Ich hörte ein Schnauben. Dann öffnete sich mit einem Schwung die Tür, an der ich wie eine Schnecke geklebt hatte. Ein großer, schlanker Mann mit glattrasiertem Gesicht starrte mich an.

„Ich bin, ich suche, eigentlich-"

„Ja?" Dr. Lübke starrte mich weiter aufgebracht an.

„Ich muß ins Stillzimmer", brachte ich dann hervor. „Ich meine, nicht ich, nicht zum Stillen jedenfalls- Kennen Sie Frau Oberste?"

„Sie meinen Frau Hauptkommissarin Oberste?" Die sachliche Frage des Arztes brachte mir ein wenig Gelassenheit zurück.

„Die meine ich. Sie soll im Stillzimmer sein."

„Ganz recht. Sie nimmt dort ihre Vernehmungen vor. Natürlich nur", und jetzt warf Lübke einen verächtlichen Blick hinter sich ins Zimmer, „natürlich nur, solange Chefarzt Dr. Kellermann damit einverstanden ist."

„Na, dann mache ich mich doch einfach auf den Weg." Mein Versuch, möglichst locker zu klingen, kam nicht so richtig an.

„Die zweite Tür rechts", tönte Lübke mit seiner vollen Stimme, ging an mir vorbei und ließ die Tür ins Schloß fallen.

„Die zweite Tür rechts", wiederholte ich etwas dümmlich und beschloß, nie wieder an einer Tür zu lauschen. Aber ich glaube, das hatte ich mir schon vor vielen Jahren geschworen. Damals, als ich als Siebenjähriger mitanhörte, daß es den Weihnachtsmann gar nicht gibt. Es lohnte sich eigentlich nie, das Lauschen. Immer bekam man zu hören, was man gar nicht wissen wollte.

7

Die Luft war schon ziemlich warm, als Alexa den kurzen Weg zu ihrer Frauenärztin ging. Es würde ein schöner Junitag werden. Eigentlich zu schön, um im Krankenhaus zu liegen, dachte Alexa. Als sie gerade die Tür zur gynäkologischen Praxis öffnen wollte, klingelte ihr Handy. Eilig suchte sie in ihrem Rucksack. Seitdem Vincent in der Klinik lag, hatte sie das Gerät immer angeschaltet. Als sie jedoch die Nummer auf dem Display sah, wußte sie, daß sie einen Fehler gemacht hatte. Sie hätte ihrer Mutter nicht die Handynummer geben sollen.

„Hallo Mama."

„Alexa, Kind, ich wollte mal hören, wie es dir geht. Tut sich schon etwas?"

Tut sich schon etwas? Das war für Alexas Mutter seit Wochen die Frage aller Fragen.

„Nein, Mama, ich bin gerade auf dem Weg zur Ärztin. Vielleicht kann die mir etwas sagen. Bislang ist von Geburt jedenfalls noch nichts zu spüren."

„Aber daß du nicht zu lange wartest, wenn die Wehen kommen."

„Nein, Mama."

„Ist Vincent bei dir, oder mußte er zur Schule?" Die Frage klang so, als könne sich Vincent jeden Tag aussuchen, ob er Lust hatte, zur Schule zu gehen oder nicht.

„Vincent ist im Krankenhaus."

„Nein!"

„Nichts Ernstes, er hat eine Blinddarmentzündung. Drei, vier Tage, dann ist die Sache ausgestanden." Alexa wechselte ungeduldig von einem Bein aufs andere. Telefongespräche mit ihrer Mutter konnten lange dauern, ziemlich lange.

„Und was ist, wenn in dieser Zeit das Kind kommt?"

„Mama, ich habe noch keinerlei Wehen. Außerdem ist Vincent im Fall des Falles schneller vor Ort als ich."

„Alexa, soll ich kommen?"

„Aber warum denn, Mama?"

„Wie kommst du ins Krankenhaus, wenn es soweit ist?"

„Mama, du hast doch selbst keinen Führerschein. Sag mir, wie du mir in dieser Situation behilflich sein könntest."

„Nun, ich wäre bei dir. Und wir könnten uns dann zusammen ein Taxi nehmen."

„Danke, aber das ist wirklich nicht nötig. Ich bin sicher, daß sich in der nächsten Zeit nichts tut. Wenn ich irgendwas spüre, kann ich mich ja immer noch bei dir melden."

Alexa drehte sich erschrocken um, als jemand sie am Arm streifte. Ein Briefträger quetschte sich an ihr vorbei ins Innere der Praxis. Alexa hob entschuldigend die Hand. Sie hatte gar nicht bemerkt, daß sie den Eingang derart blockierte.

„Und, Alexa?"

„Ja, Mama?" Alexas Stimme wurde zusehends ungeduldiger. Der Briefträger kam jetzt wieder aus der Praxis heraus und lächelte Alexa zu.

„Wollt ihr wirklich ins Pankratius-Krankenhaus gehen?"

„Ja, warum denn nicht?"

„Haben die dort auch tüchtige Ärzte?"

„Da bin ich mir ganz sicher. Warum fragst du?"

„Weil der Sohn von Rennerts jetzt etwas am Fuß hatte und ins Katharinen-Hospital gegangen ist."

„Ja und?" Alexa warf einen Blick auf die Autoschlange, die sich an der naheliegenden Verkehrsampel gebildet hatte.

„Die haben dort auch tüchtige Ärzte."

„Das mag sein, Mama. Aber das Pankratius-Krankenhaus hat einen ganz ausgezeichneten Ruf. Außerdem wohnen wir nur ein paar Minuten davon entfernt. Vielleicht könnte es ja sein, daß beide Häuser tüchtige Ärzte haben, was meinst du?"

„Du mußt es ja wissen. Auf jeden Fall hat Renate Rennert mir erzählt, die beiden Krankenhäuser stünden in direkter Konkurrenz."

„Das ist ja nun wirklich nicht erstaunlich. Wenn zwei Krankenhäuser auf engem Raum zusammenkommen, ist das wohl immer der Fall."

„Renate Rennert hat gesagt, es würde sie nicht wundern, wenn auf Dauer eines von beiden von der Landkarte verschwände."

„Wie kommt sie denn darauf?"

„Man hört das doch immer wieder, daß Krankenhäuser geschlossen werden sollen. Denk nur an unser eigenes in Hesperde. Seit neuestem werden dort Aufkleber verteilt *Rettet unser Krankenhaus*."

„Nun ja, bis zu meiner Geburt wird das Pankratius auf jeden Fall durchhalten. Da mache ich mir keine Sorgen."

Eine Frau kam aus der Arztpraxis. Alexa warf einen

Blick auf ihre Armbanduhr. Sie mußte sich beeilen.
„Aber, Alexa?"
„Ja, Mama, was ist denn noch?"
„Seid ihr euch jetzt über den Namen im klaren?"
„Wieso fragst du danach?"
„Stell dir vor. Von Beckers Gertrud die Tochter – Petra, kennst du doch, oder?"
„Ja, Mama. Petra Becker. Natürlich kenne ich sie noch."
„Weißt du, wie die ihr Kind genannt hat?"
„Nein, wie sollte ich?"
„Schackeliene."
„Mama, ich schätze, das Kind heißt Jacqueline. Das kommt aus dem Französischen und wird nicht etwa von Schaschlik abgeleitet."
„Schackeliene, das ist doch kein richtiger Name."
„Mama, Petra Becker ist erwachsen. Sie wird sich bei dem Namen schon irgend etwas gedacht haben."
„Was habt ihr euch denn gedacht?"
„Mama, ich habe jetzt wirklich nicht viel Zeit. Aber wenn du es unbedingt wissen willst. Es wird ja wahrscheinlich ein Junge. Jedenfalls sah es auf dem letzten Ultraschall so aus. Und dann soll er-"
„Das weiß man vorher nie so genau."
„Mag sein. Aber wenn es ein Junge ist-"
„Jetzt leg dich mal nicht so fest. Stell dir vor, es wird ein Mädchen."
„Dann ist es ein Mädchen. Wunderbar."
„Und wie soll es dann heißen?"
„Das wissen wir noch nicht so genau." Alexa war kurz vorm Überschwappen.
„Siehst du. So ist es Petra Becker womöglich auch gegangen. Und als es dann so weit war, haben sie das Kind Schackeliene genannt. Das ist doch traurig, findest du nicht?"
„Ich finde es nicht traurig. Es ist mir egal. Petra Becker hätte ihr Kind von mir aus auch Hans-Günther nennen können!"
„Ein Mädchen?"
„Von mir aus auch ein Mädchen!"
„Aber wenn es bei euch nun ein Mädchen wird. Ich

meine, habt ihr schon mal an Elisabeth gedacht?"

Alexa glaubte nicht recht zu hören. „Mama!"

„Nicht etwa, weil ich so heiße. Nur so allgemein. Ein schöner alter Name. Die sind doch jetzt wieder modern."

„Mama, ich muß jetzt zum Frauenarzt. Ich bin sowieso schon zu spät dran."

„Denk mal drüber nach."

„Ich muß jetzt Schluß machen."

„Und wenn etwas ist, ruf sofort an."

„Ja, Mama. Bis bald."

Alexa drückte auf das rote Knöpfchen und atmete tief durch. Wirklich ein wunderschöner Junitag, und so entspannend.

Immerhin konnte sie in der Arztpraxis direkt durchmarschieren. Der Wehenschreiber war gerade frei geworden. In dem kleinen Raum, wo das Gerät untergebracht war, war es stickig heiß. Alexa zog sich mit Mühe die Schuhe aus. Inzwischen war sie so dick und unbeweglich, daß sie kaum nach unten kam, ohne ihren Bauch völlig zusammenzuquetschen. Sicher war das von der Natur so gewollt. Der Wunsch, das Kind zur Welt zu bringen, wurde immer größer, natürliche Ängste fielen unter den Tisch. Bei Alexa war die Lage allerdings etwas komplizierter. Vincent war krank, und es war völlig unklar, wann er wieder auf den Beinen sein würde.

Als Alexa es sich gerade auf der Liege bequem zu machen versuchte, kam die Arzthelferin herein. Alexa kannte die Frau von zahlreichen früheren Besuchen und versuchte sich zu erinnern, wie sie hieß. Andrea Schröer, wenn sie sich nicht irrte.

„Wann haben Sie nochmal den Termin?" Die Arzthelferin warf einen Blick in den Mutterpaß. „In zehn Tagen?" Alexa nickte.

„Dann wird's ja langsam spannend." Die Arzthelferin nahm eine Flasche mit Gel zur Hand, zog Alexas Pullover noch ein wenig höher und schmierte die kühle Flüssigkeit auf den Bauch.

„Ganz schön frisch, was?" Alexa nickte. „Das kommt, weil es hier drin so stickig ist." Andrea Schröer stand auf und stellte das kleine Fensterchen auf Kippe, um das weitere Überleben der Insassen zu ermöglichen.

„Heiße Tage können in unserer kleinen Praxis ziemlich tödlich sein."

Tödlich. Alexa räusperte sich. Wie oft man unbewußt solche Begriffe benutzte!

„Manchmal würde ich mir auch wünschen, daß die Chefin in größere Räume zöge. Der Bedarf ist auf jeden Fall da. Aber wenn, dann muß es auch das Richtige sein." Die Arzthelferin legte Alexa vorsichtig den Gurt um, mit dem die Sensoren fixiert wurden.

„Haben Sie denn ernsthafte Pläne?" Alexa versuchte, eine einigermaßen bequeme Lage zu finden. „Im Moment stehen doch genug Büros und Läden leer. Da dürfte es doch nicht schwer sein, etwas Passendes zu finden."

„Nun, es war mal so eine Art Ärztehaus im Gespräch. Also, ein Gebäude, wo verschiedenste Fachrichtungen untergebracht wären – ein HNO, ein Neurologe, ein Hautarzt. Das wäre natürlich was für unsere Chefin."

„Ein Ärztehaus?" Alexa horchte auf. „Davon war ja in der Presse noch gar nichts zu lesen. Wo soll das denn entstehen?"

„Keine Ahnung." Die Arzthelferin stellte den Wehenschreiber richtig ein. Schon begann das knatternde Geräusch, das sich immer ein wenig nach Jahrmarkt auf dem Meeresgrund anhörte.

„Ich habe das nur so am Rande mitgekriegt. Entschieden ist noch gar nichts. So, da haben wir Ihren Nachwuchs. Scheint zu schlafen, das Kleine. Merken Sie schon Wehen?"

Alexa schüttelte den Kopf.

„Na, ist ja auch besser so. Sie haben sicher gehört, was im Pankratius-Krankenhaus los ist."

„Oh ja", Alexa konnte sich nur immer wieder wundern, wie schnell sich spektakuläre Nachrichten in der Stadt verbreiteten.

„Oder wollten Sie sowieso ins Katharinen gehen?" Oh nein, nicht schon wieder. Das Telefonat mit ihrer Mutter hatte Alexa gereicht. Und jetzt warf auch noch die Arzthelferin den Namen der Konkurrenzklinik ins Rennen, als ginge es um die Entscheidung zwischen Esso oder Aral.

„Nein, nein. Wir hatten schon ans Pankratius gedacht. Schließlich wohnen wir nur fünf Minuten entfernt."

„Da ist natürlich derzeit alles in hektischer Unruhe", erklärte die Arzthelferin. „Und bis der Tathergang geklärt ist, wird sich das wohl auch nicht ändern."

Alexa wunderte sich. Andrea Schröer schien sich ja bestens auszukennen.

„Zum Glück ist ja die Gynäkologie nicht direkt betroffen", plauderte Andrea weiter. Sie wurde jetzt deutlich munterer. Vielleicht hatte das mit der Frischluft zu tun. „Aber wo ein Mörder frei herumläuft, wird die Geburtenzahl trotzdem rapide runtergehen, wenn Sie mich fragen."

Alexa hatte nicht gefragt, aber sie mußte zugeben, so langsam begann das Gespräch sie zu interessieren.

„Da herrscht eine ziemliche Konkurrenzsituation zwischen den beiden Häusern, Pankratius und Katharinen. Meine Freundin arbeitet als Krankenschwester im Pankratius-Krankenhaus auf der Gyn."

Aha, daher kamen also die Informationen.

„Angeblich wartet man dort am Monatsende auf die statistische Bettenbelegung wie RTL auf die Einschaltquote vom Vorabend. Und im Katharinen wird es ganz ähnlich zugehen."

Alexa nickte – in der Hoffnung, der Redefluß werde noch ein bißchen anhalten.

„Naja, bislang konnten sich beide ganz gut halten, aber wer weiß, wie das in Zukunft aussieht. Die Krankenhäuser werden ja gnadenlos zusammengestrichen. Wenn sich da eine Abteilung nicht bewährt, ist sie ruckzuck weg vom Fenster."

Die Arzthelferin sagte das, als wäre sie nebenberuflich im Gesundheitsministerium tätig.

„Meinst du, der Mord hat damit etwas zu tun?" Die Stimme kam von Andreas Kollegin. Offensichtlich hatte sie nebenan in dem kleinen Mini-Labor gearbeitet und durch die angelehnte Tür jedes Wort mitangehört. Jetzt hatte sie die Tür weiter aufgestoßen, um besser mitmischen zu können.

„Ach, du bist das, Silke", Andrea hatte sich selbst erschrocken. „Ob das mit dem Mord zu tun hat? Darauf bin ich noch gar nicht gekommen."

„Na ja, die meisten Morde passieren sowieso im familiären Umfeld", sinnierte Silke. Soweit Alexa das beurteilen konnte, hantierte sie gerade nebenan mit einer Urinprobe herum.

„Hab' ich jedenfalls neulich in einem Fernsehbericht gesehen. Neunzig Prozent aller Morde werden von Familienangehörigen verübt."

„Öh!"

Der Laut war klasse. Alexa kannte ihn von ihrer Oma. Aber Arzthelferin Andrea konnte ihn fast genausogut. *Öh*, kurz artikuliert und mit viel Luft gesprochen, das war der Inbegriff von Erstaunen und nebenbei die indirekte Aufforderung, das Gegenüber solle weitererzählen.

„War der verheiratet, dieser Peuler?"

Jetzt war Andrea ernsthaft überrascht. „Sag bloß, du kennst dessen Frau nicht. Die ist doch Patientin bei uns. Außerdem steht sie dauernd in der Zeitung. Hier hat sie ein Projekt für Straßenkinder in Bulgarien laufen, und da kümmert sie sich um Menschen, die unverschuldet in Not geraten sind. Kennst du doch, oder?"

„Die ist das?" Silke schien sich zu erinnern, während sie einen Streifen in ihr Urinpöttchen tunkte. „Ja, klar, Peuler, hätte ich eher drauf kommen können, Eva Peuler, woll? Und das ist die Frau von dem ermordeten Chefarzt? Haben die auch Kinder?"

„Nee, die haben keine Kinder."

„Na, dann wird's gar nicht so einfach." Silkes Stimme wurde ironisch. „Eine hypersoziale Ehefrau, keine Kinder. Wer eignet sich dann als Täter?"

„Was meinen Sie dazu, Frau Jakobs?" Andrea gab die Frage grinsend an Alexa weiter. „Wer hat's getan?"

„Wer es getan hat?" Alexa zögerte einen Augenblick. „Keine Ahnung. Vielleicht irgend jemand, der seinen Blinddarm behalten wollte."

Die beiden Arzthelferinnen guckten etwas kariert. 'Aber macht nichts', dachte Alexa, 'macht überhaupt nichts. Es ist schwül, ich bin schwanger. Einen besseren Zeitpunkt für unpassende Bemerkungen gibt es überhaupt nicht.'

8

Ich kam zu spät. Benno war unmittelbar nach mir befragt worden. „Ohne daß ihm ein Haar gekrümmt worden wäre", wie Marlene Oberste auf Nachfrage bittersüß bemerkte. Anschließend hatte die Hauptkommissarin mich und meinen Morgenmantel von oben bis unten gemustert. Mit einem Grinsen auf den Lippen, das mir die Röte ins Gesicht getrieben hatte. Irgendwann dann hatte ich meinen nougatbraunen Gürtel gestrafft und entschieden, die Umkehrstrategie anzuwenden.

„Ist jetzt trendy", formulierte ich selbstbewußt. „Gestern noch in Paris, heute schon im Sauerland. Morgen werden Sie mich fragen, wo ich das Teil ergattert habe."

Marlene Oberste hatte immer noch gegrinst, jetzt allerdings schon etwas freundlicher. „Bei Bedarf komm' ich gern auf Sie zurück."

Gelassen hatte ich die Schultern gezuckt und mich dann erhobenen Hauptes aus dem Staub gemacht. Benno war vermutlich längst wieder auf seiner Station. Oder aber er war gleich nach Hause gefahren. Jedenfalls war er nirgendwo mehr zu sehen.

Langsam schlenderte ich zu den Aufzügen zurück, entschied dann aber kurzfristig, die Treppen zu nehmen. Schon auf dem ersten Absatz mußte ich stehenbleiben. Verdammt, die Schmerzen meldeten sich zurück. Ich wartete einen Augenblick bis es mir besser ging und ließ in der Zwischenzeit das Treppenhaus auf mich wirken. Es war in einem Farbton gestrichen, der mich fatal an die Badezimmerfliesen meiner Eltern erinnerte. In den 70er Jahren hatte man das sicherlich erfolgreich als „neutrales Grün" verkauft. Allein um der Froschteichatmosphäre zu entkommen, setzte ich mich langsam wieder in Bewegung. Ein Stockwerk drüber hatte man zumindest für etwas Dekoration gesorgt: Eine Reihe von Portraitfotos lockerte den Mooscharakter erheblich auf. Es waren Aufnahmen der aktuellen Chefärzte. Auf Anhieb kannte ich nur Dr. Peuler. Das Foto war nicht mehr ganz neu, Peulers Haare waren auf dem Bild noch deutlich dunkler als gestern bei unserer Begegnung. Sein Gesicht allerdings war kaum gealtert. Der Mann hatte sich offensichtlich junggehalten. Wie lange sein Foto hier wohl noch hängen würde? Und wer würde ihn ersetzen -vielleicht Dr. Lübke?

Von den übrigen Chefärzten sah ich mir vor allem den Gynäkologen besonders gut an. Dr. Volker Kellermann. Die Stimme, die ich eben belauscht hatte. Der Mann hatte stechend-blaue Augen und blondes, dichtes Haar. Alles in allem dynamisch, erfolgreich, braungebrannt. Sicherlich der Typ Mann, bei dem sich die ein oder andere Frau nach der Geburt fragte, warum nicht er der Vater ihres Kindes war - anstelle des bäuchigen Kleiderschranks an ihrer Seite.

Ich mußte an Kellermanns Worte denken. *Fragt sich nur, ob Sie das noch erleben.* Dieser Arzt hatte ganz offensichtlich neben den charmanten Zügen, die er auf dem Farbfoto präsentierte, noch eine andere Seite. Er war hart in seinen Aussagen und durchsetzungsfähig, was seine Interessen anging. Er hatte Lübke gedroht, aber hatte er auch Dr. Peuler umgebracht? Auf jeden Fall hatte es im Vorfeld des Mordes einen Konflikt zwischen Peuler und Kellermann gegeben – einen Konflikt, der die beiden Abteilungen anging. Hatte nicht auch Benno etwas in der Art angedeutet? Peuler habe in letzter Zeit genug Ärger mit der Gynäkologie gehabt? Ich mußte Benno unbedingt danach fragen. Ich mußte ihn so vieles fragen. Und ich mußte Leo, meinen Kollegen, anrufen, um zu hören, wie die Klausur gelaufen war. Und ich mußte mich bei meinen Eltern melden. Und ich mußte Alexa sprechen. Und ich mußte meine Schmerzen loswerden. Es war irgendwie ziemlich viel, was ich tun mußte, wenn man bedachte, daß ich eigentlich krank in der Klinik lag.

Ich riß meinen Blick von den Chefärzten los und wurde gleich auf ein weiteres Bild aufmerksam. Zwei Meter weiter hing ein Fotoposter. Ein Esel war abgebildet, daneben der Spruch: *Wo die Pferde versagen, schaffen es die Esel.* Ich mußte grinsen. Dieses Bild gleich hier neben den Chefärzten – das zeugte von Humor! Während ich weiterging, blieb das Bild in mir haften. Fühlte sich hier jemand als Esel? Und fand dieser Esel, daß es den Pferden zu gut ging? Eine interessante Frage. Ich würde sie beizeiten mit Alexa besprechen. Als Tierärztin war sie tatsächlich vielfach verwendbar. Sie kannte sich mit Walen aus, verstand sich auf Pferde, und Esel waren für sie eine besondere Herausforderung!

9

Das Bedürfnis, Vincent zu sehen, war bei Alexa stärker als die Vernunft. Als sie mit ihrem Auto in die steile Zufahrt zum Krankenhaus einbog, war sie sich dessen völlig bewußt. Es war unklar, ob sie überhaupt ins Krankenhaus hineinkommen würde. Alexa hatte keine Ahnung, ob man wegen der Ermittlungen Besuche untersagt hatte. Nun, mehr als nach Hause schicken konnte man sie schließlich nicht. Natürlich waren die wenigen Parkplätze nahe des Eingangs allesamt belegt. Alexa fuhr auf den größeren Besucherparkplatz, wo ein paar Meter vor ihr ein Van einen Platz frei machte. Sie flutschte in die Lücke hinein und griff nach ihrem Rucksack, als plötzlich das Handy wieder klingelte. Alexa zögerte. Wenn das jetzt wieder ihre Mutter war! Vielleicht hatte sie gerade ein gehäkeltes Strickjäckchen vollendet und wollte die frohe Nachricht überbringen. Ein rosa Strickjäckchen, in das der Name *Elisabeth* eingestickt war. Alexa schaute auf das Display. Keine werdende Oma. Eine Handy-Nummer, die ihr auf Anhieb nichts sagte.

„Alexa Schnittler."

„Ich dachte, du hießest jetzt Jakobs." Die Stimme klang fröhlich.

„Max, bist du's?" Max war ein Freund von Vincent, so ziemlich der erste, den er kennengelernt hatte, als er damals aus Köln hergezogen war.

„Klar bin ich es. Wie geht's euch? Zu Hause seid ihr praktisch gar nicht zu erreichen."

„Phantastisch geht's uns. Vincent liegt im Krankenhaus, und ich stehe kurz vor der Geburt. Noch Fragen?"

Max war einen Moment lang platt. „Krankenhaus? Wovon redest du, Alexa?"

Alexa erzählte vom Blinddarm, wurde aber schon bald von Max unterbrochen.

„In welchem Krankenhaus ist er? Jetzt sag nicht, im Pankratius."

„Natürlich im Pankratius."

„Weißt du schon, daß da ein Mord passiert ist?" Max sprudelte beinahe heraus, was für seine Gangart eher ungewöhnlich war.

„Weißt du schon, daß Vincent den Toten gefunden hat?" Jetzt war Max sprachlos.

„Das gibt's doch gar nicht", sagte er schließlich.

„Natürlich gibt's das. Du kennst doch Vincent. Er hat ein Händchen dafür, mit ungeklärten Leichen in Kontakt zu kommen."

„Ich kann's nicht fassen. Und das gerade jetzt."

„Und das gerade jetzt – das habe ich auch gesagt."

„Nein, ich meine das ganz anders", Max verhaspelte sich beinah, „ich beginne doch heute mein Praktikum."

„Dein Praktikum? Ich denke, du bist jetzt an der Bullen-FH."

„Fachhochschule des öffentlichen Dienstes heißt das. Fachbereich Polizei. Da bin ich auch. Aber zu der Ausbildung gehören natürlich auch Praktika – unter anderem in einem Kommissariat. Und da habe ich mich um die Kripo in Hagen bemüht."

„Soll heißen?"

„Ich habe da heute angefangen."

„Na, herzlichen Glückwunsch."

„Jetzt stell dir vor: Ab morgen begleite ich euren Fall. Ich darf in der Mordkommission mitarbeiten. Ermittlungsgruppe Krankenhaus."

„Nein."

„Doch."

„Puh." Alexa ging sich mit der Hand durch's Haar. „Zufälle gibt's, die gibt's gar nicht. Aber trotzdem. Es ist nicht *unser* Fall. Vincent hat den Toten gefunden. Und da hört *unser* Fall auch schon auf."

„Ist schon klar. Aber trotzdem ist es ein Ding."

„Es kann also sein, daß du dabei bist, wenn man Vincent verhört?"

„Das ist eher unwahrscheinlich. Mit Sicherheit werden Augenzeugen schon heute befragt. Ich darf aber erst morgen anreisen. Heute stehen hier noch ein paar Fleißarbeiten an."

„Na, schade. Aber Vincent wird sich trotzdem freuen. Soll ich ihn grüßen?"

„Aber klar doch. Und sag ihm, ich komme so bald wie möglich vorbei."

„Ich werd's ihm ausrichten. Max, wo bist du überhaupt untergebracht? Wir könnten dir-"

„Kein Problem, ich kann in die Wohnung eines Kumpels, der die Woche auf Montage verbringt. Ach Alexa, tust du mir einen Gefallen?"

„Sprich, mein Sohn. Du weißt, ich bin dir wohlgesonnen."

„Paß auf dich auf, ja?" Alexa war einen Moment lang verlegen.

„Klar, mache ich", sagte sie dann. „Bis bald."

Eine Sekunde später hatte Max aufgelegt.

Alexa blieb noch einen Augenblick sitzen, bevor sie die Autotür öffnete. Max kam in die Stadt! Das war wirklich eine Überraschung. Als Vincent ins Sauerland gezogen war, war Max noch Taxifahrer gewesen. Ein Schweiger irgendwie. Jemand mit bewegter Vergangenheit, der nichts und niemanden an sich heranließ. Geöffnet hatte er sich erst später, damals, während der Schützenfestmorde. Doch kaum war zwischen ihm und Vincent eine richtige Freundschaft entstanden, da war er plötzlich verschwunden. Monatelang war Max durchs Ausland getrampt und hatte sich bestenfalls sporadisch gemeldet. Bis er auf einmal überraschend vor der Tür stand, mit einem ausgeglichenen Gemüt und einem Bündel voller Zukunftspläne. Polizist wollte er werden, besser noch Kripo-Beamter, jemand, der mit richtigem Verbrechen zu tun hat und nicht nur mit Ampelsündern. Ein sauerländischer Schimanski vielleicht oder ein südwestfälischer Maigret. Prompt hatte er sich bei der Polizei beworben und die Aufnahmeprüfung mit Glanz und Gloria bestanden. Der Kontakt war jetzt wieder ziemlich regelmäßig, seitdem Max in Köln studierte. An der Bullen-FH. Ein Name übrigens, der für Alexa so gar nichts von einem Schimpfwort hatte. Schließlich hatten männliche Rinder noch vor wenigen Wochen zu ihrem Hauptbeschäftigungsfeld gehört. „Gestern Rinder, morgen

Kinder", hatte ihr Friseur gleich zu Beginn der Schwangerschaft gefrotzelt. Alexa schmunzelte. Mal sehen, wie sie sich als Mutter schlagen würde. Und Vincent erst. Vincent als Vater? Das war schon ein Ding. Vincent - Alexa riß sich aus ihren Gedanken. Sie war schließlich gekommen, um ihn zu besuchen.

10

In meinem Zimmer wartete Alexa auf mich. Sie saß vor einem Tablett und verspeiste mein Mittagessen. Als sie mich erblickte, war ihr das kein bißchen peinlich.

„Hab' nur mal eben den Nachtisch probiert", erklärte sie mit noch halb vollem Mund. „Milchreis mit Himbeersoße." Mein Blick fiel auf das winzige Restchen Milchreis, das nach ihrem Probieren übriggeblieben war. Um davon abzulenken, hob Alexa den Plastikdeckel hoch, der einen größeren Teller bedeckte.

„Sieht alles ganz lecker aus", kommentierte meine Ehefrau sachkundig. „Das hier scheint so eine Art Gemüsebratling zu sein. Dazu gibt's Frühkartoffeln und-" Alexa hob das letzte Plastikdeckelchen „Salat".

„Ehrlich gesagt, habe ich gar keinen Hunger. Mein Bauch tut immer noch weh. Nicht mehr so schlimm wie gestern, aber einen vollen Magen kann ich mir noch nicht so gut vorstellen." Ich verschwieg, daß mir nach wie vor der Anblick von Peulers Leiche im Kopf herumschwirrte und jeglichen Appetit im Keim erstickte.

„Wie geht's euch beiden?" Vorsichtig faßte ich auf Alexas Bauch.

„Phantastisch. Wir bleiben noch ein Weilchen untrennbar, sagt die Frauenärztin. Aber das macht nichts. Übrigens war das bei weitem nicht das Interessanteste, was ich beim Arzt erlebt habe." Alexa zog sich das Tablett noch etwas näher heran, machte sich über die Hauptspeise her und erzählte nebenbei von aufopferungsvollen Arztfrauen und sich hiss-hassenden Konkurrenzkrankenhäusern.

„Ich hab mir gedacht", Alexa kaute auf dem letzten Rest

der Tierfreundfrikadelle herum, „vielleicht liegt darin ja das Motiv für diesen Chefarztmord begraben."

„Wie stellst du dir das vor? Meinst du, jemand aus dem Katharinen-Krankenhaus ist mit Mordabsichten hergekommen, um das Pankratius - Hospital in die Schlagzeilen zu bringen? Das glaubst du doch wohl selber nicht."

Alexa grunzte.

Ich mußte an das denken, was Benno mir erzählt hatte. Medikamente waren verschwunden. Morphine, die ein Abhängiger als Suchtmittel benötigt haben konnte. Dr. Peuler hatte davon nichts wissen wollen. Es lag viel näher, daß die Mordursache darin verborgen lag.

„Alexa-" Ich wollte gerade beginnen, meine Liebste darüber zu informieren, als sie mich unterbrach.

„Auf jeden Fall werde ich Max davon erzählen."

Ich stutzte. „Max? Warum gerade Max?"

Alexa grinste genußvoll. Sie liebte es, mehr zu wissen als ich. Seelenruhig stand sie auf und stellte das Tablett auf den Besuchertisch. „Max wird ab morgen die Mordkommission Krankenhaus begleiten. Er macht ein Praktikum und wurde prompt dieser Abteilung zugeteilt."

„Nein."

„Doch. Übrigens war Max' und mein Wortwechsel ähnlich variantenreich."

„Das kann ich mir vorstellen."

Vor lauter Überraschung hatten wir kein Klopfen gehört. Auf jeden Fall stand plötzlich ein Mensch im Zimmer. Da er weiß gekleidet war und irgendwelche Unterlagen in den Händen hielt, konnte man ihn für einen Arzt halten. Im Zweifelsfall wohl eher für eine Ärztin.

„Herr Jakobs?" Die Frau konnte auch sprechen. Im übrigen sah sie ganz nett aus, etwas unkonventioneller als die übliche Sorte Mediziner. Sie trug um den Hals eine Kette, die aussah, als sei sie aus Holz gemacht, und um das Handgelenk ein buntes Bändchen, wie es meine Schüler häufiger trugen. Ein Freundschaftsband, das man nicht abnehmen sollte, bis es irgendwann von selbst den Arm aufgab. Die Ärztin hatte kurzes braunes Haar und trug Kletter-Sandalen. Trotz ihrer dunkelbraun gegerbten Haut sah sie nicht nach mehrwöchigem Skiurlaub aus, noch nicht mal nach ausgiebigem Solarium. Die Frau roch irgendwie nach Abenteuer.

„Mein Name ist Rosner", die Medizinerin nickte freundlich meiner Angetrauten zu, dann konzentrierte sie sich wieder auf mich, „es tut mir leid, daß Sie erst jetzt Besuch von uns bekommen. Aber sicherlich haben Sie mitbekommen, was derzeit auf der Station los ist. Es geht alles ein bißchen drunter und drüber, daher die Verzögerung. Wenn ich richtig sehe, hätten Sie heute operiert werden sollen?"
Ich nickte brav, während Dr. Rosner ein bißchen in meiner Karte herumblätterte. „Das Aufklärungsgespräch ist gestern abend geführt worden, sehe ich. Ein Anästhesist war auch schon da. Dann würde ich vorschlagen, daß ich Sie jetzt noch einmal untersuche, um eine Entscheidung über das weitere Vorgehen treffen zu können.

„Von mir aus", murmelte ich und legte meinen Entzündungsblick auf.

Ich mußte mein Schlafanzugoberteil hochziehen und wurde nochmal gründlich untersucht. Dr. Rosner drückte an verschiedenen Stellen meines Körpers herum. Es war deutlich spürbar, daß sie wußte, wo es sich am meisten lohnte.

„Insgesamt geht es mir schon viel besser", konnte ich zwischendurch einwerfen.

„Sind Sie sicher?" Dr. Rosner drückte von der Seite in mich hinein, so daß ich fast aufgesprungen wäre.

„Ich denke, eine rektale Untersuchung ist nicht mehr notwendig", erklärte Frau Dr. Rosner. Eine rektale Untersuchung? Da konnte ich der Ärztin nur zustimmen – nicht nötig!

„Sie sind ein Grenzfall", Frau Dr. Rosner ließ sich auf meinem Besucherstuhl nieder. Alexa hatte es sich am Fußende bequem gemacht.

„Ein Grenzfall?" Ich entschied mich, die Aussage nicht persönlich zu nehmen.

„Ihre Entzündungswerte sind nicht himmelschreiend, Ihre Schmerzen im großen und ganzen wohl erträglich. Man kann von einer starken Reizung Ihres Blinddarms sprechen. Theoretisch könnte man noch etwas abwarten. Aber ich wüßte nicht, warum. Das Ding kann jederzeit hochakut werden. Dann müssen Sie innerhalb kürzester Zeit operiert werden. In Ihrer jetzigen Situation würde ich das nicht riskieren." Sie lächelte zu Alexa hinüber. „Sie wollen doch fit sein, wenn die Geburt ansteht. Bringen Sie es hinter sich, dann haben Sie den Kopf frei für Ihre Familie"

Offensichtlich sah ich immer noch nicht allzu entschlossen aus. „Sie sind ja im Aufklärungsgespräch schon hinreichend informiert worden. So eine Blinddarmoperation ist heutzutage wirklich keine große Sache mehr. In drei bis sechs Tagen sind Sie hier raus. Das ist doch eine Perspektive, oder?"

„Sicher!" Mir gingen in Wirklichkeit ganz andere Dinge im Kopf herum. „Wer macht denn die OP, ich meine, jetzt, wo Dr. Peuler nicht mehr da ist?"

„Sicher kann ich Ihnen das gar nicht sagen, aber ich nehme mal an, Oberarzt Dr. Lübke wird das übernehmen. Oder vielleicht Dr. Petras. Die dritte Oberärztin Frau Dr. Neuhaus befindet sich im Urlaub. Und da Sie als Privatpatient Anspruch auf Chefarztbehandlung haben, wird man wohl keinen von uns Assistenzärzten ranlassen."

Im Prinzip war es mir egal, welcher Dienstgrad meinen Bauch öffnete. Interessanter fand ich die Frage, ob vielleicht Peulers Mörder an meiner OP beteiligt war. Vielleicht gestärkt durch eine gepfefferte Dosis Morphium?

„Und Sie meinen, die Operationen finden morgen ganz normal statt?" Ich schaute Dr. Rosner fragend an.

„Wir gehen davon aus, daß ab morgen früh wieder alles in geregelten Bahnen laufen kann. Die Arbeit der Spurensicherung ist abgeschlossen, und zum Glück war der OP-Bereich nicht direkt betroffen. Die weiteren Ermittlungen müssen nebenher laufen. Wir sind ein Krankenhausbetrieb. Den kann man nicht über längere Zeit dichtmachen. Die Patientenversorgung steht schließlich an erster Stelle."

„Meinen Sie nicht, daß viele Patienten sich trotzdem durch diese Mordgeschichte abschrecken lassen und in ein anderes Krankenhaus gehen?" Oh, wie liebte ich Alexas Direktheit. Sie konnte mit Wonne in offenen Wunden herumpuhlen. Frau Dr. Rosner jedoch ließ sich nicht irritieren. Sie blickte eher amüsiert, als sie antwortete.

„Ich bin sicher nicht die Richtige, um solche Fragen zu beantworten. Schließlich bin ich erst seit sechs Wochen hier an der Klinik."

„Und vorher?" Ich konnte meine Neugier nicht zurückhalten. Wenn mich nicht alles täuschte, hatte Frau Dr. Rosner einen interessanten Lebenslauf zu bieten.

„Ich habe drei Monate für *Ärzte ohne Grenzen* gearbeitet. Im Kongo." Treffer. Mein Instinkt hatte mich nicht getäuscht. Frau Dr. Rosner lehnte sich ein wenig nach hinten. „Ich will hier bestimmt nicht die Weltumseglerin raushängen, aber wenn man die Not in Lokuto gesehen hat, dann hat man für die Belegungsprobleme eines mittelständischen Krankenhauses nicht allzu viel Verständnis." Die Ärztin rieb sich das Auge. „Trotzdem ist mir klar, daß diese Mordgeschichte viel Unruhe ins Haus bringt. Und daß sich so etwas niemand wünscht, ist nur allzu verständlich. Gerade jetzt, da die Karten neu gemischt werden und jede Abteilung sich ins rechte Licht setzen muß, trifft das die Chirurgen besonders hart."

„Wie meinen Sie das – die Karten werden neu gemischt?"

„Nun, es ist kein Geheimnis mehr, daß sich das Pankratius eventuell mit dem Katharinen-Krankenhaus zusammenschließen wird. Natürlich hat das nur einen Grund: Man möchte Kosten sparen und Synergie-Effekte erzielen. Verwaltung, Schwesternausbildung, da kann man mächtig einsparen. Noch interessanter wird es natürlich in bezug auf die einzelnen Abteilungen. Wer sagt, daß man noch zwei chirurgische Abteilungen braucht – oder zwei gynäkologische? Da ist es doch viel ökonomischer, hier eine leistungsstarke Gynäkologie auszubauen und drüben im Katharinen eine entsprechende Chirurgie – oder eben umgekehrt. Noch sind das Gedankenspiele, aber anderswo ist aus Gedankenspielen ruckzuck Realität geworden, als es um Einsparungen ging." Rosner schlug die Beine übereinander. „Kein Wunder also, daß in allen Abteilungen leichte Nervosität spürbar ist. Jeder muß sich beweisen, überall muß die Bettenbelegung stimmen, allerorten muß rationell gearbeitet werden, denn nur so hat man die Chance, aus der Fusion als Sieger hervorzugehen. Denn eins ist klar: Wenn um die Abteilungen gefeilscht wird, dann zittert vor allem die gehobene Truppe. Ein Assistenzarzt wird gerne auch im Katharinen in die Mannschaft genommen, denn beim derzeitigen Ärztemangel kann man froh über jeden Assistenzarzt sein, den man bekommt. Aber zwei Chefärzte kann man beileibe nicht gebrauchen. Und bezahlen will man sie schon gar nicht. Sie verstehen?"

„Ich verstehe so einiges", erklärte Alexa nachdenklich. „Was mich jedoch außerdem noch interessiert: Was passiert jetzt mit Dr. Peulers Stelle?"

„Dr. Peulers Stelle", Rosner schmunzelte in sich hinein. „Das wird spannend. Daran wird sich einiges zeigen. Wenn die Stelle neu besetzt wird, trägt das sicherlich zur Stärkung der Abteilung bei. Läßt man die Stelle unbesetzt, dann hält man sich alle Optionen offen."

„So ist das also", brummte ich und verschränkte die Arme hinter meinem Kopf.

„So ist das." Frau Dr. Rosner beugte sich nach vorn.

„Werden Sie zurückgehen?" Alexa blickte die Ärztin durchdringend an. „Oder bleiben Sie im Sauerland?"

„Das Sauerland", murmelte ich, „neues Einsatzgebiet für Ärzte ohne Grenzen." Frau Dr. Rosner hatte mich zum Glück nicht gehört.

„Zurück in den Kongo?" Frau Dr. Rosner zupfte an ihrer Halskette. „Das wohl nicht. Aber ein weiteres Auslandsprojekt mache ich auf jeden Fall, wenn ich mich hier ein bißchen erholt habe. Und in der Zwischenzeit gibt es ja genügend Abwechslung."

„Ich hoffe, Sie meinen damit nicht den Mord."

Frau Dr. Rosner lachte. „Nun, auf Abwechslung dieser Art kann ich durchaus verzichten. Aber wie mir scheint, sind Sie an der Sache ziemlich interessiert."

„Nun, ich habe den Toten gefunden", rechtfertigte ich mich. „Das geht einem natürlich nicht so schnell aus dem Kopf."

Frau Dr. Rosner hielt den Kopf schief. „Ist es im Fernsehen nicht immer so, daß jeder Arzt eine Liaison mit einer Krankenschwester hat? Daraus läßt sich doch ein Mordmotiv stricken, oder etwa nicht?"

Ich schmunzelte. „Keine schlechte Idee. Trauen Sie Peuler das zu?"

„Puh, das fragen Sie mich? Ich bin doch erst sechs Wochen hier", Frau Dr. Rosner dachte einen Augenblick nach. „Nein, ich glaube nicht. Der Mann war von der alten Schule. Dem wäre so etwas nicht passiert." Die Ärztin schob die Unterlagen zusammen, die sie in den Händen hielt „Mit der Operation morgen ist dann alles klar?" Die Frau konnte schnell das Thema wechseln. Im übrigen war ihre Frage gar keine richtige Frage.

„Natürlich, alles bestens", murmelte ich zustimmend.

„Dann weiter alles Gute!" Dr. Rosner reichte uns zum Abschied die Hand. „Vor allem bei der Geburt."

An der Tür drehte sich die braungebrannte Ärztin noch einmal um. „Im Kongo bin ich zweimal zu einer Geburt gerufen worden. Natürlich bekommen die Frauen dort ihre Kinder zu Hause. Nur wenn es Komplikationen gibt, rufen sie einen Arzt." Alexa nickte lächelnd. Frau Dr. Rosner war noch nicht fertig. „Freuen Sie sich darauf. Es ist so ziemlich das Aufregendste, was man auf der Welt erleben kann."

Einen Moment später war sie aus der Tür.

„Wie wäre das?" fragte Alexa auf einmal. „Wie wäre es mit einer Geburt bei uns zu Hause?"

„Ungünstig", sagte ich trocken. „Du zu Hause, ich im Krankenhaus – paßt irgendwie nicht zusammen."

„Schade", Alexa blickte aus dem Fenster. „Sie ist ein interessanter Typ. Eine, die nicht nur ihre Karriere im Kopf hat, sondern die über den Tellerrand hinausblickt. Außerdem war es interessant, was sie über die Klinik erzählt hat", Alexa wurde zusehends munterer. „Wenn es stimmt, daß die beiden Krankenhäuser fusionieren, könnte jemand besonderes Interesse haben, Peuler aus dem Weg zu räumen."

„Der Chefchirurg der Nachbarklinik?" fragte ich ironisch.

„Zum Beispiel", Alexa mußte selber grinsen.

„Ich liebe dich, Doc Watson", rief ich meiner Gattin zu. „Meine Liebe ist grenzenlos. Verlangst du noch mehr?"

„Für den Anfang reicht das", Alexa lächelte mich liebreizend an. „Über die Zukunft sprechen wir dann später."

Mich überkam eine Welle der Zärtlichkeit, und ich hätte Alexa gern zu mir ins Bett gezogen. Allerdings gab es diverse Argumente, die eindeutig dagegen sprachen: Eine hochschwangere Alexa zum Beispiel, dann mein entzündeter Blinddarm, außerdem ein Krankenzimmer, das nicht gerade Verführungscharakter hatte. Ein Blick nach links überzeugte mich dann ganz. In der Tür stand Schwester Berthildis mit einem Blutdruckmeßgerät in der Hand.

„Hallo Herr Jakobs", strahlte sie mich an. „Mal sehen, wie es Ihnen so geht."

Als die Stationsschwester ihre Manschette um meinen Oberarm legte, waren Blutdruck und Puls schon wieder im normalen Bereich.

11

Am frühen Nachmittag trieb mich der Hunger zum Jagen und Sammeln. Nach wir vor geisterte mir der tote Dr. Peuler durch den Kopf, aber mein Magen knurrte so laut, daß Nahrungsaufnahme dringend angesagt war. Alexa war längst nach Hause gegangen, sie hatte am späten Nachmittag einen Termin beim Friseur und wollte sich vorher noch hinlegen. Leider hatte ich sie nicht überreden können, das Frisierlädchen auf Station eins zu nutzen, das ich besonders originell fand. Nein, Alexa wollte lieber zu ihrem Szenefriseur Ben, der zugegebenermaßen auf ganz andere Weise originell war.

Als ich einen Schritt aus der Tür machte, sah ich, daß auf der Station wieder normales Leben eingekehrt war. Eine Praktikantin zog mit einem Rollwagen voller Sprudelflaschen von Zimmer zu Zimmer. Linkerhand humpelte der Unermüdliche mit Krücken den Gang entlang.

Instinktiv machte ich mich auf den Weg rechts den Gang hinunter, wo mir ein weiterer Krankenhausinsasse entgegenkam. Ein Blick auf seinen Bademantel zeigte mir, daß ich mit meinem Exemplar durchaus im Trend gelegen hatte. Der Mitpatient besaß ein Modell, das meinem unglaublich ähnlich war, nur daß seins in diversen Grün-, nicht Brauntönen gehalten war. Von mint- bis jagdgrün war alles vertreten. Ich selbst hatte mir inzwischen meine normale Straßenkleidung angezogen. So krank fühlte ich mich nicht, als daß ich den ganzen Tag im Bett hätte liegen müssen. Der Mann in Grün bewegte sich langsam und führte ein Gestell mit einer Infusion mit sich. Inzwischen hatte ich Dr. Peulers Büro erreicht. Es war verschlossen. Dann sah ich das Siegel. Tatsächlich war ein Siegel an die Tür geklebt worden, genau wie im Fernsehen. Am Zimmer der Sekretärin, das mit Peulers Büro verbunden war, war es dasselbe. Darüber hinaus gab es nichts Auffälliges zu sehen.

Hinter der Glastür, die den Flur abschloß, trat ich in eine Qualmwolke. Die obligatorische Raucherecke, die es auf jeder Station gab. Zwei Frauen und ein Mann saßen dort, beide in ballonseidenen Jogginganzügen. In meinem Rücken spürte ich neugierige Raucherblicke, als ich den Wegweiser studierte. Die Cafeteria lag eine Etage darunter im zweiten Stock, genau wie die Kapelle und die Abteilung für innere Medizin. Dann mal los.

Gewiß war ich kein regelmäßiger Besucher von Krankenhauscafés, aber als ich ein paar Minuten später eintrat, war mir sofort klar, daß es sich hier um einen Klassiker handelte. Die hellbraune Bestuhlung mit grünen Kunststoffbezügen, die fahrbaren Blumenständer, die mit dünnem Gestrüpp verzweifelt versuchten, die Tische voneinander abzutrennen, die längliche Selbstbedienungstheke, neben einem kleinen Buffet auch in Zellophan eingepackte Käsebrötchen, die darauf warteten, kaugummiartig verzehrt zu werden. Ich nahm mir ein Tablett und entschied mich für eine Banane und ein Joghurt. Mit Schonkost würde ich meinen Magen am besten wieder eingewöhnen können. Als ich mich gerade nach einem Tisch umsah, betrat Benno die Cafeteria. Er blickte sich suchend um, und als er mich entdeckt hatte, steuerte er geradewegs auf mich zu.

„Herr Jakobs, hier sind Sie also."

„Muß ich aufs Zimmer?" Mir kam in den Sinn, daß noch einmal Blut abgenommen werden sollte.

„Nein, nein, ich wollte Sie nur kurz sprechen." Benno wirkte nervös. Ich stellte mich mit ihm an einen Stehtisch hinten am Fenster. Wir plazierten uns so, daß wir einen guten Blick in den Raum hatten.

„Ich habe dich eben gesucht", erklärte ich Benno. „Ich wollte gerne dabei sein, wenn du mit dieser Oberste sprichst."

„Das ist nett, danke", Benno lächelte verhalten. „Aber so schlimm war es nicht. Ich habe vorgetragen, was ich zu sagen hatte. Dann wurden mir noch zwei, drei Fragen gestellt, das war's."

„Fragen, auf die du eine Antwort wußtest?" Ich schälte vorsichtig meine Banane.

„Nein, eigentlich nicht. Wenn ich wüßte, was es mit den Medikamenten auf sich hat, hätte ich das ja auch dem Chef erzählt."

„Die werden schon nachforschen", murmelte ich. „Für die Polizei ist das wahrscheinlich die erste brauchbare Spur."

„Apropos nachforschen", Benno senkte seine Stimme. „Ich habe mir selbst mal die Mühe gemacht und die Dienstpläne durchgeschaut."

„Die Dienstpläne?"

„Ich hab mir gedacht, es bringt ja vielleicht etwas, wenn man weiß, wer an den Tagen Dienst hatte, als die Medikamente verschwanden. Ich meine, vielleicht gibt es da ja Überschneidungen, und dann wäre das ein Hinweis."

„Natürlich sollten wir das besser der Polizei überlassen", sagte ich. Benno fuhr sich verlegen durch sein blond gefärbtes Haar. „Also, was ist rausgekommen?"

Benno grinste mich an. Dann zog er einen Zettel aus der Tasche. „Fünf Personen waren an beiden Tagen im Dienst. Nur die fünf hätten meiner Meinung nach Gelegenheit gehabt, an die Sachen heranzukommen." Benno fuckelte umständlich an seinem Zettel herum. Ich legte die leere Bananenschale beiseite.

„Da ist erstmal Dr. Peuler selber, das Mordopfer."

„Dr. Peuler", murmelte ich. „Nehmen wir einmal an, er habe das Zeug selber genommen. Dann würde der Mord einen Sinn ergeben. Vielleicht wollte jemand diese moralische Ungeheuerlichkeit unterbinden."

„Wenn man Peuler kannte, fällt es einem schwer zu glauben, daß er an der Nadel hing", erklärte Benno.

„Wieso Nadel?" Ich blickte erstaunt hoch. „Wird der Stoff

etwa gespritzt?"

„Aber natürlich, was haben Sie denn gedacht?" Benno war die Unschuld selber.

Ich schlug mir mit der Hand vor die Stirn. „Ja, dann dürfte es doch wohl ein Kinderspiel sein, den Betroffenen zu finden. Alle einmal ausziehen und fertig. Einstichlöcher sind nicht so leicht zu vertuschen."

„Stimmt." Benno knickte den Zettel umständlich in verschiedene Richtungen.

„Auf jeden Fall werden am Peuler bei der Autopsie Einstichlöcher auffallen", erklärte ich, „ich meine für den Fall, daß er welche hat."

„Gehen wir mal davon aus, daß er keine hat. Davon bin ich nämlich überzeugt. Meinen Sie, dann läßt die Polizei das Krankenhauspersonal geschlossen nackt antreten?" Bennos Stimme war bei dieser Vorstellung leicht amüsiert. Ich hielt den Zeigefinger vor den Mund, damit er leiser sprach.

„Das wäre auf jeden Fall eine Möglichkeit bei den Leuten, die potentiell als Medikamentenmißbräuchler in Frage kommen. Deshalb laß mal hören! Wer ist noch im Rennen?"

„Dr. Lübke, der erste Oberarzt. Kennen Sie ja vielleicht schon."

Ich wußte, wie er aussah. Außerdem kannte ich seine Stimme ganz gut – aus dem Gespräch mit Dr. Kellermann.

„Dann Schwester Berthildis, unsere Stationsschwester." Benno blickte hoch. Ich nickte.

„Außerdem Dr. Wolkov, ein Assistenzarzt."

„Kenne ich nicht."

„Ein ganz netter Kerl, aus Rußland. Nicht zu vergessen ein Pfleger. Stefan heißt er. Noch ziemlich jung."

Pfleger Stefan – das war der Typ gewesen, den ich heute morgen zusammen mit Beate im Schwesternzimmer angetroffen hatte.

„Vier Namen", sagte ich in Gedanken. „Vier Personen - fällt dir dazu irgend etwas ein? Traust du die Sache einem von den Vieren zu? Hat sich jemand auffällig benommen, fahrig, nervös? Oder hatte eine der vier Personen Streß mit eurem Chef? Was meinst du?"

„Seitdem ich die Namen weiß, geistern sie mir natürlich dauernd durch den Kopf", gestand Benno. „Und die Vorstellung, daß Schwester Berthildis gelegentlich auf Speed ist, finde ich ausgesprochen unterhaltsam." Benno grinste. Dann wurde er wieder ernst. „Ehrlich gesagt, traue ich keinem der vier zu, illegal Medikamente zu entwenden." Benno stützte seine Unterarme auf dem Stehtisch auf. „Schwester Berthildis fällt raus. Ganz klar. Wenn unsere Stationsschwester Stoff nimmt, dann ist der Papst neuer Leadsänger bei den Rolling Stones. Das kann die mit ihrem Gewissen überhaupt nicht vereinbaren. Aus der Diskussion, unmöglich."

„Gut", sagte ich. „Was ist mit den anderen?"

„Dr. Lübke", Benno schüttelte den Kopf. „Das ist so ein superkorrekter. Bei dem kann ich mir das beim besten Willen nicht vorstellen."

Damit mochte ich mich nicht zufriedengeben.

„Wie ist seine Position hier auf der Station?" wollte ich wissen. „Was gibt es über sein Verhältnis zu Peuler zu sagen?"

„Lübke ist sozusagen der Vizechef. Peuler hat sich ja mehr und mehr zurückgezogen. Der hat immer gesagt, er hört nächstes Jahr auf, nach 25 Jahren hier am St. Pankratius. Na ja, und der Lübke war irgendwie immer schon so eine Art Ersatzchef. Derjenige, der die Verantwortung hatte, wenn Peuler nicht da war. Für mich war auch immer klar: Der Lübke wird Chefarzt, wenn Dr. Peuler in Ruhestand geht."

„Das kann ich mir kaum vorstellen", mutmaßte ich. „Ich weiß nicht, wie es im Krankenhaus zugeht. Aber in anderen qualifizierten Berufen nimmt man eher eine frische Kraft von außerhalb."

Benno schmunzelte. „Da kenne ich mich natürlich nicht so aus. Ich mein' ja nur, daß *ich* das immer geglaubt habe."

„Okay, was ist mit den übrigen?"

„Dr. Wolkov, unser Assistenzarzt. Der ist jetzt seit zwei Jahren hier. Er kommt aus Rußland, das sagte ich ja schon. Ich finde ihn in Ordnung. Ich habe ihm mal im Nachtdienst ein bißchen Deutsch-Nachhilfe gegeben, nur so im Flachs."

„Kommt er hier im Krankenhaus zurecht?"
„Ich glaub' schon. Schwester Berthildis jedenfalls sagt immer, keiner der Russen in der Klinik wäre so emsig wie unser Stanislaw. Er hat sich von Anfang an ziemlich ins Zeug gelegt, sagen die anderen. Mittlerweile spricht er auch sehr gut deutsch. Kein Wunder, er ist seit ein paar Monaten mit einer deutschen Frau verheiratet, mit einer Schwester aus der Inneren. Ich bin sicher, er kommt gut zurecht - besser als die meisten anderen russischen Kollegen."

„Es gibt also mehrere russische Ärzte hier im Haus?"

„Oh ja, der Ärztemangel macht's. Es ist schwierig genug, Assistenzärzte zu bekommen. Die meisten Medizinabsolventen suchen sich eine Stelle im besser bezahlten Ausland, oder sie verschwinden in die Wirtschaft – bei Pharmafirmen und so. Die haben keinen Bock auf ellenlange Dienste. Und wenn man sich die Stelle aussuchen kann, bleibt man natürlich lieber in der Großstadt, anstatt hier in die Pampas zu ziehen."

„Und deshalb werden mehr und mehr russische Ärzte eingestellt?"

„Nicht nur russische. Genausogut Polen, Tschechen, Litauer. Überall dort, wo ein Ärztegehalt deutlich unter deutscher Bezahlung liegt, ist eine Assistenzarztstelle hierzulande interessant."

„Dr. Wolkov", murmelte ich.

„Der ist in Ordnung", betonte Benno nochmal. „Der ist absolut in Ordnung."

„Bleibt noch dieser Pfleger."

„Stefan", bestätigte Benno. „Stefan ist noch nicht allzu lange hier. Er ist erst vor ein paar Wochen auf die Station gekommen. Er wollte mal andere Luft schnuppern. Da hat er sich bei uns beworben."

„Wo hat er vorher gewohnt?"

„Keine Ahnung. Ich habe ein paarmal mit ihm gesprochen. Er ist ganz sympathisch. Aber so ganz viel weiß ich nicht über ihn."

„Tja, da wären wir dann so schlau wie schon zuvor", murmelte ich. „Das, was wir wissen, wird über kurz oder lang auch die Polizei herausfinden."

„Ja, das denk' ich auch", Benno nickte resigniert. „Trotzdem geht mir die Sache nicht aus dem Kopf."

Am Nebentisch ließen sich ein paar blutjunge Krankenschwestern nieder, die sich lautstark über das vergangene Wochenende unterhielten. Ich hörte einen Moment lang amüsiert zu und wandte mich dann wieder an Benno.

„Mich interessiert noch etwas. Du hast mal erwähnt, daß Peuler Ärger mit der Gynäkologie hatte. Wie meintest du das?"

„Tja, die Gynäkologie. Nun, Dr. Peuler war ja Ärztlicher Direktor, damit gehörte er von Ärzteseite zu dem Gremium, das die Entscheidungen des Krankenhauses mitbestimmt. Zum Beispiel, wenn es um die anstehenden Renovierungsarbeiten ging. Das ganze Krankenhaus soll ja umgekrempelt und modernisiert werden. Auf jeden Fall war Peuler einbezogen, wenn es um Neustrukturierungen auf den Stationen ging. Und dabei ist er immer wieder mit dem Chef der Gyn aneinandergeraten."

„Dr. Kellermann!"

„Genau!"

„Worum es da genau ging, weißt du nicht?"

„Ich habe eigentlich nur ein einziges Mal einen Streit mitbekommen. Das war vorm OP. Es ging um eine Assistenzarztstelle, die der Gyn gestrichen werden sollte."

„Peuler hat das befürwortet?"

„Ja, er hat gesagt, die Gyn wäre eben auch mal dran. Alle anderen Stationen hätten ja schon geblutet."

Geblutet! Vor ein paar Tagen wäre mir dieser Ausdruck nicht aufgefallen. Jetzt brachte er mir sofort wieder das Bild von heute morgen in den Sinn.

„Beate, die Krankenschwester von der Drei, hat mal gesagt, Dr. Kellermann wolle selbst Ärztlicher Direktor werden, wenn Peuler erstmal in Ruhestand sei."

Benno winkte beim Sprechen zu jemandem hinüber. Ich folgte seinem Blick. Es war der Mann, der mich zusammen mit Gustav durch die Gegend kutschiert hatte. Er saß allein an einem Tisch und trank eine Tasse Kaffee.

„Mir fällt noch etwas ein, worüber sich Peuler mit der Gyn gehabt hat." Benno war mit seiner Aufmerksamkeit wieder bei mir. „Es ging darum, ob sich das Pankratius mit einem anderen Krankenhaus zusammenschließt. Mit dem Katharinen-Hospital, glaube ich. Eine Zeitlang fanden zu diesem Thema ständig Verhandlungen statt, natürlich auch mit Köster, dem Verwaltungschef."

„Weißt du, wie die Meinungen da liefen? Welche Ansicht vertrat Peuler, welche Kellermann und Köster?"

„Puh, so genau weiß ich das nicht", Benno verzog das Gesicht. „Als Zivi wird man von den Chefs nicht gerade als kompetenter Gesprächspartner erwählt –vor allem, wenn es um brisante Themen geht."

Noch während Benno sprach, veränderte sich plötzlich der Tonfall der Krankenschwestern, die bislang für ein gleichmäßiges Geschnatter im Hintergrund gesorgt hatten.

Ich drehte mich um. Ein junger Mann hatte die Cafeteria betreten. Kein Wunder, daß die jungen Schwestern sich heftig anstießen. Der Kerl war ein Adonis. Schwarzes, lockiges Haar, dunkle Gesichtsfarbe und ein durchtrainierter Körper, der unter seinem engen T-Shirt optimal zur Geltung kam.

„Welcher Fernsehserie ist der denn entsprungen?" fragte ich an Benno gewandt. „Gibt es mittlerweile eine Art *Baywatch* im Ärztemilieu? Vielleicht der sportliche Notarzt, der braungebrannt den Strand entlangschlendert, um bei Hilfeschreien gutgebaute Frauen aus dem Wasser zu tragen?"

Benno lachte. „Ach, das ist doch nur Henry, unser Krankengymnast."

„Ach so, das ist nur Henry, euer Krankengymnast", murmelte ich.

„Ein Glücksgriff für die Bäderabteilung", erklärte Benno. „Seit Henry eingestellt wurde, stürmen die Frauen regelrecht zur Krankengymnastik."

„So ist das halt", seufzte ich. „Im Grunde zählen nur die äußeren Werte. Ich wüßte nicht, wann jemals Schülerinnen in meinen Unterricht gestürmt wären."

„Bei Ihnen stimmen eben die inneren Werte" tröstete mich Benno und grinste. „Außerdem stürmen bei Ihnen die Schülerinnen auch. Allerdings erst nach dem Unterricht. Und zwar nach draußen."

12

Als die rote Flüssigkeit in den durchsichtigen Bauch der Spritze gesaugt wurde, wußte ich, daß es Probleme geben würde. Wenn ich schon beim Blutabnehmen mit Übelkeit zu kämpfen hatte, wie würde es dann erst bei der Geburt unseres Kindes werden? In der Regel wurde dabei doch auch ganz schön gekleckert.

„Nur noch ein Röhrchen", sagte der Arzt mit schwerem russischen Akzent und wechselte den Spritzenaufsatz, damit noch ein weiteres Röhrchen gefüllt werden konnte. Ich blickte an die Zimmerdecke und konzentrierte mich darauf, daß die Übelkeit verschwand. Natürlich hatte ich sofort gewußt, mit wem ich es zu tun hatte. Dr. Wolkov, der Assistenzarzt, von dem Benno gesprochen hatte. Er wirkte sympathisch, da hatte Benno recht. Das Problem war nur, daß in Bennos Augen alle irgendwie nett waren. Zu nett, um sich gelegentlich eine Ampulle Morphium reinzuziehen? Zu nett, um einen Dr. Peuler, der ihnen auf die Schliche gekommen war, aus dem Wege zu räumen? Leider trug der Assistenzarzt einen langärmligen Kittel, der seine Armbeugen verbarg. Keine Chance, ein Einstichloch zu entdecken. Allerdings konnte ich mir auch kaum vorstellen, daß ein Mediziner sich in den Arm stechen würde. Da gab es doch sicherlich dezentere Möglichkeiten. Der menschliche Körper war schließlich groß genug.

„Dr. Lübke wird morgen die Operation vornehmen", meinte Dr. Wolkov, um die Wartezeit zu überbrücken, „eine Routinesache, Sie brauchen keine Angst zu haben."

„Hab ich auch nicht." Ich lächelte gelassen und überlegte krampfhaft, wie ich das Gespräch thematisch umlenken konnte. „Mich wundert es, daß morgen überhaupt schon wieder operiert werden kann. Ich meine nach allem, was passiert ist."

„Dieser tragische Zwischenfall wird schnellmöglich aufgeklärt werden, morgen wird alles nach Plan wieder anlaufen." Allein die Wortwahl machte mir sofort klar, daß Dr. Wolkov die Slogans wiederholte, die den Patienten zur allgemeinen Beruhigung eingeflüstert werden sollten.

„Die Sache hat mich doch ganz schön mitgenommen",

versuchte ich es noch einmal. „Wie Sie vielleicht wissen, habe ich den Toten heute morgen gesehen. Und ich frage mich, wie kann jemand etwas so Grausames tun?"

„Wer weiß das schon?" Der russische Arzt zog die Nadel aus meinem Arm. Ein Gefühl der Erleichterung überkam mich.

„Dr. Peuler soll ein so liebenswürdiger Mensch gewesen sein. Wer bringt so jemanden um?"

Dr. Wolkov packte seine Utensilien zusammen. Er vermied weiteren Blickkontakt.

„Liebenswürdig", wiederholte er langsam. Dann sagte er es nochmal. „Dr. Peuler. Liebenswürdig. Sicher." Einen Moment später war Wolkov aus der Tür.

Interessante Reaktion. Stand der Mann noch unter Schock? Hatte ich ihn mit meinen Worten getroffen? Und wie war seine Reaktion zu verstehen? Hielt er Peuler tatsächlich für liebenswürdig oder gerade nicht? Der russische Arzt war schwer einzuordnen. Als es klopfte, stutzte ich. Hatte mir Wolkov noch etwas zu sagen?

„Ja?" Die Tür öffnete sich vorsichtig, durch den Türspalt sah ich zwei rosige Wangen und viel Schwarz. Schwester Gertrudis, die Sekretariatsnonne an meiner Schule.

„Ich störe doch nicht etwa?" Die Frage war nicht so ernst gemeint, denn Schwester Gertrudis war schon im Zimmer. Ich kann gar nicht sagen, wie sehr ich mich freute. Nicht nur, weil Schwester Gertrudis per se Energie und Lebensfreude ausstrahlte, vor allem, weil mich sofort ein Gefühl von Altbekanntem durchströmte. Schwester Gertrudis war Schule. Schwester Gertrudis war Anstehen am Kopierer. Schwester Gertrudis war eine Tasse Kaffee, bevor die dritte Stunde begann.

„Herr Jakobs, was muß ich da über Sie hören?" Meine Lieblingsnonne zog sich den Besucherstuhl ans Bett.

„Ich kann wirklich nichts dafür", beschwor ich. „Die Schmerzen fingen einfach an. Das ist so beim Blinddarm. Das geht ganz schnell. Aber morgen werde ich ja operiert. Ich denke, da kann ich am-"

„Wie konnten Sie Ihrer Frau das nur antun?" Schwester Gertrudis zog ein sorgenvolles Gesicht auf.

„Wie ich schon sagte. Das kam aus heiterem Himmel,

aber ich bin sicher, wenn es mit der Geburt so weit ist-"

„Schon wieder ein Mordfall, was denken Sie sich eigentlich dabei?"

Oh nein! Ich ließ mich rückwärts ins Kissen fallen. Schwester Gertrudis war schon informiert. Und nicht nur das. Ich wußte, was jetzt kam. Schwester Gertrudis war aus keinem anderen Grund hier, als mit mir diesen Mordfall zu besprechen. Denn unsere Sekretariatsnonne verstand sich als Expertin, seit sie fast alle Agatha-Christie-Bände auswendig hersagen konnte.

„Ich kann wirklich nichts dafür", versuchte ich mich zu verteidigen, „ich hörte diesen Schrei, und da bin ich natürlich losgelaufen, hinter der Krankenschwester her, die den Schrei ebenfalls gehört hatte. Kein Mensch wäre untätig stehengeblieben", erklärte ich. „Man hatte das Gefühl, da schrie jemand um Hilfe. Aber als ich dann das Büro erreichte, war alles schon passiert. Es war die Sekretärin von Dr. Peuler, die so furchtbar geschrieen hat. Was allerdings auch kein Wunder war. Es war ein grauenvolles Bild, das sich uns da bot. Ein Bild, das mir den ganzen Tag nicht aus dem Kopf geht."

„Der Mann ist erschlagen worden, hat mir Schwester Ignazia erzählt", Gertrudis nestelte an ihrer schwarzen Haube herum. „Ignazia arbeitet hier im Krankenhaus an der Pforte. Wir gehen gelegentlich gemeinsam Fahrrad fahren." Bei Schwester Gertrudis wunderte mich gar nichts. Sie spielte leidenschaftlich am Computer und verfolgte mit Inbrunst die Begegnungen von Borussia Dortmund. Da waren gemeinsame Fahrradausflüge mit einer Schwester des Krankenhausordens eine geradezu alltägliche Beschäftigung.

„Ignazia hat mich auch darüber informiert, daß Sie an der Sache beteiligt sind!" Gertrudis' Worte hatten eindeutig etwas Vorwurfsvolles.

„Ich bin nicht an der Sache beteiligt", verteidigte ich mich. „Ich stand zufällig vor der Toilettentür, als dieser Schrei durch die Flure zu hören war. Sie können mir glauben, ich hätte auf den Toilettengang verzichtet, wenn ich geahnt hätte, welcher Anblick da auf mich zukommen würde."

„Jetzt ist es aber nun mal passiert", stellte Gertrudis pragmatisch fest, und ihr Tonfall vermittelte so etwas Ähnliches wie 'Selber schuld'.

„Warum erzählen Sie mir eigentlich nichts über das Kreuz?"

„Das Kreuz?" Ich schluckte. Warum erzählte ich eigentlich nichts über das Kreuz? Nun, das Kreuz war unheimlich, beängstigend. Außerdem hatte ich das Gefühl, dieses Detail unterliege ganz automatisch höchster Geheimhaltung. Um so mehr wunderte es mich, daß Gertrudis mich so offen darauf ansprach. Das Kreuz schien ja bereits in aller Munde zu sein.

„Das Kreuz", wiederholte ich schleppend. „Hat Ihnen davon auch diese Schwester Ignazia erzählt?"

„Im Vertrauen natürlich", beeilte sich Gertrudis zu sagen. „Diese Sache soll selbstverständlich nicht an die Öffentlichkeit gelangen. Aber Ignazia hat von einer Mitschwester darüber gehört. Soviel ich weiß, ist sie Stationsschwester auf der Drei. Kann das sein?"

„Schwester Berthildis", seufzte ich.

„Schwester Berthildis", bestätigte Gertrudis. „Nun, was denken Sie über das Kreuz?"

„Ich versuche möglichst überhaupt nicht an das Kreuz zu denken", stöhnte ich. „Glauben Sie mir, die Geschichte geht mir wirklich an die Nieren – und das, wo mein Blinddarm sowieso schon entzündet ist. Speziell dieses Kreuz läßt mich einfach nicht mehr los."

„Das ist genau die Absicht", sagte Gertrudis und lehnte sich auf ihrem Stuhl zurück. „Genau das will ein Täter, der ein solches Symbol hinterläßt. Er will eine Aussage machen, einen Hinweis geben. Er möchte, daß die Menschen darüber nachdenken. Er will, daß sie seine Botschaft verstehen."

„Aber das ist doch verräterisch", warf ich ein. „Das bedeutet doch, daß beim Verstehen der Botschaft die Spur zum Täter offen daliegt. Das kann dem Mörder doch nicht recht sein."

„Genau das ist ja der Reiz", erklärte Gertrudis, als sei sie in der Reihe von Polizeiprofilern eine echte Kapazität. „Es ist ein Rätsel, eine Aufgabe, die gelöst werden muß. Der Täter spielt mit den Ermittlern. Er testet sie."

„Aber das heißt, daß er sich seiner Sache sehr sicher sein muß."

„So ist es. Dieses Symbol muß sehr indirekt gemeint sein. Es zu entschlüsseln wird keine leichte Aufgabe sein."

„Für die Polizei!" betonte ich. Schwester Gertrudis überhörte meine Bemerkung.

„Was halten Sie eigentlich von der Todesart?" Die Frage war ein Witz an sich. Was hielt ich von der Todesart?

„Mir fällt es schwer, unter verschiedensten Todesarten die originellste zu prämieren", sagte ich sarkastisch. „Ich halte nämlich grundsätzlich nichts von Mord. Stellen Sie sich das vor."

„Ich auch nicht", meinte Gertrudis lapidar. „Aber wie Sie wissen, läßt die Mordvariante gelegentlich Rückschlüsse auf den Täter zu. Und auf sein Motiv."

Nicht schon wieder diese Leier. Die hatte sie schon bei früheren Fällen draufgehabt. Nach einem Artikel in der Zeitschrift *Psychologie aktuell* verstand Gertrudis sich als Fachfrau für dieses Thema. Um mir die Problematik näherzubringen, hatte sie mir einmal den Tod eines Haustyrannen erläutert, der von seiner Frau mit dem Staubsaugerschlauch erwürgt worden war, weil er sich permanent über irgendwelche Fuseln auf dem Teppich beschwert hatte.

„Es ist nicht auszuschließen, daß Dr. Peulers Mörder aus dem Umfeld des Krankenhauses kommt", dozierte die Amateurermittlerin. „Die Tatsache, daß der Täter so schnell und unbemerkt entkommen konnte, spricht dafür, daß er als Mitarbeiter des Krankenhauses lediglich ein paar Schritte zu gehen hatte, um an seinem Arbeitsplatz unbemerkt zu bleiben."

„Das ist eine Möglichkeit, die mir ganz und gar nicht behagt", erklärte ich. „Ganz zufällig werde ich nämlich morgen operiert, und die Vorstellung, daß Dr. Peulers Mörder irgendwie an diesem Akt beteiligt sein könnte, ist nicht gerade verlockend." Schwester Gertrudis ließ sich von meinen Bedenken nicht aus dem Konzept bringen.

„Und genau jetzt tut sich für mich ein Problem auf." Widerwillig lauschte ich Schwester Gertrudis, die jetzt erst richtig in Fahrt kam. „Wenn der Mörder tatsächlich dem

Krankenhauspersonal entstammte, hätte er oder sie doch viel bessere Möglichkeiten für diesen Mord gehabt. Welche, die auch zu seinem Berufsbild passen." Ich verstand nicht recht. Aber Gertrudis setzte ihre Ausführungen bereits fort.

„Niemand kann so dezent töten wie ein Mediziner. Ein Arzt hat doch alle Möglichkeiten: Eine Spritze mit tödlichem Inhalt oder eine vergiftete Akupunkturnadel. Eine Schwester könnte ein Schmerzmittel zu hoch dosieren oder eins der stationseigenen Skalpelle mal selbst in die Hand nehmen."

„Das Skalpell wäre wohl weniger unauffällig", grunzte ich. „Außerdem sind all diese Mordarten bestenfalls bei einem Patienten anwendbar, nicht aber beim Chef oder Kollegen."

„Kommt aufs Geschick an", erklärte Schwester Gertrudis und strich sich den Ärmel ihrer Tracht glatt. „Ein liebevoll zurechtgemixter Medikamentencocktail, wenn der Chef mal Kopfschmerzen hat, oder die ausgetauschten Herztabletten sind allemal dezenter als ein über den Schädel gehauenes Reisesouvenir. Insofern können wir das medizinische Personal ausschließen. Ich sage Ihnen: Die hätten anders gemordet."

„Von mir aus", gab ich zu. „Von mir aus hätte das Krankenhauspersonal dezentere Mordmöglichkeiten gehabt, wenngleich Ihre These vom Medikamentencocktail bei Kopfschmerzen ziemlich schwimmt. Aber haben Sie nicht eben erklärt, der Täter wolle sowieso nicht dezent sein." Ich sah, wie Schwester Gertrudis das Gesicht in Falten zog. „Der Täter hat eine Botschaft hinterlassen. Er möchte für Aufsehen sorgen, er möchte verstanden werden. Das sind Ihre Worte."

„Ich fürchte, Sie haben recht!" Schwester Gertrudis rutschte seufzend auf ihrem Stuhl ein wenig tiefer. „Aber es wäre so schön gewesen, wenn man das medizinische Personal als Verdächtige hätte ausschließen können. Das hätte den Täterkreis doch deutlich eingeschränkt."

„Sicher, es hätte den Täterkreis auf alle nicht-medizinisch arbeitenden Menschen eingegrenzt, die zur Tatzeit gerade in der Stadt waren", erläuterte ich zynisch.

„Mit Ihnen machen die Ermittlungen keinen Spaß", erwiderte Gertrudis beleidigt.

„Mit mir sind Ermittlungen überhaupt nicht durchführbar", widersprach ich vehement. „Ich bin krank. Morgen wird mir mein Blinddarm entfernt. Ich brauche meine Ruhe."

„Aber Sie sind Tatzeuge!" rief Gertrudis erregt. „Na ja, nicht ganz. Aber Sie sind einer der ersten gewesen, die das Opfer gefunden haben."

„Alles, was ich weiß, habe ich der Polizei bereits mitgeteilt", erklärte ich mit Nachdruck. „Für alles Weitere sind die Leute zuständig, die dafür bezahlt werden. Und dazu gehöre ich nun mal nicht."

„Sie waren schon einmal kooperativer", rügte mich Gertrudis.

„Ich war auch schon mal gesünder."

Schwester Gertrudis seufzte abgrundtief. „So belastbar wie früher sind die jungen Leute heute ja nicht mehr. Na ja", Schwester Gertrudis blitzte mich an, „dann halten sie während Ihrer Gesundung wenigstens die Augen auf!"

„Ich werd' mir Mühe geben", schoß ich zurück. „Aber speziell bei der Narkose wird mir das verdammt schwerfallen."

Gertrudis strahlte mich an. „Haben Sie schon mal was von lokaler Betäubung gehört?"

Resigniert zog ich mir die Decke über den Kopf. Ich fühlte mich krank. Ziemlich krank. Genaugenommen krank für zwei.

13

Dieser Kellermann war ein harter Brocken. Das hatte Hauptkommissarin Oberste sich gleich gedacht. Selbstsicher, überlegen, arrogant, so trat der junge Spund auf. Noch keine Vierzig, schätzte die Leiterin der Mordkommission. Noch keine Vierzig, und schon oben angekommen. Oder wollte er noch höher hinaus?

„Ich mache keinen Hehl daraus, daß ich mit Dr. Peuler nicht in allem einer Meinung war", erklärte Kellermann jetzt. „Wir vertraten immerhin zwei unterschiedliche Generationen. Peuler hätte mein Vater sein können."

„Wo waren Sie gestern morgen in der Zeit von sieben Uhr bis sieben Uhr dreißig?"

Kellermann grinste. Er konnte verdammt arrogant grinsen.

„Mit dieser Frage habe ich natürlich gerechnet. Ich muß Sie enttäuschen. Ich war nicht allein in meinem Büro. Ich war auch nicht ohne Zeugen hier in der Klinik unterwegs."

„Wir sind hier nicht in der Ratestunde", Marlene Oberste verlor zusehends ihre Beherrschung. „Beantworten Sie bitte präzise meine Frage und erzählen Sie mir nicht, wo Sie überall nicht waren."

Kellermann lächelte liebenswürdig. Er schien es zu genießen, daß sie aus der Haut fuhr.

„Ich war im Kreißsaal", sagte er schließlich. „Meine Zeugen heißen Annemarie Bergner, Peter Klein, Renate Klein und Lisa Klein. Lisa ist übrigens das Baby, das um sieben Uhr achtunddreißig zur Welt kam."

„Natürlich werden wir das überprüfen."

„Das wäre mir eine Ehre."

Marlene Oberste hätte Kellermann am liebsten einen Tritt versetzt. „Herr Dr. Kellermann, eine Frage noch. Warum haben Sie Ihrem Kollegen Dr. Lübke gedroht?"

„Gedroht?" Kellermann spreizte die Finger und legte die Fingerspitzen aneinander. Die Frage der Hauptkommissarin schien ihn köstlich zu amüsieren.

„Sie meinen wegen unser kleinen Auseinandersetzung heute morgen?"

„In der Tat, genau deshalb. Dr. Lübke hat zu Protokoll gegeben, Sie hätten geäußert, er habe nicht mehr lange zu leben."

„Nanana", Kellermann sah Marlene Oberste mit einer gespielten Sorgenfalte an. Der Kerl hatte so blaue Augen, daß man sich glattweg darin verlieren konnte. Zumindest, wenn man jung und unerfahren war. „Der Herr Kollege wird doch nicht die Unwahrheit gesagt haben, nur um mich in den Dreck zu ziehen?"

„Sind Sie da nicht schon?" Marlene Oberst sah den Gynäkologen herausfordernd an.

„Ich habe mit Dr. Lübke gestritten, weil er eindeutig seine Kompetenzen überschritten hat. Lübke ist von Peuler immerzu gedeckt worden. Er hat Privilegien bekommen, die ihm nach seiner fachlichen Kompetenz nicht unbedingt zustehen. Wissen Sie, Lübke hat von dieser Welt so gut wie nichts gesehen. Rein beruflich, meine ich jetzt", Kellermann lächelte selbstgefällig. „Brilon, Iserlohn, Hüsten, das waren seine Stationen, bevor er hier ans Pankratius kam. Der Mann hat nie an einer großen, bedeutenden Klinik gearbeitet. Er hat keine Referenzen außer ein paar sauerländischen Fleißzeugnissen. Unter uns gesagt, ist er ein chirurgischer Provinzklempner, der von Peuler über das angebrachte Maß hinaus protegiert wurde", Kellermann streckte seine Beine aus und machte es sich bequem. „In unserem Streitgespräch habe ich Dr. Lübke gegenüber provokant geäußert, ich sei nicht sicher, ob er noch lange genug im Haus beschäftigt sei, um einen Rachefeldzug gegen mich anzetteln zu können."

„Einen Rachefeldzug? Wofür müßte man sich denn an Ihnen rächen?"

„Lübke ist der Meinung, daß ich gegen Peuler intrigiert habe, oder besser noch: gegen die ganze Abteilung, wie er sagt."

„Was Sie natürlich bestreiten würden?"

Kellermann strich sein volles blondes Haar aus der Stirn. „Bei allem, was ich tue, habe ich nur eines im Sinn. Die Position unseres Krankenhauses zu verbessern. Offensichtlich ist man sich hier im Haus noch überhaupt nicht darüber im klaren, welchen Zeiten wir entgegengehen. Unser Gesundheitssystem wird sich radikal ändern. Darauf müssen wir eingestellt sein. Ich scheine der einzige zu sein, der den Ernst der Lage erkannt hat und bereit ist, Konsequenzen zu ziehen."

„Konsequenzen? Welcher Art?"

„Modernisierung und Ökonomisierung. Beides kann nur durchgesetzt werden mit einer harten, sicheren Hand."

„Ich nehme an, eine solche Hand haben allein Sie."

„Von mir aus können Sie sie gerne testen", Kellermann schaute Marlene Oberste herausfordernd an. „Ich muß jetzt direkt zur Visite. Sie können mich gerne begleiten."

„Vielen Dank, Herr Dr. Kellermann", die Hauptkommissarin raffte ihre Tasche zusammen. „Auf Ihre Gesellschaft verzichte ich mit besonderem Vergnügen."

14

„**Achtung Rutschgefahr!**" Das Schild stand unübersehbar direkt vor meiner Zimmertür. Es ließ sich unschwer erkennen, warum es da aufgestellt war, denn nur drei Meter entfernt grummelte eine Putzfrau wütend vor sich hin. Ich hörte etwas von „wer bezahlt mir diese Überstunden" und „gerne auch noch die ganze Nacht durcharbeiten", dann blickte die Frau zu mir herüber. „Gehn Sie ruhig durch!" ermunterte sie mich wenig herzlich. Die Stimme hörte sich nicht so an, als sollte ich mich dagegen entscheiden.

„Na, wenn Sie meinen!" Mit großen Schritten überwand ich die glänzende Fläche und machte mich vom Acker. Am Ende des Flurs war eine Praktikantin dabei, Sprudelflaschen für die Nacht auszugeben. Von den anderen Patienten war keiner zu sehen. Offensichtlich waren sie noch beim Abendessen, und die Zeit fürs Dessertzigarettchen war noch nicht gekommen. Ich wußte gar nicht genau, wo ich hinwollte, nur daß ich mal aus meinem Zimmer hinauswollte. Kurzerhand entschied ich mich, die Station zu verlassen. Ich nahm die Treppen und kam auf dem Weg nach unten wieder an den Bildern der Chefärzte vorbei. Im Vorbeigehen wurde mir bewußt, daß keine einzige Frau dabei war. Hier im Krankenhaus gab es ziemlich viel weibliches Personal. Allerdings bezog sich das offensichtlich nicht auf die Chefetage.

Nachdenklich machte ich mich auf den Weg zur Cafeteria. Es gab zwar wenig Aussicht, dort einen echten Absacker serviert zu bekommen, aber vielleicht konnte ich mir dort besser die Zeit vertreiben als auf meinem Zimmer. Inzwischen war ich im zweiten Stock auf der Inneren angekommen. Auch hier wurden gerade die Tabletts eingesammelt. Eine korpulente Schwester schob einen Küchenwagen über den Flur. Als an einem der Krankenzimmer die Tür aufstand, ertappte ich mich dabei, wie ich im Vorbeigehen verstohlen hineinblickte. Es war nur eine Sekunde, in der ich das Innere wahrnehmen konnte, und doch lief mir ein Schauder über den Rücken. Zwei Frauen hatten auf dem Zimmer gelegen, mit schlohweißem Haar und ausgemergeltem Gesicht. Die eine wurde gerade mit einem Löffel gefüttert, die andere hatte die Augen geschlossen. Ich atmete tief durch. Sie hatte wie tot ausgesehen. Oder konnte im Tod die Haut noch weißer und das Gesicht noch schärfer wirken als bei der Dame dort drinnen? Mit hastigen Schritten ging ich weiter. Endlich hatte ich die Glastür erreicht und stand nun dort, wo ich heute mittag schon per Aufzug angekommen war. Verdammt, die Cafeteria machte gerade zu. Ich warf einen Blick auf die Armbanduhr. Halb sieben, schon Feierabend. Ich ließ meinen Blick schweifen. Links neben der Cafeteria lag der Eingang zur Kapelle. Die zweiflüglige Holztür aus schwerer Eiche war noch nicht verschlossen. Geistige Einkehr war offensichtlich für die Patienten länger zu haben als eine Tasse Kaffee. Neugierig trat ich einen Schritt näher. Oberhalb der Tür war eine Darstellung aus Metall angebracht – ein Pelikan, der sich selbst in die Brust pickte, um mit dem eigenen Fleisch die Jungen zu füttern. Eine Erinnerung überkam mich. Eine solche Pelikandarstellung war auch in meiner Heimatkirche zu sehen gewesen, dort allerdings in Form eines bunten Fensterbildes. Die Darstellung hatte mich schon als Kind fasziniert. Sich selbst Schmerz zuzufügen, um die Kinder zu retten, das überstieg damals mein Vorstellungsvermögen. Ich machte einen Schritt in die Kapelle hinein und staunte. So groß hatte ich mir den Raum nicht vorgestellt. Hier hatte gut und gerne eine kleine Kirchengemeinde Platz. Ob die Kirchenbänke heute noch alle genutzt wurden?

Langsam ging ich weiter in den dunklen Raum hinein. Die Kapelle war wie von Stille durchflutet. Ich setzte mich einen Augenblick in eine der hinteren Bänke. Die Kälte des nackten Holzes durchströmte meinen Körper. Ganz vorn im Kirchenraum stand ein schlichter Altar. Komisch eigentlich, daß das größte Kreuz hinten an der Rückwand angebracht war. Das Kreuz. Schwester Gertrudis' Worte fielen mir ein. Der Täter möchte eine Botschaft hinterlassen. Eine Botschaft, die entschlüsselt werden soll. Ich beugte mich vor und begann zu grübeln. Was war das für eine Botschaft? Ein Kreuz war so allgemein. Es bedeutete Tod. Der Täter hatte sein Opfer umgebracht. Aber das war doch viel zu banal. Das war keine Botschaft. Ganz deutlich sah ich jetzt wieder das rote Kreuz vor meinen Augen. Die in die Haut eingeritzten Schnitte waren beide gleich lang gewesen. Sie unterschieden sich somit deutlich von einem Kreuz, wie es hier in der Kapelle angebracht war. Das Kreuz, das ich heute morgen auf Dr. Peulers Rücken gesehen hatte, hätte genausogut ein Pluszeichen sein können.

„Nervös?" Die tiefe Stimme war direkt an meinem Ohr. Ich fuhr zusammen und drehte mich um.

Dr. Wolkov kniete in der Bank hinter mir. Sein Kopf war nur dreißig Zentimeter von meinem entfernt. Er mußte unmittelbar nach mir in die Kapelle gekommen sein. Und zwar auf denkbar leisen Sohlen.

„Nervös, ja, ich bin nervös."

„Kein Grund, kein Grund", sagte Dr. Wolkov. „Reine Routine."

„Ich weiß", stotterte ich. Noch immer steckte mir der Schreck in den Gliedern. „Aber es war alles etwas viel heute."

Dr. Wolkov antwortete nicht darauf. Ich selbst hatte einfach nur den Wunsch, diesen Ort zu verlassen.

„Schönen Abend dann noch", sagte ich beim Aufstehen. Wolkov nickte nur kurz. Wie er da so in der Bank kniete, hatte ich den Eindruck, daß er in Ruhe beten wollte. Als ich auf dem Weg zum Ausgang am Kreuz vorbeikam, blieb ich doch noch einen Augenblick stehen. *Was war die Botschaft?* Wenn man diese Frage beantwortet hatte, war der Weg zum Täter nicht weit. Mein Blick blieb am Korpus des großen Holzkreuzes hängen. Jesus hatte in der rechten Seite eine Wunde – der Lanzenstich eines Soldaten unterm Kreuz. Aus der Einstichstelle tropfte ein wenig Blut. Ich weiß nicht, ob es ein unheiliger Gedanke war - auf jeden Fall kam mir in den Sinn, daß ungefähr an dieser Stelle auch der Blinddarm liegen müßte. Unwillig schüttelte ich den Gedanken ab und schaute mich noch einmal nach Wolkov um. Der russische Arzt hatte die Hände vorm Gesicht, so wie ich es als Kommunionkind gelernt hatte, wenn man die Hostie empfangen hatte. Was hätte ich gegeben, wenn ich nun Wolkovs Gedanken hätte lesen können. Bat dort ein Mörder um Vergebung? Ich wandte den Blick ab und ging zum Ausgang. Direkt neben der Eichentür fiel mir ein schmiedeeiserner Schirmständer auf. Ich stutzte. Wozu brauchte man einen Schirmständer, wenn ausschließlich Patienten und Schwestern aus dem Hause hierherkamen? Konnten die Fußkranken hier ihre Krücken abstellen? Nun, ich mußte ja nicht alles verstehen. Nur, wer Dr. Peuler umgebracht hatte, das wollte ich schon irgendwann wissen.

+

Als die Dunkelheit über das Zimmer gekommen war, holte er es heraus. Vorsichtig legte er das Skalpell auf den Schreibtisch und versuchte sich zu konzentrieren. Ein tiefes Gefühl der Befriedigung überkam ihn. Er hatte es getan, er hatte es wirklich getan!

Seine Vorbereitungen hatten sich bewährt. Es war, wie er vermutet hatte. Je besser die Vorüberlegungen, desto unproblematischer die Durchführung. Im Grunde war alles so einfach gewesen. Der Schlag, das Kreuz. Alles zusammen hatte es nicht länger als drei Minuten gedauert, bis er wieder aus dem Zimmer heraus gewesen war. Und die Zeit hatte gereicht. Schließlich hatte er die Situation vorher oft genug durchgespielt. Er wußte, wo er sitzen würde, und er wußte, wonach er greifen mußte.

Was er nicht genau sagen konnte, war, wann man ihn gefunden hatte. Nach seinen Berechnungen mußte es um sieben Uhr sechzehn gewesen sein. Das war so nicht geplant gewesen. Frau Merz kam eigentlich immer erst um halb acht. Insofern hatte er Glück gehabt. Trotz aller Vorbereitungen hätte er erwischt werden können. Aber es hatte geklappt. Er hatte in Ruhe verschwinden können. Wirklich, ganz in Ruhe.

Vorsichtig faßte er jetzt über den Griff des Skalpells. Nur in diesem Punkt war er vom Plan abgewichen. Eigentlich hatte er das Werkzeug verschwinden lassen wollen. Aber plötzlich war sein Bedürfnis, es zu behalten, so groß gewesen. Er hatte es in seine Tasche gesteckt und sah plötzlich gar kein Problem mehr darin. Niemals würde er verdächtigt werden. Er konnte es verwahren. Abends in der Dunkelheit würde er es herausnehmen und vorsichtig streicheln. In Zeitlupe glitt sein Zeigefinger über die Oberfläche der Klinge. Sie fühlte sich stumpf an, irgendwie hügelig. Ein unregelmäßiger Belag haftete daran. An der Klinge klebte getrocknetes Blut.

15

Als ich die Augen öffnete, sah ich Alexa. Sie schaute mich nicht an, sondern saß an meinem Bett und las in einem Buch. Als sie aufblickte, lächelte sie.
„Vincent, du bist aufgewacht." Sie legte das Buch beiseite und strich mir mit der Hand über die Stirn."
„Jetzt bist du ihn los. Es ist alles in Ordnung."
Ich hatte einen ekligen Geschmack im Mund.
„Wie spät ist es?" fragte ich. Ich mußte erst meine Lippen ein wenig erproben.
„Kurz nach zwei, du hast lange geschlafen, nachdem du schon einmal wach geworden bist, direkt nach der Operation."
„Ich war schon mal wach?" Tatsächlich konnte ich mich nicht daran erinnern. Allerdings hatte ich noch das furchtbare OP-Hemd an. Ich tastete meinen Bauch ab. Die Naht war wirklich nicht groß. Sie ließ sich unter einem winzigen Pflasterverband verbergen. Allerdings schmerzte sie ein wenig, als ich mich auf die Seite drehte.
„Puh, geschafft." Erst jetzt stellte sich die große Erleichterung ein. Der Blinddarm war weg. Wenn ich den Ärzten glauben durfte, ging es mir schnell wieder gut, und ich konnte bald hier raus.
„Schön, daß du da bist." Ich faßte Alexas Hand. „Geht

es dir gut?"

„Alles in Ordnung. Der Kleine wartet, bis du wieder ganz auf den Beinen bist."

„Recht so. Du hast gelesen?"

„Nichts Besonderes. Interessanter sind heute die Zeitungen." Alexa griff ans Fußende und holte zwei Tageszeitungen heran. „Sie sind natürlich voll von dem Mord. Sogar die Schützenfestberichte sind auf Seite vier gerutscht."

„Wen wundert's? Dr. Peuler war ein Mann öffentlichen Interesses. Außerdem ist ein Mord in dieser Stadt zum Glück noch immer eine Seltenheit." Plötzlich mußte ich husten. Ich hielt mir die Seite – mein Blinddarm, oder besser: mein ehemaliger Blinddarm. Husten und lachen waren derzeit nicht unbedingt der Brüller.

Alexa blätterte in der Zeitung und suchte mir den Lokalteil heraus. „Hier, schau mal, das ist Peulers Frau." Auf dem Foto war der Arzt mit seiner Frau zu sehen, offensichtlich auf einer Art Benefizgala. Unten drunter stand, daß der Lions-Club ein Konzert zugunsten eines bulgarischen Waisenhauses veranstaltet hatte. Eva Peuler war die Hauptorganisatorin gewesen.

„Die habe ich schon öfter in der Zeitung gesehen", murmelte ich.

„Ja, sie ist stark ehrenamtlich engagiert", erklärte Alexa. „Die Frau hat schon viel auf die Beine gestellt."

„Was steht in den Artikeln?"

„Die Polizei hat noch keine heiße Spur und ermittelt in alle Richtungen."

„Der Typ läuft also noch immer frei herum."

„Der Typ. Vielleicht ist es ja auch eine Frau."

„Nein."

Alexa sah mich überrascht an. „Wie kommst du darauf?"

„Ich weiß es einfach."

„Interessant. Du weißt es einfach", Alexas Stimme klang ironisch. „Vielleicht ist dir bei so viel Intuition ja auch klar, wer der Mörder ist."

„Leider nicht!" Ich drehte mich zurück auf den Rücken. „Aber eine Frau hätte nicht dieses Kreuz geritzt."

„Dieses Kreuz?" Alexa sah mich irritiert an. „Was für ein Kreuz?"

„Der Täter hat ein Kreuz hinterlassen. Am Opfer selber."

Es war praktisch unmöglich, ihr die Sache schonend beizubringen.

„Dr. Peuler ist das Kreuz in den Rücken geritzt worden, durch die Kleidung hindurch."

Alexa setzte sich kerzengerade hin, sie war eine Nuance blasser geworden.

„Davon steht gar nichts in den Zeitungen", murmelte sie.

„Das wundert mich eigentlich. Mir war klar, daß die Polizei sich mit Details zurückhalten wird. Aber ehrlich gesagt, hat Schwester Gertrudis mich gestern bereits darauf angesprochen. Die Polizei hat die Augenzeugen nicht geimpft, da geht so eine Sache natürlich schnell rum."

„Und warum hast du *mir* nicht davon erzählt?" Ich hatte gewußt, daß die Frage kommen würde, aber ich hatte trotzdem keine gute Antwort parat.

„Alexa, es tut mir leid." Ich versuchte, ihre Hand zu fassen, kam aber leider nicht heran. „Ich weiß, daß es nicht richtig war. Um ehrlich zu sein, belastet mich diese Sache ganz fürchterlich. Dieses Bild verfolgt mich überallhin. Und ich versuche mit allen Mitteln, es zu verdrängen."

Gott sei Dank lockerte sich Alexa ein wenig. „Es wäre besser gewesen, wenn du mir davon erzählt hättest."

„Ich weiß."

Alexa faßte meine Hand. „Mensch, Vincent, diese Sache ist so grauenvoll. Ein Kreuz, was soll das?"

„Wenn ich das wüßte. Schwester Gertrudis sagte gestern, der Täter habe eine Botschaft hinterlassen wollen, und das trifft die Sache auf den Punkt. Das Kreuz ist ein Zeichen. Ein Zeichen, das irgend jemand verstehen soll."

„Das Kreuz steht für den Tod."

„Ja, natürlich, aber so banal ist die Sache meiner Meinung nach nicht. Jedenfalls ist es nicht so direkt zu verstehen. Nicht in dem Sinne: Dieser Mensch ist jetzt tot."

„Du hast recht, das wird es nicht sein."

„Gestern habe ich schon mal im Ernst daran gedacht, daß es genausogut ein Pluszeichen sein könnte", erklärte ich, „denn so sah das Zeichen aus: wie ein rotes Plus."

„Das Rot kam vom Blut?" Alexas Blick war angewidert.

„Ja, der Kerl muß ziemlich tief geritzt haben, durch die Kleidung hindurch bis in das Fleisch hinein. Blut ist aus der Wunde ausgetreten und hat die Ränder des Kittels rot gefärbt."

Alexas Gesichtsausdruck hatte sich noch immer nicht gewandelt.

„Das ist das Bild vor meinen Augen", erklärte ich. „Dr. Peuler, wie er da mit starrem Blick vornüber auf der dunklen Schreibtischplatte liegt, und auf seinem Rücken das rote Kreuz auf weißem Untergrund."

„Das ist ja schaurig!" Alexa schüttelte sich.

„Weißt du, ich habe lange darüber nachgedacht. Ich glaube, daß die Sekretärin, Schwester Berthildis und ich unmittelbar nach dem Mord da gewesen sein müssen. Und mit unmittelbar meine ich wirklich wenige Minuten. Wenn dem Opfer in die Haut geschnitten wurde, wird das Blut schnell ausgetreten sein. Ich schätze, wenige Minuten später hat man das blutige Kreuz gar nicht mehr erkannt."

Alexa nickte mit leicht angewidertem Gesichtsausdruck.

Ich warf noch einen Blick in die Zeitungen. „Und die Polizei hat noch keine heiße Spur?"

„So steht's jedenfalls dadrin. Und Max hat sich leider auch noch nicht wieder gemeldet."

Ich überlegte, was das bedeutete. Hatten die verschwundenen Medikamente nichts mit dem Mordfall zu tun? Oder hielt die Polizei sich aus rein strategischen Gründen bedeckt?

„Es gibt da noch etwas", ich legte die Zeitungen beiseite. „Du hast doch Benno kennengelernt, meinen ehemaligen Schüler."

Alexa hörte mit großen Augen zu, den Mund leicht geöffnet. Als ich geendet hatte, sagte sie zunächst gar nichts.

„Ich habe lange gezögert, ob ich dich mit dem ganzen Kram überhaupt belasten soll", erklärte ich. „Du bist hochschwanger, und die Geburt steht bald an. Du solltest besser-"

„Halt!" Ich zuckte zusammen. Alexas Gesichtsausdruck

hatte etwas Bedrohliches. „Mir reicht's jetzt mit dieser Rücksichtnahme. Ich bin weder krank noch psychisch labil. Sicher, die Geburt steht bald an, aber das heißt nicht, daß ich mich bis dahin ins Bett legen und Rosamunde-Pilcher-Romane lesen sollte. Wenn es etwas zu tun gibt, dann werde ich das in Angriff nehmen. Und das gleiche sollte auch für dich gelten. Unser Freund Max steckt als Praktikant im Ermittlungsteam. Vielleicht können wir ihm helfen, indem wir Informationen bereitstellen." Alexa legte einen trotzigen Gesichtsausdruck auf. „Ich habe nicht vor, von nun an mit Lupe und kariertem Käppi durch die Gegend zu rennen. Aber wenn ich etwas höre, was Max helfen könnte, werde ich ihm natürlich davon erzählen. Du machst dir doch etwas vor, wenn du behauptest, du wolltest nichts damit zu tun haben. In Wirklichkeit beschäftigst du dich sehr wohl mit der Sache, gib es doch zu!"

Ich antwortete nicht gleich, so daß Alexa ein feistes, hochschwangeres Grinsen aufsetzte.

„Weißt du, Vincent, manchmal weißt du einfach selbst nicht so genau, was in dir vorgeht. Meinst du nicht auch?"

„Oh ja", stimmte ich mißmutig zu, „eigentlich ist das das Schönste an unserer Ehe: Daß du mich immer wieder gratis informierst, was ich eigentlich denke."

„Mach' ich doch gern", hauchte Alexa und gab mir einen sanften Kuß auf die Nase.

16

Es wurde elf Uhr, bevor Max etwas zu tun bekam. Vorher hatte sich niemand zuständig gefühlt. Alle waren herumgehetzt, hatten telefoniert oder am Computer gearbeitet. Jetzt aber war Besprechung für alle Mitglieder des Ermittlungsteams, und Max durfte dabeisein. Das Treffen fand im Konferenzzimmer statt, das außer einem riesigen runden Tisch ein Flipchart und einen Fernseher zu bieten hatte. Vier Leute in Zivil waren außer Hauptkommissarin Oberste im Raum, außerdem zwei Polizisten in Uniform. Marlene Oberste hatte Max in zwei Sätzen vorgestellt und war nun dabei, die Ereignisse zu resümieren.

„Wir stehen mit unseren Ermittlungen noch ganz am Anfang", erklärte sie den ernsten Gesichtern, die sich um einen runden Tisch zusammengefunden hatten. „Das ist schlecht, wenn man bedenkt, daß die Medien jeden unserer Schritte aufmerksam verfolgen werden. Der Mord im Krankenhaus ist ein Fall großen Interesses, und wir tun gut daran, ihn so schnell wie möglich abzuschließen."

„Wie immer", kommentierte ein junger Kollege mit Schnauzbart.

„Genau, wie immer", bestätigte die Hauptkommissarin kühl. Sie war die einzige, die stand. Jetzt ging sie zwei Schritte zurück und lehnte sich an die Fensterbank. „Ich möchte, daß wir zunächst alle bisherigen Ergebnisse zusammentragen und dann neue Aufgaben verteilen. Bertram, du hast dich um den vorläufigen Obduktionsbericht gekümmert. Was steht drin?"

„Wie erwartet", ein stämmiger Mann mit kurzem, dunklem Haar und Vollbart rückte ein paar Papiere zurecht, „Peuler wurde durch zwei kräftige Schläge auf den Hinterkopf getötet. Die Schädeldecke wurde komplett zertrümmert, der Mann muß innerhalb von zwei Sekunden tot gewesen sein."

„Die Tatwaffe?"

„Nochmal wie erwartet. Die Marmorfigur, die neben dem Opfer lag, paßt hundertprozentig zur Art seiner Verletzung. Wir können davon ausgehen, daß das die Tatwaffe ist."

„Was ist mit Peuler – irgendwelche Auffälligkeiten?"

„Fehlanzeige. Im Körper war kein Morphium nachzuweisen, nicht aktuell und auch nicht von einem älteren Konsum. Im Körper finden sich außerdem keine Einstichlöcher. Der Mann war absolut clean."

„Gut soweit", Marlene Oberste nickte ihrem Kollegen zu. „Tatwaffe war also die Marmorfigur. Diese Figur stand seit vielen Jahren bei Peuler im Büro. Es gibt zwei Möglichkeiten. Entweder der Täter handelte im Affekt und griff eher willkürlich nach der Figur oder aber-"

„-der Täter kannte sich aus", vervollständigte eine andere Kollegin. „Der Täter wußte, daß diese Marmorgranate dort stand."

„Dafür spricht einiges", erklärte ein anderer. Er hatte ein sehr jungenhaftes Aussehen, vor allem wegen seines sommersprossigen Gesichts. „Ich habe eben nochmal mit den Kollegen von der Spurensicherung gesprochen. Auf der Türklinke fanden sich Fingerabdrücke von Peuler, allerdings waren sie nicht vollständig, sondern leicht verwischt. Meckler hat dafür zwei Gründe parat. Entweder hat jemand seine Fingerabdrücke weggewischt und damit auch Peulers, wahrscheinlicher ist aber, daß da jemand mit Handschuhen am Werk war. Denn hätte jemand rumgewischt, wäre das sorgfältiger passiert. Der Kollege tippt auf Gummihandschuhe, dann allerdings auf welche ohne Profil."

„Wie wäre es mit diesen medizinischen Notfallhandschuhen, die man im Verbandskasten hat?" Einer der uniformierten Polizisten hatte die Frage gestellt.

„Auf die tippe ich auch. Natürlich liegen die im Krankenhaus an jeder Ecke rum."

„Was ist mit der Tatwaffe?" Marlene Oberste brachte sich jetzt ein. „Auch keine Abdrücke nehme ich an."

„Nein, gar nichts. Auch das spricht für Handschuhe. Und noch etwas: Die Spurensicherung meint, auch an den Schreibtischgriffen sähe man keinen alten Fingerabdruck, sondern nur Verwischtes und das, obwohl die Putzfrau zuletzt vor einer Woche da war und seitdem wohl keiner den Lappen geschwungen hat. Man will sich nicht hundertprozentig festlegen, aber wir sollten im Auge behalten: Auch die könnte der Täter angefaßt haben."

Marlene Oberstes Blick fing sichtlich Feuer. „An den Schreibtischgriffen", wiederholte sie. „Das läßt uns die Frage stellen, ob der Täter etwas gesucht hat."

„Danach sah es eigentlich nicht aus", brachte die junge Frau ein, die sich schon am Anfang gemeldet hatte. „Jemand, der in Eile etwas sucht, würde die Sachen doch einfach herauskramen. Demnach müßte das Innere in Unordnung oder sogar herausgerissen sein."

„Brigitte kennt sich da aus", feixte der Sommersprossige. „Die hat schon ein paar Hausdurchsuchungen hinter sich."

„Im Ernst", Marlene Oberste ergriff wieder das Wort.

„Tatsächlich sahen die Schubladen unauffällig aus. Brigitte, du hast dir den Inhalt näher angesehen, wenn ich das richtig im Kopf habe."

„Genau. Ich habe den Inhalt vor Ort durchgesehen. Was auch nur annähernd interessant wirkte, habe ich mitgenommen. Bertram und ich sind gerade dabei, das durchzuarbeiten."

„Wir müssen versuchen sicherzustellen, daß nichts fehlt. Vielleicht weiß die Sekretärin Bescheid, was in den Schubladen verwahrt wurde. Kümmerst du dich darum?"

Die Frau, die Brigitte hieß, nickte stumm und machte sich Notizen.

„Apropos Sekretärin", die Hauptkommissarin wandte sich jetzt an den Sommersprossigen. „Von der müßten ebenfalls Fingerabdrücke an der Türklinke sein."

„Natürlich, habe ich vergessen zu erwähnen. Die Sekretärin hat sich auch verewigt. Als der Chef nach mehrmaligem Klopfen nicht geantwortet hat, hat sie die Tür geöffnet. Ihre Abdrücke waren an der Außenklinke leicht zu identifizieren. Als Täterin müßte sie schon erst mit einem Handschuh hantiert und anschließend bewußt Fingerabdrücke hinterlassen haben."

„In Bezug auf die Sekretärin ist noch ein anderer Punkt wichtig", hielt Marlene Oberste fest. „Sie kam gegen viertel nach sieben. Das hat auch der Pförtner bestätigt. Bertram, was sagt die Autopsie über den genauen Todeszeitpunkt?"

„Kurz vorher", Bertram sprach sehr langsam und bedacht, „dafür gibt es einen triftigen Grund, und das ist das Kreuz. Frau Dr. Mahler sagt, daß nach Eintreten des Todes nur noch langsam Blut nachgesickert sein kann. Das ist immer so, wenn das Herz zum Stillstand kommt. Als wir eine gute Stunde später den Toten gesehen haben, waren T-Shirt und Kittel ziemlich durchtränkt. Das Kreuz war nicht sehr gut erkennbar. Die Tatsache, daß die drei Personen, die die Leiche gefunden haben, das Kreuz noch sehen konnten, zeigt eindeutig, daß sie unmittelbar nach dem Täter im Raum gewesen sein müssen. Vielleicht zwei Minuten später oder drei, um eine Zahl zu nennen."

Einen Moment sagte keiner etwas. Allen war klar, daß

der Täter um ein Haar in flagranti erwischt worden war.

„Ich habe hier ein paar Fotos von der Leiche", sagte Bertram und hielt die Aufnahmen hoch, „angefertigt etwa eine Stunde nach der Tat. Hier sieht man eigentlich kein Kreuz mehr, sondern nur noch den roten Fleck."

„Der Täter hat also Glück gehabt", faßte Hauptkommissarin Oberste zusammen. „Er konnte nicht damit rechnen, daß die Sekretärin schon um viertel nach sieben aufkreuzt. In der Regel kommt sie erst gegen halb acht. Außerdem geht sie gar nicht bei ihrem Chef ins Zimmer, sondern direkt in ihr Büro."

„Das heißt, im Normalfall hätte er eine Viertelstunde mehr Zeit gehabt." Kollegin Brigitte legte die Stirn in Falten.

„Hätte er, wenn Frau Merz nicht am Freitag ihren Büroschlüssel dem Chef geliehen hätte und wenn sie nicht eher gekommen wäre, weil die monatliche Abrechnung anstand. Das haben wir ja gestern schon nach der Befragung von Frau Merz gehört." Marlene Oberste ging ein paar Schritte umher. „Kommen wir zurück zum Tathergang. Was passierte, bevor die Sekretärin Peuler fand? Wir waren da eben an einem wichtigen Punkt, als es um die Tatwaffe ging. Peuler hat gestern wie immer ab sieben Uhr in seinem Büro gesessen. Mitarbeiter haben erklärt, das sei sein morgendliches Ritual vor den Operationen gewesen, bei dem er nicht gestört werden wollte. Wir können also davon ausgehen, daß der Täter Peuler ganz bewußt zu dieser Zeit aufgesucht hat. Eine Tat im Affekt ist auszuschließen, weil der Täter vermutlich Handschuhe getragen hat."

„Dagegen spricht noch eine andere Sache", erklärte der Sommersprossige, „Peuler hat an seinem Schreibtisch gearbeitet. Vor ihm lag eine Mappe mit Unterlagen. Und genau in dieser Haltung ist er erschlagen worden. Peuler war seinem Opfer nicht zugewandt."

„Gut, Jan, daß du das noch einmal ansprichst", sagte Marlene Oberste, „wenn wir uns die Situation noch einmal vorstellen, erscheint es in der Tat so, als habe Peuler seinen Täter gekannt. Wäre ein Fremder hereingekommen, hätte er sicher nicht weitergearbeitet. So aber scheint er in seine Unterlagen vertieft gewesen zu sein, als der

Täter zuschlug."

„An dieser Stelle habe ich eine echte Neuigkeit", Kollege Jan wedelte mit einem Papier. „Bericht der Spurensicherung. Wie wir alle wissen, lag Peulers Kopf in einer Blutlache. Trotzdem ließen sich am Rand der Mappe, über der Peuler zusammengebrochen ist, winzige Schleifspuren nachweisen."

„Schleifspuren?" Oberste blickte irritiert.

„Nun, Blutspuren, die darauf hindeuten, daß etwas über das Papier gezogen wurde. Aller Wahrscheinlichkeit nach ein anderes Papier. Kurz und gut: Jemand hat dem Peuler ein Blatt Papier unter dem Kopf weggezogen."

„Bingo!" Marlene Oberste war freudig erregt. „Das paßt zu den Schreibtischschubladen. Jemand hat etwas gesucht. Etwas, das nicht gefunden werden soll. Darauf müssen wir unser ganzes Augenmerk richten."

„Aber was ist dann mit dem Kreuz?" Brigitte brachte sich jetzt wieder ins Spiel.

„Zwei Möglichkeiten", Marlene Oberste kratzte sich am Kopf. „Entweder hat das, was gesucht wurde, ebenfalls mit dem Kreuz zu tun, oder beim Einritzen des Kreuzes handelt es sich um ein Ablenkungsmanöver."

„Aber um ein ziemlich aufwendiges", warf Brigitte ein.

„Das Kreuz" die Hauptkommissarin warf ihren Kopf zurück. „Wir haben das Kreuz gestern als Schlüsselsymbol dieses Falls bezeichnet, und ihr könnt mir glauben, ich habe die halbe Nacht mit diesem Kreuz zugebracht." Oberste machte eine Kunstpause, die anderen lauschten andächtig. „Zunächst habe ich selbst recherchiert, heute morgen hatte ich dann noch ein Telefonat mit jemandem aus Süddeutschland, der sich mit solchen Ritualhandlungen auskennt. Das Kreuz hat als Symbol in verschiedenen Kulturkreisen und Epochen unendlich viele Bedeutungen. Die beiden dominierenden sind hierzulande jedoch die Bereiche Tod und Notfall."

„Mir ist heute morgen erst aufgefallen, daß auf Hinweisschildern die Richtung zum Krankenhaus mit einem roten Kreuz angezeigt wird", sagte der Sommersprossige.

„Krankenhaus, Notfallkoffer, überall dort wird das Kreuz verwendet", stimmte Marlene Oberste zu.

„Was ist mit dem Roten Kreuz?" erkundigte sich Brigitte. „Ich meine die Organisation Rotes Kreuz."

„Die ist mir natürlich auch in den Sinn gekommen", erklärte die Hauptkommissarin. „Es wäre wichtig herauszufinden, ob Peuler eine Verbindung zum Roten Kreuz hatte. War er Mitglied? Hat er einmal in einem Krankenhaus gearbeitet, das vom Roten Kreuz betrieben wurde? Das müssen wir checken. Was fällt euch sonst noch zum Kreuz ein?"

„Das Kreuz als Symbol fürs Krankenhaus", dieser Bertram starrte beim Sprechen vor sich hin, „das könnte in zweifacher Hinsicht gemeint sein. Entweder rächt sich da ein Patient an Peuler persönlich, zum Beispiel wegen einer verunglückten Operation, oder aber jemand läßt seinen Zorn an der Institution Krankenhaus heraus, am Berufsstand der Ärzte, irgendein geistig Verwirrter, der sich eher beispielhaft Peuler ausgeguckt hat."

„Diesen letzten Gedanken hatte ich auch schon", Marlene Oberste legte die Stirn in Falten. „Ich halte den Fall für nicht sehr wahrscheinlich, aber wenn er doch zutrifft, wißt ihr, was das bedeuten könnte."

„Weitere Morde", sagte Bertram.

„Genau, weitere Morde", Oberste ging ein paar Schritte an den Tischen entlang. „Und damit wären wir wieder am Ausgangspunkt. Wir müssen schnell sein. Es ist nicht auszuschließen, daß der Mörder ein zweites Mal zuschlägt."

„Eine Sache ist noch wichtig", der Sommersprossige nutzte eine kurze Pause, um zu Wort zu kommen. „Gehen wir von einem Täter aus, der sich frei im Krankenhaus bewegt, oder kann auch jemand von außen gekommen sein?"

„Der Mörder war wenige Minuten vor Entdecken der Leiche auf dem Flur. Dort ist jedoch niemandem ein Fremder aufgefallen. Das spricht fürs Personal", meinte der Kollege mit dem Schnauzbart.

„Dafür sprechen auch die Handschuhe", bestätigte Brigitte. „Solche Gummihandschuhe werden ja vorwiegend im medizinischen Bereich getragen. Ganz klar, das Personal steht obenan. Trotzdem können wir uns darauf nicht beschränken. Schwester Berthildis hat berichtet, daß um diese Zeit auf der Station nicht gerade die Hölle los war. Es ist also durchaus möglich, daß ein Fremder auf der Station war, ohne bemerkt zu werden."

„Was heißt hier überhaupt Fremder?" warf der Sommersprossige ein. „Was ist mit einem Patienten? Und damit meine ich nicht nur die Patienten auf der Drei. Ohne Probleme kann jemand von einer anderen Station herauf- oder heruntergekommen sein. Immerhin liegt Peulers Büro ziemlich am Ende des Flurs."

„Wir müssen noch weiter öffnen", erklärte Bertram, der Bärtige. „Zwar sitzt der Pförtner unten und sieht zu, daß keine Besucher die Besuchszeit umgehen. Trotzdem kann niemand ausschließen, daß nicht doch jemand hineingekommen ist. Viele Patienten, die neu ins Krankenhaus kommen, sollen sich um sieben auf der Station melden. Der Pförtner läßt sie natürlich durch, wenn sie mit Reisetasche anmarschieren. Es ist uns noch nicht gelungen, genau zu rekapitulieren, wer auf diese Weise um die Uhrzeit ins Krankenhaus gelangt ist. Aber selbst wenn uns das gelänge, besagte das noch nicht viel. Ich habe mir gestern noch die Notausgänge angesehen. In jedem Treppenhaus befindet sich im Erdgeschoß eine Tür nach draußen. Die ist zwar nur von innen zu öffnen, doch wenn man sie entsprechend präpariert oder mit einem einfachen Schraubenzieher bearbeitet, ist man ruckzuck drinnen."

„Das heißt, jeder, der sich im Krankenhaus auskennt, der unauffällig gekleidet ist, konnte zu Peuler gelangen", Marlene Oberste seufzte. „Hört sich ermittlungstechnisch phantastisch an. Trotzdem müssen wir zunächst vom Wahrscheinlicheren ausgehen: Nämlich, daß jemand, der bereits im Krankenhaus war, die Tat begangen hat. Die Zeit drängt. Wir werden jetzt die dringendsten Aufgaben verteilen. Gleichzeitig habe ich noch eine gute Nachricht für euch."

Alle sahen die Hauptkommissarin erstaunt an. „Wir bekommen Nachschub." Ein Raunen ging durch den Raum. „Zwei Leute werden uns ab morgen verstärken. Außerdem werden Herr Kaiser und Herr Brandt hier von der Wache weiter zur Verfügung stehen." Oberste lächelte den beiden Polizisten zu, von denen der eine die ganze

Zeit wie wild mitgeschrieben hatte.

„Gehen wir die Aufgabenbereiche kurz durch. Ich selbst habe nachher einen Termin beim Staatsanwalt. Anschließend werde ich mir die Herren Doktoren im Krankenhaus vornehmen, allen voran Dr. Lübke, Peulers ersten Oberarzt. Bei der Gelegenheit werde ich die Morphiumgeschichte weiterverfolgen. Es muß sich zeigen, ob es tatsächlich Unregelmäßigkeiten gegeben hat oder nicht."

„Jemand muß nochmal mit der Ehefrau sprechen", sagte der Sommersprossige. „Gestern war da ja nicht viel zu holen."

„Stimmt, mach du das, Jan. Fühl ihr auf den Zahn! Vielleicht war ihre Ehe ja doch nicht so prickelnd, wie sie uns glauben machen will. Geh auch nochmal die Aussagen durch, die die Nachbarn gemacht haben. Erkundige dich nach Freunden und Verwandten. Frag nach dem Verhältnis zu den Kollegen. Gab es Feindschaften, Mißgunst, Mobbing?"

„Wie ist es mit den Patienten?" fragte Brigitte. „Vielleicht kann die Ehefrau auch dazu etwas sagen. Beschwerden, Klagen oder sowas."

„Gut, Jan, nimm das mit auf! Knöpf dir Frau Peuler vor mit allem, was dazugehört!"

„Alles klar!"

„Bertram, du nimmst dir die Patientenlisten vor. Prüfe alle Namen nach Vorstrafen. Dasselbe machst du mit dem Krankenhauspersonal." Bertram stöhnte. Oberstle wiegelte ab. „Herr Brandt wird dir helfen. Ich weiß, daß das Fleißarbeit ist, aber ohne die kommen wir nicht weiter."

„Was ist mit mir?" Brigitte verschränkte die Arme vor der Brust.

„Du arbeitest weiter die Sachen durch, die du aus Peulers Büro mitgenommen hast. Ich möchte wissen, was der Täter gesucht haben könnte. Gab es brisante Angelegenheiten? Woran hat Peuler gearbeitet? Und was könnte auf dem Blatt gestanden haben, der Peuler unterm Kopf weggezogen wurde?"

Brigitte nickte.

„Außerdem gehe ich davon aus, daß wir Hinweise aus der Bevölkerung bekommen. Morgen wird sich das häufen, aber einiges könnte auch schon heute anstehen. Bitte sammle das und werte es aus." Brigitte blies die Backen auf, um zu signalisieren, daß es jetzt reichte.

„Rainer, nun zu dir", die Chefin wandte sich jetzt an den Kollegen, der sich nur selten zu Wort gemeldet hatte. „Du kommst mit ins Krankenhaus. Ich möchte, daß du mit den Schwestern sprichst. Alle, die schon gestern befragt worden sind, müssen heute noch einmal ran. Der Mörder war auf der Station, wenige Minuten, bevor die Leiche gefunden wurde. Ich möchte eine Liste haben mit allen Personen, die zuvor auf dem Flur gesehen worden sind. Einverstanden?"

Der Schnauzbart nickte.

„Außerdem möchte ich, daß du herausfindest, ob Peuler irgendwann beim Roten Kreuz gearbeitet hat. Ich habe mir gestern seinen Lebenslauf kopiert. Dabei ist mir nichts aufgefallen. Trotzdem möchte ich, daß du das noch einmal durchcheckst."

Rainer nickte nochmal und machte sich eine Notiz.

„Schön, dann haben wir jetzt alle gut zu tun. Herr Kaiser, bitte fertigen Sie von Ihrer Mitschrift ein Protokoll an. Heute abend möchten wir das alle in unserem Fach liegen haben. Dann noch eine Bitte: Keine Weitergabe von Informationen an die Presse. Ich werde heute in der Klinik eine Pressekonferenz abhalten. Das muß reichen. Noch Fragen?" Alle schüttelten den Kopf.

Max räusperte sich laut. Hauptkommissarin Oberste sah ihn irritiert an.

„Ach, Sie. Sie habe ich ja glatt vergessen. Vielleicht könnten Sie bei dem Protokoll mithelfen oder- nein, Sie gehen mit Herrn Vedder. Es ist bei einem wichtigen Gespräch leichter, wenn jemand Notizen macht. Herr Vedder spricht, Sie schreiben. Einverstanden?"

Max nickte brav.

„Dann sehen wir uns heute abend oder spätestens morgen früh um acht zur Dienstbesprechung. Wichtige Neuigkeiten gehen direkt an mich, jeder läßt sein Handy an. Alles klar?"

Keiner antwortete mehr. Stühle wurden herumgeschoben.

„Na, dann wollen wir mal", sagte Jan Vedder zu Max.

„Und paßt auf euch auf", Marlene Oberste war schon auf dem Weg nach draußen, drehte sich aber noch einmal um. „Der Täter ist nicht ohne. Gelegentlich schlitzt er seinen Opfern ein Zeichen in den Rücken."

„Der Täter – oder die Täterin", sagte Max, diesmal gar nicht leise, sondern ziemlich laut.

„Oh", Hauptkommissarin Oberste sah Max amüsiert an. „Unser Praktikant macht intelligente Bemerkungen. Aber er hat recht. Unser Täter ist im Zweifelsfall gern auch eine Frau."

„Gern auch", sagte Max und grinste.

„Gern auch", sagte Marlene Oberste und grinste noch mehr.

17

„Sie ist gut", sagte Max, als sie im Auto saßen.

„Sie ist nicht gut", verbesserte Jan Vedder ihn. „Sie ist verdammt gut. Die beste, unter der ich je gearbeitet habe. Sie ist strukturiert. Außerdem versteht sie es, ihre Leute zum selbständigen Denken zu bringen."

Vedder fuhr mit Schwung aus der Parklücke an der Polizeistation und fädelte sich in den Verkehr stadtauswärts ein.

„Hast du Frau Peuler schon kennengelernt?" Max sah Jan Vedder von der Seite an.

„Allerdings, ich war gestern mit der Chefin dort. Wir mußten die Todesnachricht überbringen."

„Und?"

„Ein Zusammenbruch. Wir mußten einen Arzt kommen lassen, sonst hätten wir sie gar nicht allein zurücklassen können."

„Folglich habt ihr auch nicht viel aus ihr herausbringen können?"

„Das kann man so sagen. Danach hat sie kein Wort mehr gesprochen."

„Hat sie ein Alibi?"

„Nein, nicht wirklich. Aber mal im Ernst. Wer hat das

schon morgens kurz nach sieben? Kaum jemand, es sei denn, man muß um die Zeit schon seine Arbeitsstelle antreten." Vedder fuhr für einen Polizisten ziemlich zügig. Die beiden Ampeln auf der Westtangente hatte er mit Dunkelorange genommen. Max fühlte sich an seine Taxifahrerzeit erinnert.

„Sie hat zwar kein Alibi", nahm Vedder den Faden wieder auf. „Andererseits hat auch niemand sie weggehen sehen. Das Auto ihres Mannes ist um halb sieben aus der Einfahrt gefahren. Das hat ein Anwohner beobachtet. Ansonsten hat sich auf dem Grundstück nichts getan - sagen jedenfalls die Nachbarn."

„Das heißt, Frau Peuler hat noch gemütlich im Bett gelegen, als es passierte?" Max blickte aus dem Fenster. Mittlerweile waren sie auf der Ausfallstraße zum Ortsteil Selingen. Er genoß die Landschaft. Jetzt, da er nicht mehr hier wohnte, hatte er wirklich ein Auge für die hügelige Schönheit des Sauerlandes bekommen.

„Das nicht. Sie ist mit ihrem Mann aufgestanden, hat ihm brav Frühstück gemacht und ist anschließend zum Duschen gegangen. Als wir sie zwei Stunden nach Entdecken der Leiche informiert haben, wollte sie gerade einkaufen gehen."

„Gibt es keine Kinder im Haus? Oder sind die schon erwachsen?"

„Die Peulers haben keine Kinder." Endlich ließ Vedder per Knopfdruck sein Fenster herunter. Max holte tief Luft. „Die beiden lebten allein in dem großen Haus, nach außen hin sehr glücklich."

„So glücklich, daß man die Ehefrau ausblenden kann?"

„Wann kann man das schon? Nun, gestern schien es mir, als schließe die Chefin die Ehefrau weitgehend aus. Sie meinte, das hätte die Peuler auch einfacher haben können - zu Hause, ein Arbeitsunfall oder so. Da macht die sich nicht den Streß und schleicht sich aus dem Haus ins Krankenhaus, wo sie von Hinz und Kunz hätte gesehen werden können."

„Das leuchtet ein."

„Klar. Aber du hast ja gehört, wir sollen ihr nochmal auf den Zahn fühlen. Außerdem muß sie uns bei der Suche nach dem Mörder unterstützen. Wenn sie wirklich mit ihrem Alten im reinen war, wird sie wohl am besten wissen, mit wem er Streß hatte."

Vedder bog links von der Bundesstraße ab und fuhr in das Ortsinnere hinein. Max sah im Vorbeifahren die alte Kneipe, in der die dorfeigene Theatergruppe regelmäßig ihre Stücke aufführte. Dann wurden die wunderschönen alten Fachwerkhöfe sichtbar, für die das Dorf bekannt war.

Vedder hatte offensichtlich derzeit keinen Unser-Dorf-soll-schöner-werden-Blick. „Weißt du, vielleicht kann uns die Ehefrau auch etwas zum Kreuz sagen. Du hast ja selbst gesehen, daß wir da nicht weiterkommen. Wir brauchen einen Bezug. Und den kann vielleicht Frau Peuler herstellen."

„Was hältst du denn von den verschwundenen Medikamenten?"

„Naja, erstmal abwarten, ob da wirklich etwas dahintersteckt", Vedder grinste und bog mit Schwung nach links ab. „Die Chefin hat gestern bereits ins Wespennest hineingestochen. Du kannst dir gar nicht vorstellen, welche Panik im Krankenhaus herrscht, daß da was Spektakuläres an die Öffentlichkeit gelangt. Medikamentenmißbrauch im St Pankratius. Bekiffte Ärzte im OP. Die sehen die Schlagzeilen schon vor sich."

„Was meinst du? Ist etwas dran?"

„Laut Stationsschwester und Oberarzt natürlich nicht. Ein organisatorisches Problem ohne Belang, wenn man die fragt. Aber die Oberste wird nicht lockerlassen. Die schließt denen den gesamten Klinikbereich, wenn nicht ordentlich mitgearbeitet wird."

Vedder blieb plötzlich stehen und parkte das Auto am rechten Straßenrand. Ritterstraße. Max hätte sich denken können, daß der Doc auf dem Kredithügel wohnte.

„Da wär'n wir", murmelte Vedder und zeigte auf das Haus gegenüber. Das Haus war vom Stil her nicht protzig, sondern wie die Nachbarhäuser in Schwarzweiß gehalten, wahrscheinlich ein 70er Jahre-Bau. Lediglich die Größe deutete an, daß Dr. Peuler die guten Zeiten in der Medizin noch miterlebt hatte. Allein die Doppelgarage hatte eine Quadratmeterzahl, die Max zum Wohnen gereicht hätte.

Als Vedder klingelte, dauerte es eine Weile, bis sich etwas tat. Irgendwann knackste es in der Fernsprechanlage und eine Frauenstimme war zu hören.

„Ja bitte?"

„Jan Vedder von der Mordkommission. Frau Peuler, ich hätte da noch ein paar Fragen an Sie."

„Einen Moment bitte."

Kurz danach summte es und die bombastische Haustür ging automatisch auf. Eine Minute später stand Eva Peuler im Hausflur. Max hatte die Frau nie vorher gesehen. Trotzdem beschlich ihn das Gefühl, sie sei in der vergangenen Nacht um mindestens zehn Jahre gealtert.

Im Wohnzimmer ließ sich Frau Peuler angespannt in einem schwarzen Ledersessel nieder, Vedder setzte sich ihr gegenüber. Max nahm auf einem Stuhl Platz und zog sein Schreibzeug heraus.

„Frau Peuler, wir wissen, wie schwer das für Sie ist", begann Vedder das Gespräch, „aber wir möchten den Mörder Ihres Mannes fassen, und das können wir nur, wenn Sie uns dabei helfen." Frau Peuler schwieg. Offensichtlich versuchte sie sich zu konzentrieren. Vedder nahm den Faden wieder auf.

„Frau Peuler, hat Ihr Mann Feinde gehabt? Gab es jemanden, mit dem er sich im Streit befand?"

„Im Streit?" Frau Peulers Stimme war denkbar leise.

„Ein Kollege, ein Bekannter, jemand aus der Familie."

„Mein Mann ist kein streitsüchtiger Mensch."

„Das glauben wir gerne. Und trotzdem gerät man gelegentlich aneinander."

„Natürlich gab es immer mal wieder Differenzen im Krankenhaus. Aber das ist doch kein Grund, jemanden umzubringen." Frau Peulers Stimme kippte wieder. Jan Vedder reagierte schnell.

„Was waren das für Differenzen? Erzählen Sie einfach. Wir machen uns dann schon selber ein Bild."

„Hartmut war Ärztlicher Direktor, das wissen Sie vielleicht." Vedder nickte stumm. „Deshalb war er mit der Pflegedienstleitung und dem Verwaltungschef in ständigen Verhandlungen."

„Worum ging es da?"

„Um Stellen. Im Krankenhaus geht es fast immer um Stellen. Die Verwaltung ist gezwungen zu kürzen, und die Chefärzte versuchen ihre Stellen zu halten. Hartmut stand andauernd dazwischen."

„Kam es zu Reibereien? Wurde Ihrem Mann gedroht?"

„Um Gottes willen – wo denken Sie hin? Das sind doch alles zivilisierte Menschen. Man setzt sich auseinander, aber man schlägt doch nicht aufeinander ein." Im selben Moment wurde Frau Peuler die Bedeutung ihrer Worte bewußt, und sie begann zu schluchzen.

„Bitte beruhigen Sie sich", Jan Vedder kramte in seiner Jackentasche nach einer Packung Papiertaschentücher. Doch Frau Peuler war schneller und zog ein Tuch aus ihrer Rocktasche.

„Sie können sich also nicht an konkrete Ereignisse erinnern? Ereignisse, die darauf hindeuten, daß der Konflikt zwischen den Parteien gravierender war, als Sie vermuten?"

„Lange Zeit drehte sich alles um eine mögliche Fusion mit anderen Häusern", erklärte Frau Peuler, die sich wieder gefangen hatte. „Mein Mann kämpfte um den Erhalt aller Abteilungen trotz eines Zusammenschlusses."

„Und gegen wen kämpfte er?"

„Er hatte Gespräche mit den Direktoren aus anderen Kliniken."

„Wie sah es im eigenen Krankenhaus aus? Zum Beispiel, was das Verhältnis zum Verwaltungschef anging?"

„Zum Köster? Wissen Sie, ich glaube, in der jetzigen Phase ist ein entspanntes Verhältnis zum Verwaltungschef für einen Arzt gar nicht möglich. Die Verwaltung muß das Geld zusammenstreichen. Die Ärzte wollen die Qualität ihrer Abteilungen sichern und keine Stellenkürzungen hinnehmen." Jan Vedder sah Eva Peuler aufmerksam an. „Trotzdem gab es zwischen Hartmut und dem Köster keine Katastrophe. Meinungsverschiedenheiten natürlich, aber keinen erbitterten Kampf. Wissen Sie", Frau Peuler versank wieder in diesen sonderbaren Trance-Zustand. „Hartmut wollte doch bald aufhören. Ein Jahr noch, hat er immer gesagt, dann bin ich weg. Er hat seinen frühzeitigen Ruhestand schon lange geplant, und zwar nach genau fünfundzwanzig Jahren am Pankratius. Und daraus hat er auch keinen Hehl gemacht. Die anderen wußten, daß Hartmut bald ausscheiden würde. Da machte man ihm doch nicht das Leben zur Hölle."

„Trotzdem interessiert es mich, worüber debattiert wurde."

„Wie ich schon sagte: Immer wieder ging es darum, ob das Pankratius mit einer anderen Klinik fusioniert. In letzter Zeit war etwas Neues im Gespräch." Max wartete gespannt ab.

„Der Verwaltungschef wollte ein paar niedergelassene Ärzte rund um die Klinik ansiedeln. Ärzte, die dann Belegbetten im Krankenhaus haben. Ihm schwebte so eine Art „Medical Center" vor, in dem alle ärztlichen Fachrichtungen unter einem Dach untergebracht waren."

„Wie stand Ihr Mann dazu?"

„Nun, er vertrat die Position, daß man sich mit bestimmten Fachrichtungen die Konkurrenz geradezu vor die Tür holt. Wenn ein niedergelassener Unfallchirurg im Ärztehaus unterkäme, würde das womöglich auf Kosten des Krankenhauses gehen."

„Und stand Ihr Mann mit seiner Meinung allein da?"

„Das weiß ich nicht genau. Köster jedenfalls war ganz vernarrt in diese Idee. Er wollte sie auf Teufel komm raus durchkriegen – ganz unabhängig übrigens von einer möglichen Krankenhausfusion."

„War schon klar, wer den Posten Ihres Mannes übernehmen würde?" Jan Vedder dachte jetzt in eine andere Richtung. „Ich meine, wenn er endgültig in Pension gehen würde."

„Als Chefarzt? Nun, Hartmut hat immer vermutet, daß sein erster Oberarzt sich da Hoffnungen machte."

„Dr. Lübke?"

Eva Peuler nickte. „Aber Hartmut wollte das nicht. Lübke ist ein guter Mann, ganz bestimmt. Aber von Hausbeförderungen hielt Hartmut nichts."

„War das Dr. Lübke bewußt?"

„Keine Ahnung, aber ich nehme an, er hat es gemerkt."

„Frau Peuler, Sie sagten, Ihr Mann sei Ärztlicher Direktor gewesen. War Lübke auch auf diesen Posten scharf?"

„Um Gottes Willen. Selbst wenn er die Chefarztstelle bekommen sollte, wäre er als Direktor ohne jede Chance. Da stehen ganz andere Interessenten auf der Matte."
„Und das wären?"
„Der Kellermann natürlich, Chefarzt der Gynäkologie. Der ist ehrgeizig. Das hat auch mein Mann immer gesagt. *Der Kellermann ist noch nicht am Ende, der will noch weiterkommen.*' Der junge Kerl hat Hartmut oft genug angeschossen, aber der ließ sich so leicht nicht aus der Ruhe bringen. *Gemach, Gemach*, hat Hartmut immer gesagt, *Ihre Zeit kommt noch, Herr Kollege. Und vorher lasse ich mich von Ihnen nicht über den Tisch ziehen.*"

„Also, alles superklasse", Jan Vedder wurde sichtlich ungeduldig. „Ihr Mann war die Ruhe in Person und stand auch heftigste Konflikte mühelos durch. Frau Peuler, Ihr Mann ist ermordet worden. Man hat ihm ein Kreuz in den Rücken geritzt. Das muß doch einen Hintergrund haben. Fällt Ihnen dazu irgend etwas ein?" Der Ton war zu hart gewesen. Frau Peuler sackte in sich zusammen.

Das wär's gewesen, dachte Max.

„Wenn es schon keine ernsthaften Konflikte mit Kollegen gab", fuhr Vedder fort, „dann vielleicht mit Patienten. Hat es in der letzten Zeit irgendwelche Zwischenfälle mit Patienten gegeben? Gab es einen Kunstfehler, ein Mißgeschick? Glaubte jemand, er sei von Ihrem Mann falsch behandelt worden?" Frau Peuler schwieg und starrte vor sich hin.

„Frau Peuler, Ihr Mann war Chirurg. Da gibt es schwierige Fälle, habe ich mir sagen lassen. Vielleicht ein Sportler, dessen Karriere vergeigt wurde? Oder ein Ehepartner, der glaubt, Ihr Mann habe die falsche Behandlung gewählt? So etwas gibt es. Bitte erinnern Sie sich!"

„Ich kann Ihnen nichts dazu sagen. Hartmut hat mir nie von einem solchen Fall erzählt." Frau Peuler starrte weiter geradeaus. Es war unübersehbar, daß sie nichts mehr zu sagen hatte.

Jan war resigniert. „Ich lasse Ihnen meine Karte da", sagte er schließlich und erhob sich. „Wenn Ihnen irgend etwas einfällt, dann melden Sie sich bitte bei uns. Es geht

schließlich darum, den Mörder Ihres Mannes zu finden."
Eva Peuler kam wortlos mit zur Tür.
„Na, dann auf Wiedersehen." Vedder blickte noch einmal zurück.
Aber Eva Peuler schloß einfach die Tür.

18

Seine Mittagspause wollte Max nutzen, um Vincent zu sehen. Und da es jetzt um die Mittagszeit gnadenlos heiß war, entschied er sich, den kurzen Weg zum Krankenhaus zu Fuß zu gehen. Er nahm den schmalen Fußweg, der zur Klinik hinaufführte. „Den Geheimweg", wie ihn Max und seine Freunde als Kinder genannt hatten. Der Pfad war steil und schlängelte sich in mehreren Windungen nach oben. Nach der ersten Kurve blieb Max einen Moment stehen und sah nach unten. Frau Peuler hatte mit dem Mord nichts zu tun, da war er sich sicher. Die Frau war völlig fertig, und Jan Vedder war es nicht gelungen, darauf einzugehen.

„Scheiße, scheiße, scheiße", hatte er im Auto geflucht. „Ich hab's verbockt. Die Alte sagt kein Wort mehr."

„Im Moment nicht", hatte Max ihn zu beruhigen versucht.

„Ich konnte es einfach nicht mehr hören. *Mein Mann ist kein streitsüchtiger Mensch.*" Jan hatte Eva Peuler übertrieben nachgeahmt. „*Man setzt sich auseinander, aber man schlägt doch nicht aufeinander ein.* Natürlich schlägt man aufeinander ein, und zwar ganz gewaltig. Ich kann sie nicht mehr ab, diese Welt von weiß bekittelten Auseinandersetzern. Keiner sagt was. Keiner streitet sich. Friede, Freude, Eierkuchen. Zum Kotzen."

Max hatte auf weitere Kommentare verzichtet.

Jetzt blickte er über die Stadt. Er konnte den hohen Kirchturm im Zentrum erkennen und sogar einen Zipfel vom alten Rathaus. Außerdem schimmerten ein paar der kleinen Fachwerkhäuser durch das Grün der Bäume. Friede, Freude, Eierkuchen. Alles paletti im Krankenhaus. Max war gespannt, wie Vincent die Sache sah.

19

Dr. Peuler war auferstanden. Oder besser noch: Er war gar nicht tot. All das Gerede über den Mord war glatte Lüge. Da stand er vor meinem Bett und lächelte mich an.

„Wir wären dann so weit", flüsterte er in meine Richtung und ließ sich von seinem Assistenten Handschuhe reichen.

„Wie weit?" fragte ich, weil ich die Situation beunruhigend fand. Eine halbe Fußballmannschaft hatte sich in meinem Zimmer versammelt, das war nicht gerade vertrauenerweckend - Dr. Kellermann stand da als Peulers Assistent, dahinter Dr. Lübke, der ein Silbertablett mit Skalpellen in der Hand hielt. Schwester Berthildis war gerade dabei, ihren Platz auf der anderen Seite meines Bettes einzunehmen. Damit raubte sie mir jede Fluchtperspektive. Am Fußende standen außerdem Pfleger Gustav und sein Lieblingsbettenläufer. Alle strahlten mich verheißungsvoll an.

„Herr Jakobs, hoffentlich ist Ihnen bewußt, daß Sie mit der ersten Gehirntransplantation am Menschen weltweit in die Geschichte eingehen werden."

„Eine Gehirntransplantation?" Meine Stimme war ein einziges Kreischen.

Dr. Peuler blieb die Ruhe selbst. „Das Aufklärungsgespräch wurde ja inzwischen geführt. Daher steht der Operation nun nichts mehr im Wege."

„Aber ich bin ein Blinddarm", wimmerte ich. „Ich bin kein Gehirn, ich bin ein Blinddarm."

„Herr Jakobs, wenn ich richtig informiert bin, werden Sie in den nächsten Tagen Vater", Dr. Peuler war so nett, noch ein paar Worte an mich zu richten, während er sich die Handschuhe überzog. Ich nickte ängstlich. In dieser Situation durfte man nichts falsch machen.

„Ihnen muß klar sein, daß Sie mit Ihrer rheinischen Denkweise kein geeigneter Vater für Ihre Kinder sind. Es steht daher außer Frage, daß Ihnen ein sauerländisches Gehirn eingepflanzt werden muß."

„Ein was?" Mir brach der Schweiß aus. Fast zeitgleich zog Schwester Berthildis eine gigantische Spritze unter ihrer

Tracht hervor und blinzelte mich erwartungsfroh an.

„Herr Jakobs, Ihre Kinder werden bei uns im schönen Sauerland aufwachsen. In ein paar Jahren werden sie zum Kinderschützenfest marschieren, anstatt ihre Freizeit als Funkenmariechen zu vergeuden. Wenn alles gut läuft, werden sie dereinst in Siegen oder Dortmund studieren, auf keinen Fall aber in Düsseldorf oder Köln. Ist Ihnen das klar?"

Schwester Berthildis machte ihre Spritze bereit. Ich wußte nicht, was ich antworten mußte. Sollte ich zustimmen oder es mit Gegenwehr versuchen?

„Um Ihren Kindern die optimalen Zukunftschancen zu eröffnen, sollten Sie ihnen in allem ein Vorbild sein."

Ich nickte eifrig. Das konnte nur richtig sein.

„Sind Sie ein guter Vater?" Dr. Peuler sah mich durchdringend an. Ich wagte nicht zu antworten, was Peuler veranlaßte, weiter zu fragen. „Welches Bier trinken Sie am liebsten?"

„Pils." Ich spürte kein schlechtes Gewissen bei dieser Lüge. Es ging schließlich um mein Gehirn.

„Welchen Fußballverein favorisieren Sie?" Die Frage kam von Dr. Kellermann. Offensichtlich wollte auch er sich irgendwie profilieren. Ich überlegte kurz. In diesem Fall schien eine Doppelantwort vonnöten.

„Schalke und Dortmund", stieß ich hervor. „Immer im Wechsel."

„Und was ist Ihr Lieblingsgericht?" Jetzt mischte sich auch noch Pfleger Gustav ein. Mit einer Drohgebärde lehnte er sich über mein Bett. „Jetzt aber raus mit der Sprache. Rheinischer Sauerbraten mit Ekelrosinen oder Rübenkraut auf Printe?"

„Nichts dergleichen", wisperte ich. Die gesammelte Belegung schien näher an mich heranzurücken. „Pumpernickel, westfälischer Knochenschinken und Möppkenbrot."

„Was Sie nicht sagen!" Dr. Lübke drängelte sich an mein Bett. Er hatte wahrscheinlich das Gefühl, ihm könnte etwas entgehen. „Herr Jakobs, Sie können sich noch so sehr verstellen – ein rheinisches Gehirn bleibt ein rheinisches Gehirn."

„Und eine rheinische Frohnatur bleibt eine rheinische

Frohnatur." Dr. Peuler griff nach einem Skalpell von Lübkes Silbertablett. Panisch rutschte ich weiter unter meine Bettdecke. „Es wird nicht lange dauern", sagte der Chefarzt lächelnd in meine Richtung. „Eine laparoskopische Operation. Kleines Loch und große Wirkung. Wir sind in dieser sauerländischen Klinik auf solche Eingriffe spezialisiert."

„Doch vorher werde ich Sie in den Schlaf bringen", verkündete Schwester Berthildis. Dabei ließ sie ein wenig Flüssigkeit aus der Nadel spritzen.

„Ich bin ein Blinddarm", verlieh ich meiner Verzweiflung Ausdruck. „Ich bin nichts als ein Blinddarm!"

Berthildis beugte sich zu mir herab. Auch alle anderen bewegten sich noch weiter auf mich zu. „Ich bin ein Blinddarm!" schrie ich erneut. „Ich bin ein Blinddarm! Ein sauerländischer Blinddarm!"

Dann fuhr ich hoch. Panisch sah ich mich um. Ein Traum! Kein Dr. Peuler, keine Schwester Berthildis, überhaupt niemand – oder doch. Da stand ein zweites Bett im Zimmer und darin lag ein älterer Herr mit rosigem Gesicht. Klassischer Bluthochdruck, schätzte ich. Hatte ich so tief geschlafen, daß ich nicht gemerkt hatte, wie das zweite Bett hereingeschoben worden war? Erschlagen ließ ich mich wieder ins Kissen fallen. Der Traum hatte mich geschafft.

„Guten Tag, ich hoffe, wir haben Sie nicht geweckt."

Es war noch jemand im Zimmer! Eine Frau, die am Besuchertischchen an der Wand saß.

„Um Gottes Willen, ich muß geschlafen haben wie ein Murmeltier."

„Haben Sie geträumt? Sie waren so unruhig im Schlaf!" Die Frau kam auf mich zu und gab mir die Hand. „Peters. Sie sind Herr Jakobs, nicht wahr? Habe ich auf Ihrem Namensschildchen am Fußende des Bettes gesehen."

Ich nickte freundlich und verschwieg meine Gehirntransplantation.

„Leistenbruch", die Frau deutete auf das Bett meines Nachbarn. „Jetzt endlich will mein Mann sich operieren lassen."

„Von *wollen* kann gar keine Rede sein." Jetzt wurde

auch der Ehemann munter. Er rappelte sich im Bett hoch und warf mir einen bedeutungsschweren Blick zu. „Meine Frau hat mich hierher gezwungen."

„Weil du gar nicht mehr laufen konntest", zeterte sie. Na, das konnte ja heiter werden. Der Ring war eröffnet, und mir kam offensichtlich die Rolle des Schiedsrichters zu.

„Und wann steht Ihre Operation an?"

„Morgen!" Frau Peters antwortete für ihren Mann. Die beiden hatten die klassische Rollenverteilung im Alter. Sie regelte alles, er beklagte sich darüber.

„Morgen operieren, übermorgen nach Hause", erklärte Herr Peters jetzt. „So habe ich das den Ärzten gesagt. Wenn das so nicht geht, habe ich gesagt, dann komme ich erst gar nicht."

Frau Peters warf mir einen Blick zu, der besagte, daß ich ihren Mann nur bedingt ernst zu nehmen hatte und mich in Zweifelsfällen lieber an sie wenden sollte.

„Achnes?"

„Ja?"

Offensichtlich hatte ich es mit Sauerländer Originalen zu tun. Nirgendwo sonst konnte man so wunderbar den Namen Agnes verhunzen.

„Wenn du mir dann mal eben die Tageszeitungen besorgen könntest."

„Jetzt?"

„Natürlich jetzt!"

Gut, ich hatte mich getäuscht. Achnes ihr Mann hatte die Rolle des Patriarchen doch noch nicht komplett aufgegeben. Als die Gattin aus dem Zimmer war, atmete mein Bettnachbar hörbar auf.

„Arbeiten Sie noch?" War was denn das für eine Frage? Ich war 34. Hatte mich die Gehirntransplantation etwa um 30 Jahre altern lassen?

„Allerdings."

„Dann hören Sie niemals damit auf!"

Ich mußte grinsen, aber Peters' Stimme hatte etwas Verzweiflungswürdiges.

„Sollten Sie jemals gezwungen sein, Ihre Tage daheim zu verbringen, dann nehmen Sie sich einen Strick."

„So schlimm?"

Peters nickte energisch mit seinem dunkelroten Kopf. Ich stellte mir den Mann gerade mit einem Tirolerhut vor. Das würde passen. Aber eine Schützenkappe stand ihm sicher auch.

„Wissen Sie, wann ich das letzte Mal im Krankenhaus war?" Herr Peters' Fragen hatten irgendwie etwas Willkürliches.

„Ich glaube nicht."

„1978. Ein Querschläger."

„Ein Querschläger?"

„Beim Schützenfest. Die Kugel prallte ab und mir direkt ins Bein."

Bingo, da hatte ich richtig gelegen. Der Mann war Schützenbruder. Seitdem ich hier im Sauerland lebte, hatte ich einen Blick dafür entwickelt. Genausogut identifizierte ich Sangesbrüder oder die Leute von der Freiwilligen Feuerwehr.

„Ich gehe immer hier ins Pankratius."

„Aha."

„Weil ich nämlich in unmittelbarer Nachbarschaft des Krankenhauses aufgewachsen bin, direkt oberhalb am Waldrand. Kennen Sie sicher."

„Natürlich. Ich jogge gelegentlich. Dann komme ich in der Regel da vorbei."

„Joggen." In Herrn Peters' Zeitleiste war das sicherlich eine Trendsportart. Auf jeden Fall etwas, wovor man sich hüten sollte.

„Auf unserem alten Grundstück steht mein Elternhaus, vermietet. Und daneben das Grundstück gehörte mir auch. Allererste Lage."

„Gehörte? Haben Sie verkauft?"

„Meine Frau und ich, wir wohnen schon länger woanders. Eine Eigentumswohnung, nicht weit von der Innenstadt weg. Als es mir nicht mehr so gut ging, da hat die Frau gedrängt. Sie säße allein da mit dem Garten, und wer solle das alles machen, wo die Kinder aus dem Haus wären. Sie haben sie ja eben erlebt. Gemeckert und gemeckert hat sie. Und dann hat uns der Makler auch noch dieses günstige Angebot gemacht. Er meinte, wenn wir direkt zusagen würden, könnte er beide Grundstücke im Doppelpack verkaufen – zu einem angemessenen Preis. Und dann hatte er auch noch eine passende Eigentumswohnung für uns. Na ja, da habe ich dann irgendwann nachgegeben. Aber trotzdem", Herr Peters hob zur Untermalung der Erzählung seinen kräftigen Zeigefinger, „dasselbe ist das nicht. Dasselbe ist das ganz und gar nicht."

Fast zeitgleich ging die Tür auf und Frau Peters kam herein. „Was ich eben vergessen habe", Frau Peters sprach schon, als sie noch gar nicht richtig im Zimmer war. „Sie hatten eben Besuch!"

„Besuch?" Jetzt war ich wirklich überrascht. Ich erinnerte mich, daß Alexa hier gewesen war. Sie hatte mir auch diesen Sportanzug mitgebracht, den ich jetzt trug. Und dann war noch Dr. Lübke da gewesen, um nach mir zu sehen. Und der Anästhesist hatte sich nach mir erkundigt. Aber Besuch? Warum hatte man mich nicht geweckt?

„Zwei Mädchen. Aber die wollten Sie nicht wecken."

Das mußten Schülerinnen gewesen sein.

„Allerdings haben sie etwas für Sie hinterlassen." Die Dame ging zum Besuchertischchen zurück und holte ein Päckchen heran.

„Mit herzlichen Grüßen."

Ich nahm lächelnd das Geschenk entgegen. Es war eine Flasche, das konnte ich schon außen fühlen. Eckes-Traubensaft, schätzte ich. Jedenfalls war das schon in meiner Kindheit der Krankenbesuchs-Klassiker gewesen. Vorsichtig löste ich das Geschenkpapier ab. Eine Flasche, in der Tat. Allerdings nicht mit Eckes-Traubensaft gefüllt, sondern mit Reissdorf-Kölsch. Ich mußte grinsen. Am Flaschenhals war ein winziges Kärtchen angebracht. *Falls Sie mal Heimweh bekommen... Ihre 9b.*

Ich mußte laut lachen. Das war aber nett. Hatte ich also meine anhaltende Begeisterung für das Rheinland nicht verbergen können. Jetzt erst sah ich, daß Frau Peters mich anstarrte.

„Eine Bierflasche", sagte sie schließlich.

„Ein Witz", erklärte ich. „Ich bin nämlich Lehrer."

Frau Peters' Blicke wurden nicht gerade milder. Ihr Mann schaute ebenfalls hinüber. Joggen, gut, das hatte er ja noch hinnehmen können, aber daß ich zudem auch noch Lehrer war?

„Die Flasche ist nur-", faselte ich herum, „zur Erinnerung." Frau Peters starrte in eine andere Richtung. Trotzdem wußte ich, was in ihrem Kopf vorging. *Morgens Lehrer, abends voller.* Ich kannte die Sprüche nur zu gut.

Gott sei Dank klopfe es plötzlich an der Tür. Sicher war das die Schulleitung, die mich vor den Augen der Familie Peters zu meinen herausragenden Leistungen für die Schülerschaft beglückwünschen würde.

Keine Schulleitung, es war Max. Sein blondes Stoppelhaar konnte ich schon im Türrahmen erkennen. Auch wenn ich es drei Wochen nicht mehr zu Gesicht bekommen hatte.

„Mittagspause!" rief er ins Zimmer hinein. „Herr Jakobs möchte bitte sofort in die Cafeteria kommen."

„Ich eile!" antwortete ich und sprang aus dem Bett. Mein Kreislauf war noch nicht auf dem Damm, und plötzlich schmerzte meine rechte Seite. Egal. Max war genau der Richtige, wenn es um den Aufbau meines Selbstbewußtseins ging.

„Mahlzeit!" zwitscherte ich auf dem Weg nach draußen. Frau Peters warf noch einen Blick auf meine Flasche.

„Die ist für nachher", erklärte ich im Laufen. „Man soll sich ja nicht alles auf einmal gönnen."

20

„Wer hängt an der Spritze?" fragte ich Freund Max auf dem Flur. „Oder besser noch: Wer ist steinreich, weil er auf dem Schwarzmarkt Morphium verscherbelt?"

„Woher soll ich das wissen?" Max fuhr sich unwillig durchs Haar. „Und selbst wenn ich es wüßte, würde ich schweigen wie ein Grab. Polizeigeheimnis."

„Ach, so läuft das!" meckerte ich. „Ich dachte, wir sind die drei Musketiere - immer einem Unrecht auf der Spur. Du bei der Kripo, Alexa im Außendienst und ich undercover vor Ort."

„Hör auf, du Spinner!" Max schlug mir auf den Rücken. „Sag mir lieber, mit wem sich das Krankenhaus verbünden will."

„Verbünden? Fusionieren sozusagen? Mit dem Katharinen-Hospital, das pfeifen doch schon die Ärzte von den Dächern. Und du als Eingeborener kennst dich nicht aus?"

„Ich bin ja gerade erst in den Fall eingestiegen. Aber fusionieren ist sowieso nur eine Variante der zukünftigen Krankenhausplanung. Ein Ärztehaus scheint genauso wichtig zu sein."

„Ein Ärztehaus", jetzt war ich platt, „ich nehme an, damit ist nicht ein Haus für mißhandelte Ärzte gemeint, sondern eher eins von Ärzten."

„Ganz richtig, mein Sohn, ein Medical Center soll's werden mit allem Zipp und Zapp und vor allem direktem Anschluß ans Krankenhaus."

„Schön gedacht. Aber wo ist das Problem und mehr noch: warum interessiert dich das, wo du nicht mal ein Blinddarmkranker bist."

„Ich weiß nur, daß solche Planungen hier im Hause eine Rolle spielen. Und ich weiß, daß Peuler, einer der Hauptentscheider, tot ist."

„Wobei du einen Zusammenhang siehst."

„Könnte doch sein, jedenfalls, wenn die Morphiumkarte nichts hergibt."

„Apropos Karte. Da fällt mir Speisekarte ein. Gehen wir in die Cafeteria?"

„Danke für die Einladung", Max grinste nett. „Ich habe schließlich Mittagspause."

„Na dann, die Tagessuppe paßt zu deinem Berufsziel."

„Was denn? Erbsensuppe? Grün wie meine künftige Uniform?"

„Nicht ganz." Ich grinste zurück. „Wenn mich nicht alles täuscht, gibt's Bullenschwanzsuppe."

21

„Unterrichten Sie Kunst?" Frau Peters konnte so entzückende Fragen stellen. Ich starrte sie verständnislos an. Nun deutete sie auf das Blatt, auf dem ich gerade munter Kringel malte. Die Frau mußte Adleraugen haben. Instinktiv hielt ich zu, was ich soeben geschaffen hatte.

„Kunst? Nein, Deutsch und Geschichte."

„Ah", Frau Peters lächelte milde. „Auch interessant."

„Ich fertige nur gerade eine Grobstrukturierung des weiteren Unterrichtsplans an." Ich wußte, daß Frau Peters nur das Schlimmste über mich dachte, aber man konnte es ja mal probieren.

„Na, dann will ich Sie nicht weiter stören!"

Ich drehte mich zur anderen Seite und betrachtete mein Werk. Seitdem Max wieder weg war, beschäftigte mich die Sache sehr. *Dr. Peuler* stand in der Mitte des Blattes. Dahinter ein großes Kreuz. Das Ganze war angelegt wie ein Speichenrad. In der Mitte der Name des Mediziners, davon ausgehend Verbindungslinien zu verschiedenen anderen Personen. So versuchte ich etwas Licht in den Beziehungsdschungel zu bringen und mögliche Verdächtige auszumachen. Gut, ich wollte mich eigentlich nicht aktiv in die Ermittlungsarbeit einmischen, aber so ein bißchen rumkritzeln konnte man ja nun wirklich nicht als Einmischung bezeichnen, oder?

Zum Kreis derer, die Dr. Peuler umgaben, gehörte natürlich seine Frau, wenngleich Max diesen Fall kategorisch ausgeschlossen hatte. Kein Motiv und niemand, der sie gesehen hatte. Außerdem – was sollte bei Frau Peuler dieses dämliche Kreuz?

Dann war da die Reihe der Kollegen. Dr. Kellermann allen voran, the charming Frauenarzt. Laut Max' Erzählungen war Kellermann Anwärter auf die Stelle des Ärztlichen Direktors. Aber Peulers Abgang war beschlossene Sache. Wurde man zum Mörder, nur um die Wartezeit auf die nächste Karrieresprosse zu verkürzen? Wohl kaum! Andererseits hatte ich nach dem Gespräch zwischen Lübke und Kellermann durchaus ein mulmiges Gefühl gehabt. Kellermann war ein eiskalter Karrierehengst. Man konnte ihn nicht ausschließen. Und wie sah es mit Lübke aus? Max hatte erwähnt, Lübke habe sich gern als Peulers Nachfolger auf der Station gesehen. Dieser sei aber strikt gegen eine solche Hausberufung gewesen. Vielleicht hatte Lübke einem Konflikt vorgreifen wollen? Womöglich hatte er ausschließen wollen, daß sein Chef sich vor der Pensionierung für einen anderen Mann stark machte? Außerdem war da ja noch die Sache mit den Medikamenten. Hätte nach Bennos Berechnungen nicht auch Lübke Zugang zu den Medikamenten gehabt? Gut, Mord und Medikamentenmißbrauch waren diesem Lübke nicht gerade anzusehen. Der Mann strahlte bodenständige Seriösität aus, aber mal ehrlich: Was war einem Menschen wirklich anzusehen?

Aber dann war da ja auch noch Dr. Wolkov, der russische Assistenzarzt. Auch er konnte für das Verschwinden der Medikamente verantwortlich sein. Folglich konnte auch er mit Peuler im Clinch gelegen haben. Vielleicht hatte Peuler die Sache herausbekommen und hatte ihn, nachdem er ihn anfangs gedeckt hatte, nun aus dem Dienst suspendieren wollen. Unter Umständen kannte dieser Russe in einem solchen Fall andere Lösungsstrategien als das hiesige Arbeitsgericht. Ich war unmöglich! Dr. Wolkov war kein Mitglied der Russenmafia. Folglich war er genausowenig und genausoviel verdächtig wie seine Kollegen auch. Dennoch hatte ich noch Wolkovs Gesichtsausdruck im Kopf, als ich ihn auf Dr. Peuler angesprochen hatte. „Liebenswürdig", hatte er ganz abwesend gemurmelt, „wirklich liebenswürdig."

Gedankenverloren blickte ich auf meine Kringel. Vier Namen standen jetzt eingekreist um Dr. Peuler herum. Und außer bei Frau Peuler wußte ich von keinem, ob er ein Alibi hatte. Ich seufzte und legte mein Blatt in die Nachttischschublade. Im Grunde wußte ich überhaupt nichts. Max hatte sich schließlich auch nicht gerade ausgiebig über den Mordfall ausgelassen. Was war mit Freunden und Bekannten? Gab es weitere Angehörige – Brüder und Schwestern? Im Prinzip hätte jeder mit etwas Mühe ins Krankenhaus eindringen können. Ein unzufriedener Patient oder dessen Angehöriger? Und wie sah es mit den Krankenschwestern aus? Vielleicht hatte Dr. Peuler entgegen Dr. Rosners Einschätzung doch mit einer von ihnen etwas gehabt, hatte Versprechungen gemacht und diese am Ende nicht eingehalten. Plötzlich fiel mir dieser Pfleger wieder ein, dieser Pfleger, der ebenfalls in Frage kam, wenn es um das Verschwinden der Medikamente ging. Ich mußte einen Moment überlegen, bis mir der Name wieder einfiel. Pfleger Stefan, so hieß er, der Knabe mit dem Zopf. Ich nahm den Zettel wieder aus der Schublade und notierte den Namen am Rand. Außerdem faßte ich meine weiteren Überlegungen in Worte. *Freunde? Verwandte?* Dann schrieb ich noch *Krankenschwester?* hinzu, zu guter Letzt auch noch *Patient/Angehörige?*

Als es klopfte, stopfte ich das Blatt blitzschnell zurück in die Schublade. Ich schob sie gerade zu, als zwei ältere Damen hereinmarschierten.

„Einen wunderschönen guten Tag", jubilierte die eine, „wir sind vom Caritas-Besuchsdienst."

Caritas-Besuchsdienst.

Hatte ich da etwas bestellt, ohne es zu wissen, oder kamen die Damen auch ohne Anfrage?

„Zwei ganz neue Gesichter", sagte die andere. Offensichtlich waren die beiden noch unentschlossen, wem sie sich zuerst zuwenden sollten. Ich wollte schon verzichtend die Hand heben, als Frau Peters plötzlich reagierte.

„Helma?" sagte sie zögernd und sah eine der beiden Damen fragend an.

Auch diese stutzte jetzt.

„Achnes?"

„Das gibt's doch gar nicht."

„Daß wir uns unter diesen Umständen wiedersehen."

Ich wußte, daß das eine Gelegenheit war. Und Gelegenheiten waren da, um sie zu nutzen. Innerhalb von Zehntelsekunden stand ich in meinen Schlappen.

„Bin gleich wieder da", log ich und verschwand aus dem Zimmer. Die zweite Dame schickte mir ein freundliches Lächeln nach. Draußen atmete ich tief durch. Ich wußte, daß all diese Institutionen ihren Sinn hatten. Ich wußte, daß es auch in diesem Krankenhaus Menschen gab, die sehnlichst auf den Caritas-Besuchsdienst warteten. Ich wußte, daß diese Damen das ehrenamtlich taten – nicht für Geld und ohne großartigen Dank. Aber trotzdem war ich froh, daß ich die Flucht ergriffen hatte. Keinen Smalltalk. Nicht hier. Nicht heute. Nicht jetzt.

Wie aus Gewohnheit schlenderte ich in Richtung Cafeteria. Obwohl es schon auf den Abend zuging, war immer noch viel los. Ich erkannte den Patienten wieder, der regelmäßig über den Flur humpelte. Vorm Aufzug dann eine wirkliche Überraschung: Friederike Glöckner, die leicht überdrehte Schauspielerin, die seit meiner Ankunft im Sauerland immer mal wieder in meinem Leben auftauchte. Nicht unbedingt zu meinem Vergnügen. Und noch viel weniger zu Alexas, die Friederike regelmäßig als affektierte Schnecke bezeichnete. Trotzdem überkam mich blankes Mitgefühl, als ich sie sah. Friederike Glöckner saß im Rollstuhl, beide Arme und ein Bein bandagiert.

„Ach du liebe Güte", rief ich. „Was ist denn mit dir passiert? Ein Autounfall?"

„Vincent!"

Nun, zumindest Friederikes Stimme war unversehrt. Ziemlich hoch und ziemlich schrill. Es war mir ein Rätsel, wie sie damit eine Schauspielkarriere zustande brachte. Wenn sie es denn wirklich tat. Bei Friederikes Erzählungen konnte man nicht immer ganz sicher sein, daß sie Bodenhaftung hatten.

„Daß wir uns hier wiedersehen!" Friederike hätte mich jetzt sicher umarmt, wenn sie nicht ausgiebig gehandicapt gewesen wäre.

„Friederike, bist du auf Stuntman umgesattelt – oder besser Stuntwoman – wie sagt man in euren Kreisen?"

„Ich bitte dich." Friederike verzog schmollend den Mund, was ihr mit ihren gewaltigen Lippen leichtfiel. „Ich habe neue Inline-Skates gekauft. Die wollte ich mal ausprobieren – ohne Gelenkschoner."

„Na, das hat sich ja gelohnt." Mir ging durch den Kopf, wie Miss Glöckner derzeit ihre Toilettenbesuche regelte. Zum erstenmal im Leben empfand ich ehrliches Mitgefühl. Andererseits war ihr Haar trotz allem in Schuß. Da schien sich doch jemand rührend um sie zu kümmern.

„Das Schlimmste liegt bereits hinter mir – die Sache ist

schon vor zehn Tagen passiert. Heute bin ich nur zur Untersuchung da. Aber bei dir geht es ja auch nicht gerade uninteressant zu: Ich habe gehört, du hast geheiratet?" Ich hätte mir denken können, daß sie das Thema anschnitt. Ich nickte stumm.

„Und? Glücklich?"

Ich strahlte sie an, obwohl es sinnlos war. Friederike Glöckner war im großen und ganzen davon überzeugt, daß man nur mit ihr glücklich werden konnte.

„Das sieht man doch!" Die Bemerkung kam von dem Mann, der den Rollstuhl schob. Ich erkannte ihn auf Anhieb wieder. Der Kollege von Gustav, der mich damals aus der Aufnahme geholt hatte. Der Läufer.

„Hallo", sagte ich. „Schon wieder im Dienst?"

„Aber immer", antwortete er lächelnd. „Na ja, fast."

Im Fahrstuhl berichtete Friederike von sechs Schauspielengagements, die ihr aufgrund ihres Unfalls durch die Lappen gegangen waren. Ich halbierte die Anzahl in Gedanken und zog dann nochmal drei ab.

„Stell dir vor-", inzwischen waren wir schon im zweiten Stock angekommen, „ein Angebot in Prag für ein Musical", vor mir öffnete sich die Aufzugstür, „ich muß dir unbedingt in Ruhe davon erzählen." Als ich draußen stand und sich die Tür geschlossen hatte, hörte ich, daß Friederike bereits mit ihrem Bericht begonnen hatte. Der arme Läufer. Hoffentlich war er ein geduldiger Mensch.

Vor der Cafeteria sah ich sofort, daß etwas im Busch war. Eine Traube von Menschen drängelte sich vorm Eingang. Irgend jemand stand vor der Tür und versuchte, sich Gehör zu verschaffen.

„Nur Pressevertreter", sagte die Stimme. „Liebe Patienten, bitte gehen Sie auf Ihr Zimmer. Morgen früh wird die Cafeteria wie üblich geöffnet haben." In regelmäßigen Abständen wiederholte er seine Worte. Trotzdem löste sich die Menschentraube nur zögerlich auf.

„Bitte haben Sie Verständnis, daß Sie während der Pressekonferenz die Cafeteria nicht benutzen können. Bitte gehen Sie auf Ihr Zimmer. Morgen ist die Cafeteria wie gewohnt geöffnet."

Die Menschentraube grummelte vor sich hin. Zwischen

Krücken, fahrbaren Infusionsständern und Bademänteln tauschte man Theorien über den Mordfall Dr. Peuler aus. Ich stellte mich etwas abseits und sah aus dem Fenster.

Der Türsteher wiederholte seine Worte erneut, obwohl die Leute sich inzwischen schwerfällig fortbewegt hatten. Als andere Stimmen lauter wurden, drehte ich mich um.

„Herr Köster, dürfen wir Sie noch zu einem privaten Interview bitten?"

Ein Mann um die Fünfzig in stahlgrauem Anzug war aus der Cafeteria gekommen und wurde offensichtlich von einer Reporterin verfolgt.

„Sie haben während der Pressekonferenz alles Wichtige gehört", versuchte dieser Köster sich herauszureden. „Ich kann wirklich nicht-"

„Wie sieht die Zukunft des Pankratius-Krankenhauses aus?" Die Journalistin ließ sich keineswegs abwimmeln, sondern hielt ihrem Gegenüber ein winziges Aufnahmegerät vor den Mund.

„Ich möchte noch einmal darauf hinweisen, daß Sie soeben ausreichend Gelegenheit hatten-"

„Gibt es bereits einen Nachfolger für Dr. Peuler?"

Endlich steckte dieser Köster auf und ging auf die Fragen ein.

„Herr Dr. Lübke, der leitende Oberarzt, wird kommissarisch die Leitung der chirurgischen Abteilung übernehmen. Aber Sie werden verstehen, daß es noch viel zu früh ist, über die weiteren Entwicklungen zu sprechen."

„Herr Köster, als Verwaltungsleiter wissen Sie sicherlich, daß Gerüchte über den Zusammenschluß mit anderen Krankenhäusern der Region im Umlauf sind. Gibt es bereits Planungen hinsichtlich der Frage, ob alle Abteilungen Ihres Hauses weitergeführt werden? Wird man womöglich die Gelegenheit nutzen, Herrn Dr. Peulers Stelle gar nicht neu zu besetzen?"

„In der heutigen Zeit sind Fusionen mittelgroßer Kliniken unumgänglich", führte Verwaltungsdirektor Köster aus. Der Schweiß stand ihm sichtlich auf der Stirn. „Dabei geht es vor allem darum, logistische Verbesserungen herbeizuführen. Von einer Streichung einzelner Abteilungen kann überhaupt keine Rede sein."

„Angeblich hat sich vor allem Dr. Peuler für den Erhalt aller Abteilungen eingesetzt, nicht zuletzt in Auseinandersetzung mit der Verwaltung. Jetzt ist Dr. Peuler tot. Ermordet. Sehen Sie da einen Zusammenhang?"

„Einen Zusammenhang? Was soll ich denn da für einen Zusammenhang sehen? Ich muß doch sehr bitten."

„Aber Sie können nicht sicher bestätigen, daß Dr. Peulers Stelle neu besetzt wird?"

„Ich kann derzeit noch überhaupt nichts bestätigen. Unser geschätzter Mitarbeiter ist gerade einen Tag tot. Im Moment muß es vor allem darum gehen, die Mordermittlungen voranzubringen. Erst danach können wir in aller Ruhe weitere Planungen vornehmen."

„Herr Köster, Gerüchte besagen, daß in unmittelbarer Nähe des Krankenhauses ein medizinisches Zentrum entstehen soll. Können Sie dazu etwas sagen?"

Köster lief rot an und schluckte.

„Ist es wahr, daß Dr. Peuler sich gegen eine solche Planung ausgesprochen hat?"

Jetzt war es Köster ein für allemal genug. Er drehte sich um und verschwand. Nach meinen Schätzungen hatte der Mann in den letzten drei Minuten etwa 400 Kalorien abgebaut.

Plötzlich war eine weitere Stimme zu hören. Sie war nicht ganz so tief wie die des Verwaltungsdirektors, aber dafür deutlich wichtiger.

„Haben Sie Verständnis, wenn wir so bald nach dem Tod unseres lieben Mitarbeiters nicht auf alle Fragen antworten können."

Ich drehte mich um. Ein Mann war aus der Cafeteria herausgekommen und drängte sich ans Mikrofon.

„Als Pflegedienstdirektor kann ich wohl die Betroffenheit des gesamten Krankenhauspersonals nur ein weiteres Mal wiederholen. Wir sind wohl alle zutiefst bestürzt über den Tod unseres lieben Mitarbeiters und können wohl noch nicht richtig verstehen, wieso er das - wie das - ich meine" Der Typ verfuckelte sich in seinem Satz und hörte mit hochrotem Kopf auf zu sprechen. Gleichzeitig straffte er sein Jackett, das sehr neu aussah, aber ein bißchen zu knapp war.

„Herr Bergner, vielleicht können Sie uns etwas über eine Fusion und über das neue Ärztehaus sagen? Wie weit sind nach Ihrem Kenntnisstand die Planungen gediehen?"

„Nun, Sie können mir glauben, wir Mitarbeiter der Führungsebene sind natürlich ständig mit diesen Themen beschäftigt, wiewohl wir das Wohl des Hauses immer im Blick haben. Will sagen, es ist wohl eine Sache der Zeit-"

„Danke sehr!" Die Redakteurin tat das einzig Richtige. Sie packte ihr Mikrofon weg.

„Dann will ich Sie mal nicht weiter stören, Herr Bergner. In Ihrer Betroffenheit, meine ich."

„Danke ja. Danke sehr."

Bergner versuchte zu lächeln.

„Wohl viel", dachte ich, als ich mich auf den Weg zurück in mein Zimmer machte. „Wohl sehr, wohl viel. Auf Wiedersehen, Herr Bergner."

22

Selbst als sich Alexa im Frisierstuhl niederließ, verließ sie nicht dieses seltsame Gefühl. Da war etwas – etwas Wichtiges, das bislang übersehen worden war. Ein Bild. Eine Erinnerung. Ein Hinweis. Es war schlimmer, als wenn ihr ein Name nicht einfiel. Der Name einer Person, von der sie schon lange nichts gehört hatte und die plötzlich wieder eine Rolle spielte. In der Regel wußte sie irgendwann mit welchem Buchstaben der Name begann, etwas später fiel ihr ein, welcher Vokal darin vorkam, und viel später machte es dann *klick*, und er war da, der Name, einfach da – erst dann stellte sich Erleichterung ein. Nur der Weg dahin war gedächtniszermürbend. So ähnlich erging es ihr auch jetzt. Alexa wußte, daß die Sache mit Vincents Beobachtungen zu tun hatten. Mit der Art und Weise, wie er den Tatort beschrieben hatte. Es mußte mit dem Kreuz zusammenhängen, mit dem Kreuz, mit dem Kreuz. Irgendwann dachte Alexa dann nur noch *Kreuz* und *Friedhof* und *Jesus* und *plus*, und dann wußte sie, daß sie in einer Sackgasse gelandet war. Es war etwas anderes, etwas Lebendigeres, was Vincent da beschrieben hatte, etwas, das an ganz früher erinnerte, an ihre Kindheit vielleicht. Es war zum Verrücktwerden.

„Herzchen, meinst du, deine Frisur ist noch zu retten?"

Alexa fuhr zusammen. Sie hatte gar nicht gemerkt, daß Ben hinter sie getreten war. Der Friseur trug die eigenen Haare heute blondiert und in verschiedene Himmelsrichtungen gegelt. Er betrachtete Alexas fettig-strähniges Haar und sah dabei ziemlich verzweifelt aus.

„Mach dir nicht die Mühe, bei meinen Haaren von Frisur zu sprechen", antwortete Alexa schnodderig.

„Ach Mädchen, du könntest soviel aus dir machen", Ben wuschelte mit dramatischem Gesichtsausdruck in ihren Haaren herum, „wenn du dir nur ein bißchen mehr Mühe geben würdest."

„Ben, ich bin schwanger", Alexa war jetzt aufgebracht, „mir ist klar, daß du dich bei Frauen allein für ihre Frisur interessierst. Also, wenn ich dich mal aufklären darf. Schwanger ist, wenn man ein Kind erwartet. Wenn der Hormonhaushalt in totaler Aufruhr ist. Wenn man so dick ist, daß man nicht mehr in deine zierlichen Frisierstühle paßt, und vor allem wenn einem die Haare in Fettkordeln vom Kopf hängen."

Ben betrachtete seine Kundin im Spiegel ernst und aufmerksam. „Alexa, du hast deinen Zustand trefflich beschrieben."

Bei jedem anderen Mann wäre Alexa entweder in Tränen ausgebrochen oder hätte wutentbrannt den Laden verlassen, doch von Ben war nichts anderes zu erwarten. Ben war ein Ästhet. Ben war unumwunden ehrlich. Aber Ben war im Grunde eine Seele von Mensch.

„Mach mich schön", murmelte Alexa zerknirscht. „Oder besser: Mach mich wenigstens etwas schöner, als ich jetzt bin."

Ben seufzte. „Ich werde mein Bestes geben!" Dann fing er an, an ihr herumzukämmen.

„Wie geht's denn Vincent? Hat er schon die Hosen voll?" Ben konnte sein ironisches Grinsen kaum verbergen.

„Wie kommst du denn darauf? Vincent freut sich auf die Geburt. Auch wenn er gerade im Krankenhaus liegt, weil er den Blinddarm herausbekommen hat."

Ben hörte auf zu kämmen und lächelte hämisch. Alexa betrachtete ihn vorwurfsvoll im Spiegel. Endlich hielt der Stylist die Zeit für gekommen, seinen Gesichtsausdruck zu erklären.

„Dir ist ja wohl klar, daß dein Typ elegant die Flucht ergriffen hat, oder?"

Alexa war sprachlos. Ben kannte Vincent kaum. Wie konnte er so etwas behaupten?

„Der will sich aus der Affäre ziehen, merkst du das denn nicht? Der hat Angst, daß er die Geburt nicht übersteht. Wahrscheinlich träumt er schon seit Wochen davon, daß er am Tag eurer offiziellen Vermehrung kläglich zusammenklappt."

„Du bist unmöglich. Vincent hat damit überhaupt kein Problem."

„Alexa", Ben sah Alexa im Spiegel herausfordernd an. „Deinen Kerl und mich trennen Welten, das wissen wir beide. Aber in einem Punkt sind alle Männer gleich. Sie verpissen sich, wenn's ernst wird. Ganz im Ernst: Kann dein Vincent Blut sehen?"

„Natürlich kann er Blut-" Alexa stockte. „Unter normalen Umständen kann er ganz wunderbar Blut sehen."

„Unter normalen Umständen." Bens Stimme war reiner Zynismus. Alexa bemühte sich um eine Erklärung.

„Vincent hatte im Krankenhaus ein ganz schauriges Erlebnis. Er hat diesen Dr. Peuler tot aufgefunden. Du hast sicherlich davon gehört. Natürlich geht ihm das jetzt nach. Ist doch wohl verständlich, oder?"

„Na, dann hat er wenigstens einen Grund." Ben fing wieder an zu kämmen.

„Ben, du bist unmöglich. Wenn hier einer ein Problem hat, dann bist du das und nicht Vincent."

„Aha." Ben schaute einmal schuldbewußt in den Spiegel, kontrollierte dabei den Sitz seiner hautengen Jeans und wechselte dann vorsorglich das Thema. „Die Sache mit diesem Peuler ist schon ein Ding."

„Das kann man wohl sagen."

„Das dürfte für die liebe Eva ein ziemlicher Schocker gewesen sein."

Alexa drehte sich abrupt um. Geduldig brachte Ben ihren Kopf wieder in die richtige Position.

„Die liebe Eva? Du meinst doch nicht etwa seine Frau?"

„Natürlich meine ich seine Frau. Stell dir vor, meine Kundschaft besteht zu großen Teilen aus Arztfrauen, Rechtsanwaltsfrauen und Fabrikantenfrauen. Frauen eben mit viel Geld und viel Zeit. Nur im Notfall gebe ich mich mit ehemaligen Kuhhelferinnen oder Paukersgattinnen ab."

Alexa verkniff sich eine Bemerkung und fragte lieber weiter.

„Das heißt, du kennst diese Frau Peuler persönlich?"

„Natürlich kenne ich Eva Peuler persönlich. Am meisten verstehe ich mich natürlich auf ihr Haar, aber auch in anderen Bereichen vertrauen sich mir meine Kundinnen gnadenlos an."

„Und wie ist sie?"

„Wie meinst du das – wie ist sie?"

„Sympathisch. Ist sie dir sympathisch?"

„Ja, schon."

„Und ihr Mann? Hältst du es für möglich, daß sie Probleme mit ihrem Mann hatte?"

„Um Gottes Willen, hast du sie schon als Mörderin ins Auge gefaßt? Wen habe ich bloß hier sitzen? Miss Marples uneheliche Tochter?"

Alexa verdrehte die Augen. „Jetzt sag schon: Was hast du für einen Eindruck?"

Ben ließ sich etwas Zeit, bevor er antwortete. Schon wieder hatte Alexa den Eindruck, daß er sich dabei im Spiegel musterte.

„Weißt du, Herzchen, ich habe hier Damen sitzen, die sich eigens chic machen lassen, um ihrem Lover zu gefallen. Ich bediene Frauen, die mich kichernd fragen, ob ich ein antörnendes Parfum kenne. Ich habe ausreichend Schnallen hier, die mir ausgiebig von ihrem letzten Rendezvous erzählen. Und glaub mir, ein großer Teil meiner Arzt-, Rechtsanwalts- und Fabrikantenfrauen kommt zu mir, nicht um sich für den göttergleichen Ehemann frisieren zu lassen, sondern für den zehn Jahre jüngeren Liebhaber. Manchmal habe ich Ehefrau und Geliebte am selben Tag hier sitzen, ehrlich wahr. Aber Eva Peuler ist nicht so eine. Eva Peuler steht nach wie vor auf ihren Mann.

Sie verehrt ihren Hartmut, da spielt sie mir nichts vor. Die beiden waren zusammen, seit sie denken konnten. Das hat sie mir schon hundertmal erzählt." Ben hielt noch einmal inne. „Auch wenn du denkst, ich hätte von Frauen keine Ahnung. Ich weiß wahrscheinlich mehr über sie als jeder Hetero-Mann dieser Stadt."

„Das mag ja stimmen", gab Alexa knurrend zu. „Aber bei Hetero-Männern kennst du dich nun wirklich nicht aus. Was du dir immer so über Vincent zusammenspinnst-"

Ben setzte wieder seinen ironischen Gesichtsausdruck auf.

„Ich weiß, er wird ein Geburtsheld werden. Zumindest, wenn er rechtzeitig von seiner Blinddarmentzündung genesen ist."

„Du bist ein Ekel, Ben."

„Danke gleichfalls, Marple junior. Und fröhliche Niederkunft."

Alexa nahm sich vor, von jetzt an zu schweigen. Sonst würde das mit ihrer Frisur nie etwas werden.

23

„Alexa, ganz schnell, ich muß dir etwas Wichtiges sagen." Ich preßte den Telefonhörer noch dichter an den Mund und warf hektisch einen Blick zur Tür. Gott sei Dank, Peters war noch nicht von der Toilette zurück.

„Es geht um Peuler. Eine ganz neue Spur."

„Na, was denn, schieß los!"

„Offensichtlich hat der Bau eines Ärztehauses in letzter Zeit hier im Haus eine Rolle gespielt. Max hat mich heute danach gefragt."

„Ein Ärztehaus? Davon habe ich gesprochen, als es darum ging, daß meine Gynäkologin sich vergrößern will."

„Wie auch immer, dieses Ärztehaus soll in unmittelbarer Nähe des Krankenhauses gebaut werden. Verschiedene Fachrichtungen, die in der Klinik Belegbetten haben." Unruhig preßte ich den Telefonhörer an den Mund. „Köster, der Verwaltungschef, soll den Bau stark befürwortet haben. Peuler war dagegen. Das hat in letzter Zeit häufiger

zu Konflikten geführt."
„Na und?"
„Paß auf, jetzt wird die Sache heiß. Ich weiß jetzt, warum Köster ein solches Interesse an diesem Medizinerbunker hat."
„Und ich bin sicher, du verrätst es mir auch." Alexas flapsige Bemerkungen zeigten, daß sie den Ernst der Lage noch nicht voll erkannt hatte.
„Das Grundstück, das für den Bau in Frage kommt, ist im Besitz von Frau Köster, der Frau des Verwaltungschefs."
„Nein!"
„Tatsache. Meinem Bettnachbar hat das Stück vorher gehört. Vor einem dreiviertel Jahr hat er dreitausend Quadratmeter direkt gegenüber dem Schwesternwohnheim verkauft. An Marianne Köster. Hat er mir gerade erzählt."
„Das gibt's nicht."
„Köster hat das Grundstück natürlich nur aus einem einzigen Grund erworben – nämlich, um es später gewinnbringend zu vermarkten."
„Und Peuler stand ihm im Weg."
„So ist es", wieder warf ich unruhig einen Blick zur Tür, „nur eins versteh' ich nicht."
„Was denn?" Alexa flüsterte inzwischen auch, ganz so, als müßte sie auch in unserer Wohnung auf der Hut sein.
„Warum hat Köster nicht einfach abgewartet, bis Peuler im Ruhestand war? Das war doch absehbar. Peuler wollte nur noch bis nächstes Jahr machen. Da mußte man ihn doch vorher nicht extra um die Ecke bringen."
„Stimmt."
Wir schwiegen eine Weile. Dann hörte ich die Tür.
„Ich muß dann Schluß machen, Schatz", meine Stimme war jetzt wieder ganz normal. „Vielleicht erzählst du Max einfach von den Neuigkeiten. Er wird sich sicher freuen."
Aus den Augenwinkeln beobachtete ich, wie Herr Peters zum Bett schlurfte.
„Mach ich und schlaf schön, Vincent."
„Ich werd mir Mühe geben, auch ohne Narkose."
Als ich aufgelegt hatte, wußte ich, daß ich jetzt alles konnte – nur nicht einschlafen.

24

Nur mal eben gucken, hatte sich Alexa gesagt. Nichts weiter, nur mal eben gucken, wie die leben, diese Kösters. Das Problem war allerdings, daß sie sich die Hausnummer nicht gemerkt hatte. 9 oder 19, das war jetzt die Frage. Nummer 9 war ein ziemlich schicker Neubau. Das könnte es sein, ganz klar. Ob sie mal eben einen Blick aufs Türschild werfen sollte? Unauffällig natürlich. Soweit man als Hochschwangere überhaupt unauffällig auftreten konnte. Wie ein Rhinozeros huschte sie die Steinstufen zum Hauseingang hinauf. Das Schild war verdammt klein. Sie mußte ziemlich nah heran.

Es passierte, als sie gerade mit der Nase vor dem Messingschild klebte, um den Namen zu identifizieren.

„Genau richtig", trällerte eine Stimme. Die Haustür war aufgerissen worden.

„Sie müssen Frau Männlein sein!"

Die gutgelaunte Mittvierzigerin strahlte Alexa an und zog sie in den Hausflur hinein.

„Nicht so schüchtern. Uns war das auch peinlich beim ersten Mal."

„Beim ersten Mal?"

„Sie sind ja-?" Die Frau mit blonder Lockenmähne kicherte in sich hinein.

„Schwanger", stellte Alexa trocken fest.

„Wir wußten ja schon, daß ein Überraschungsgast kommen würde, aber daran hatten wir nun wirklich nicht gedacht. Die anderen werden begeistert sein", Alexas Gastgeberin schmiß vor Übermut den Kopf nach hinten und steuerte mit Alexa an der Hand auf die Wohnzimmertür zu.

„Ich weiß gar nicht, ob ich da jetzt rein will", stotterte Alexa. „Wissen Sie, ich wollte eigentlich nur-"

„Jetzt nur nicht den Mut verlieren", die vermeintliche Frau Köster drückte fester ihre Hand. „Es passiert ja nichts Unanständiges. Wir haben alle eine Menge Spaß. Und kaufen müssen Sie auch nicht, wenn Sie nicht möchten."

In Alexas Gehirn ratterte es. Eine Tupperparty? War sie die Überraschung, die aus der Salatschüssel hätte springen sollen? Die Empfangsdame öffnete die Tür und führte Alexa in eine johlende Frauenmenge hinein. Wenn so mittlerweile Tupperparties abgingen, hatten die Plastikschüsseln ja tatsächlich einen satten Aufstieg erlebt. Allerdings standen gar keine Pötte auf dem Tisch. Dafür allerdings mehr oder weniger die Frauen. Kein Wunder. Der Sekt schien in Mengen zu fließen, so daß die Horde neureicher Dauerwellen ausgelassen feierte.

„Das ist Frau Männlein", versuchte die Gastgeberin sich Gehör zu verschaffen. „Sie wird heute als Gast dabei sein. Zum erstenmal." Pfiffe waren zu hören, Fußgetrappel, gleich würde eine La-Ola-Welle einsetzen.

„Wenn mich nicht alles täuscht, kann's dann jetzt losgehen, Schwestern."

Wieder Begeisterungsstürme. Alexa wurde in ein Ledersofa gesetzt. Sie kam sich vor wie im Traum. Ein fremdes Wohnzimmer, zwölf aufgestylte Damen der Oberklasse in Partylaune und die Tatsache, daß man sie allgemein für Frau Männlein und die Überraschung des Abends hielt. Das einzige, was ihr wirklich sympathisch war, waren die Schokoplätzchen auf dem Tisch.

„Wenn ich um etwas Ruhe bitten dürfte", die Frau, die Alexa für Frau Köster hielt, winkte beschwichtigend mit den Händen. „Wie ihr alle wißt, hat sich Frau Bittner bereit erklärt, die Kollektion selbständig zu präsentieren. Dafür bitte ich um eure ungeteilte Aufmerksamkeit."

Ein paar Damen giggelten noch, ansonsten kehrte endlich Ruhe ein. Dann öffnete sich eine Verbindungstür und eine Frau kam herein. Eine Frau, die ziemlich wenig anhatte: Einen Slip in Grün und dazu ein passendes Negligé. Alexa blieb die Spucke weg. War sie hier auf einem Stripabend gelandet? Warum allerdings stolzierte dann gerade eine Frau herein?

„Guten Abend, liebe Abräumerinnen".

Abräumerinnen? Was ging denn hier ab?

„Heute wollen Sie einmal nicht die Kegelbahn unsicher machen, sondern etwas anderes, Ihre Männer." Die Damen kreischten. Auf so eine Eröffnung hatten sie nur gewartet. Jedenfalls wußte Alexa jetzt, was die Abräumerinnen waren – ein Kegelclub.

„Ihr Mann weiß, wie Sie aussehen. Er kennt seit Jahren Ihr Gesicht, Ihren Lieblingsblazer und die Schuhe, die Sie bevorzugen. Wenn Sie ihn also wirklich überraschen wollen, dann müssen Sie sich etwas einfallen lassen." Die Frauen johlten. Das gehörte offensichtlich zum Programm.

„Was ich hier trage, das ist die Kollektion *Smaragd*. Ein Farbton, der Ihrem Mann die Sinne betören wird, und eine Qualität, die Ihre Haut liebkost!" Die Dessoustante versuchte sich ein wenig in Mannequinbewegungen. Allerdings handelte es sich mehr um die westfälische Variante. So wurde das Material einem unfreiwilligen Zerreißtest unterzogen.

„Dasselbe Modell gibt es auch in den Farben bordeauxrot, champagner und nachtschwarz. Ein Muß für jede verführungswillige Frau". Die Dame bewegte sich wieder etwas ungelenk. „Und gleich kommt noch ein Brüller. Eine mörderische Kombination im Tigerlook." Die Frauen jauchzten, die Meisterin der scharfen Unterhosen verschwand fürs erste nach draußen.

„Nicht schlecht für den Anfang", sagte eine Frau mit schwarz gefärbtem Pagenschnitt. „Nun bin ich mal gespannt auf den mörderischen Tigerbrüller."

„Apropos mörderisch", jetzt schaltete sich eine Braunhaarige mit roter Designerbrille ein. Sie wandte sich direkt an die Hausherrin. „Sigrid, was ist denn eigentlich bei Günter im Krankenhaus los? Ein Chefarzt ist ermordet worden?"

Die anderen waren plötzlich furchtbar interessiert.

„Das habe ich auch gehört. Ist ja furchtbar. Hat Günter den Mann persönlich gekannt?"

Die Gastgeberin nickte. „Natürlich. Dieser Peuler war Ärztlicher Direktor. Wie ich gehört habe, hat Günter andauernd mit ihm zu tun gehabt."

„Wie furchtbar!"

„Schrecklich!" Die Damen waren ganz aus dem Häuschen.

„Günter ist natürlich sehr betroffen. Deshalb hatte Karin auch keine Lust, heute zur Dessousparty zu kommen."

„Kann man ja verstehen."

„Wenn mir sowas passieren würde-"

„Ist Günter denn zu Hause?"

„Nein, nein, Karin sagt, er ist noch im Krankenhaus. Natürlich geht dort alles drunter und drüber. Die Polizei stellt das ganze Haus auf den Kopf. Und stellt euch vor, Karin sagt, sie haben sogar Günter gefragt, wo er zur Tatzeit war."

„Nein!" Pures Entsetzen. „Wie kann man nur denken-"

„Günter, euer Nachbar!"

„Aber Günter ist ja morgens früh immer im Fitness-Studio", beruhigte Sigrid die Menge, „ab sieben Uhr war er dort und hat die Hanteln gestemmt. Dafür gibt es etliche Zeugen, sagt Karin."

„Na, Gott sei Dank. Sonst müßte er womöglich noch ins Gefängnis."

„Dann hätte Karin sich die Höschen auf der letzten Party womöglich umsonst gekauft." Allgemeines Gelächter. Alexa atmete tief durch. Das war geklärt! Zwar saß sie im falschen Haus, hatte keine Ahnung, wie ihre Gastgeber hießen, und trug eine Unterhose, die mehr mit einem Müllbeutel zu tun hatte als mit einem Tigerstring, aber immerhin. Sie wußte, daß Köster ein Alibi hatte. Baugrundstück hin oder her.

In diesem Moment kam die Dessoustante wieder herein. Gegen diese Kombination war der Froschlook geradezu prüde gewesen. Die Frauen kreischten. Alexa nutzte die Gelegenheit und stand auf. Nur eine Dame blickte ihr nach. Alexa winkte ihr freundlich zu und war mit fünf Schritten aus der Haustür hinaus.

Auf den Stufen zum Haus kam ihr ein Mann entgegen. Ein Mann, der trotz Sommertemperaturen einen Trenchcoat trug. Hektisch wühlte er in einem Beutel und zog eine Perücke heraus.

„Ist das hier Leifert?" fragte er zerwuselt und versuchte, die Perücke auf seinem Kopf zu plazieren. „Ich bin etwas spät dran. Hoffentlich ist niemand sauer."

„Aber gar nicht", Alexa grinste. „Wenn Sie Frau Männlein sind, dann warten die Damen schon auf Sie."

Alexa drehte sich noch einmal um. „Und vergessen Sie nicht, den Trenchcoat auszuziehen."

Er konnte es nicht länger ansehen. Dr. Peuler, der Wohltäter. Dr. Peuler, der brillante Mediziner, der Lebensretter, der Held. Er konnte es einfach nicht länger ansehen.

Aber zumindest hatten sie sein Kreuz erwähnt. Sein Zeichen. Gestern schon hatte er befürchtet, es sollte ganz unter den Tisch fallen. Heute aber hatten sie davon berichtet. Diese Polizeikommissarin hatte es genau beschrieben, ohne jedoch sagen zu können, warum der Täter es hinterlassen hatte. Die Frau hatte noch überhaupt keine Ahnung! Sie hatte nichts verstanden. Nicht das Kreuz. Nicht die Farben. Nichts. Und das dritte Zeichen hatte sie überhaupt nicht gefunden! Die Polizei arbeitete schlampig, da gab es kein Vertun.

Und dann dieser Zusammenschnitt von Peulers Leben, dieses Foto, auf dem er zusammen mit seiner Frau zu sehen war. Ein feiner Herr. Für jede Not ein offenes Ohr. Überall das gleiche - in den Zeitungen, im Lokalfunk und jetzt auch hier im WDR-Fernsehen. Dr. Peuler, das arme Opfer. Aber das war falsch. Dr. Peuler war nicht das Opfer. Warum wollte das denn keiner verstehen? Langsam machte sich in ihm eine Unruhe breit. So durfte das nicht weitergehen. Dieser Mensch durfte nicht verherrlicht werden! Er hatte seine Strafe bekommen, sonst nichts. Und plötzlich wurde ihm bewußt, daß die Sache unvollständig war. Dr. Peuler war bestraft worden und mit einem angemessenen Zeichen versehen. Auch wenn die Welt das nicht verstand! Aber die Angelegenheit war noch nicht beendet. Es gab eine weitere offene Rechnung. Noch eine Strafe. Doch fiel ihm auch diesmal auf Anhieb kein passendes Zeichen ein. Seine Botschaft war klar, aber er mußte sie in die richtige Form bringen. Das war wichtig. Und die Zeit drängte. Das war das Schlimme. Es mußte schnell passieren, aber er brauchte doch für alles seine Zeit. Mit Gewalt preßte er seine Fäuste gegen die Schläfen. Es fiel ihm so schwer, das Denken. Es fiel ihm so schwer.

25

Marlene Oberste sah müde aus. Das hatte Max als erstes gedacht. Trotzdem schien sie nicht sauer zu sein.

„Es war eine gute Spur", war daher auch das erste, was sie zu Max sagte, als er sie im Flur traf. „Es war eine verdammt gute Spur. Und Sie haben sie entdeckt."

„Nicht wirklich", Max wurde ein wenig verlegen. „Eigentlich hat ja mein Freund mich darauf gebracht."

„Aber Sie haben geschaltet und weiterrecherchiert."

„Gott ja."

„Die Sache mit dem Bauamt war ein guter Zug." Jetzt reichte es aber. Max wurde es langsam unangenehm. Das war keine große Sache gewesen. Nachdem Alexa ihm von dem Grundstücksverkauf erzählt hatte, hatte er auf eigene Faust Erkundigungen eingezogen. Bei einem alten Kumpel, der hier vor Ort in einem Architektenbüro arbeitete.

„Wenn jemand ein großes Bauvorhaben hat, also so ein richtig großes, gibt es dann einen Grund, das schon in Kürze durchzuziehen und nicht mehr länger zu warten?" hatte er Ludger gestern abend am Telefon gefragt.

„Du meinst so etwas wie Steuervorteile, schätze ich?" Ludger hatte vor sich hingegrunzt. „Da muß ich mal nachblättern. Ich rufe gleich zurück."

Schon drei Minuten später hatte das Telefon geschellt. „Steuervorteile habe ich nicht gefunden. Das wird eher ungünstig im kommenden Jahr. Aber Lisa hat mich drauf gebracht, meine Frau. Sie meinte, bevor man ein großes Ding hochzöge, müßte erstmal die Baugenehmigung im Sack sein."

„Klaro, aber das ist doch immer gleich."

„Schon, es sei denn, man möchte die Genehmigung noch unter Glingener einheimsen."

„Glingener, wer ist das?"

„Der Leiter des Kreisbauamtes. Glingener ist bekannt für eine, sagen wir, willkürliche Einflußnahme bei der Vergabe von Bauanfragen. Wenn man einen guten Draht zu ihm hat, kriegt man fast alles durch."

„Und warum sollte man das schon sehr bald tun?"

„Ganz einfach. Glingener ist 64. Wer von ihm noch etwas will, der sollte sich sputen."

Dieser Satz hatte den Ausschlag gegeben. Max hatte nicht länger gezögert und die Chefin angerufen. Die hatte sich Köster umgehend vorgeknöpft. Max durfte live dabei sein. Köster wurde auch sichtlich nervös, die Sache hatte nur einen Haken: Köster verfügte über ein astreines Alibi, genau wie seine Frau.

„Ich möchte, daß Sie heute wieder Kommissar Vedder begleiten." Max blickte hoch, als die Hauptkommissarin das sagte. Ein bißchen hatte er gehofft, er dürfte mit ihr gehen. Andererseits mußte er wohl froh sein, daß er nicht zur Computerarbeit abgestellt wurde.

„Ich habe schon mit Vedder gesprochen. Sie beide nehmen sich die Sekretärin vor. Die ist ja gestern durch die aktuellen Ereignisse ganz in Vergessenheit geraten." Oberste kramte in ihrer Tasche. Offensichtlich war das Gespräch beendet. Max ging zu Vedder ins Nachbarbüro.

„Die Sekretärin", sagte er zur Begrüßung.

„Die Sekretärin." Vedder nickte zustimmend.

Eine halbe Stunde später waren sie da. Die Sekretärin hatte auch einen Namen. Sie hieß Hannelore Merz und wohnte im Ortsteil Höingsen. Allerdings nicht allein. Als Max und Jan Vedder in die Erdgeschoßwohnung geführt wurden, waren die Spuren der Mitbewohner deutlich sichtbar: ein Katzenbaum, zwei Körbchen und ausreichend Haare. Eins ihrer Tiere strich lautlos herum.

„Bitte entschuldigen Sie", Frau Merz wischte hilflos auf ihrem Sofa herum. „Ich habe den Haushalt ein wenig vernachlässigt in den letzten Tagen. Dr. Peulers Tod hat mich doch sehr mitgenommen."

„Kein Wunder. Man findet ja auch nicht jeden Tag seinen Chef tot im Büro." Vedder spielte mal wieder den Einfühlsamen.

„Ich hätte vielleicht staubsaugen sollen." Frau Merz gab sich wieder ihrer Übersprungshandlung hin und rieb sinnloserweise auf einem Sessel herum. Sie wirkte blaß und dünnhäutig – wahrscheinlich, weil sie nicht geschminkt war. Noch eine Frau, die um Peuler trauert, dachte Max.

„Frau Merz, wir müssen Sie noch einmal befragen. Dafür haben Sie sicherlich Verständnis."

Frau Merz ließ sich in einem Sessel nieder und deutete aufs Sofa. „Aber ich habe doch vorgestern alles gesagt. Ich glaube nicht, daß ich Ihnen noch weiterhelfen kann."

Max setzte sich, aber Vedder zog es vor zu stehen. Es war unklar, ob das mit den Katzenhaaren oder aber mit seiner Strategie zusammenhing.

„Frau Merz, wann genau sind Sie im Krankenhaus angekommen?"

„Gegen viertel nach sieben, das sagte ich doch schon."

„Wen haben Sie auf dem Weg zur Station getroffen? Bitte erinnern Sie sich genau!"

Frau Merz stützte den Kopf in ihre Hände, um sich zu konzentrieren.

„Unten saß der Pförtner", sagte sie schließlich, „Herr Schmalz. Danach bin ich mit dem Aufzug gefahren. Im Aufzug selbst war niemand, da bin ich sicher. Oben auf der Drei bin ich an Schwester Berthildis vorbeigekommen. Noch jemand war im Schwesternzimmer, ich glaube ein Pfleger. Ja, genau, Pfleger Stefan, und vorher lief noch ein Patient auf dem Flur herum, irgendwo im Bereich des Aufzugs."

„Ein Patient? Können Sie sich an ihn erinnern?"

„Ich glaube nicht. Es war niemand, mit dem ich zu tun gehabt hätte."

„Könnten Sie eine Beschreibung abgeben?"

„An das Gesicht kann ich mich nicht erinnern, aber der Mann trug einen grünen Morgenmantel und Pantoffeln."

„Dann gingen Sie ins Büro?"

„Ja, auf direktem Wege. Ich hatte ja meinen Schlüssel nicht mit. Deshalb ging ich gleich zu Dr. Peulers Büro."

„Warum hatten Sie Ihren Schlüssel nicht mit?"

„Aber das habe ich doch schon erzählt. Ich hatte meinen am Freitag Dr. Peuler geliehen, weil der seinen vergessen hatte und länger blieb als ich."

„Passierte das öfter?"

Hannelore Merz lächelte ein wenig in sich hinein. „Durchaus. Gelegentlich war mein Chef ein wenig zerstreut."

„Gut, Sie hatten ihm also den Schlüssel geliehen und standen nun vor der Tür."

„Natürlich wollte ich ihn ungern stören. Er war ja um die Zeit am liebsten allein. Aber was sollte ich machen? Also habe ich leise geklopft. Als sich nichts rührte, habe ich ein zweites Mal geklopft. Dann habe ich die Tür geöffnet." Frau Merz schluckte. „Und im nächsten Moment habe ich nur noch geschrieen." Frau Merz erhob sich und schluchzte los. „Ich kann das nicht verstehen. Warum tut jemand so etwas? Und dann dieses Kreuz!" Die Sekretärin schneuzte sich die Nase, dann setzte sie sich wieder hin.

„Wie war Ihr Verhältnis zu Dr. Peuler?"

„Wie mein Verhältnis war? Wie meinen Sie das?" Hannelore Merz färbte sich dunkelrot. „Ich war seine Sekretärin, das wissen Sie doch."

„Sicher, aber auch als Sekretärin kann man zu seinem Chef ein schlechtes Verhältnis haben oder aber ein gutes. Manche haben sogar ein sehr gutes."

„Ich arbeite seit einundzwanzig Jahren für Dr. Peuler, und ich glaube, er hatte nie Grund zu klagen."

„Das ist schön. Das ist sogar phantastisch", Vedder grinste etwas ironisch. Ganz offensichtlich war er davon überzeugt, daß Hannelore Merz ihren Chef angeschmachtet hatte. „Dann können Sie uns sicher etwas über seine Patienten erzählen."

„Mein Chef hatte ein sehr gutes Verhältnis zu seinen Patienten."

„Das glaube ich. Er war offensichtlich ein sehr umgänglicher Mensch", Vedder lächelte Frau Merz aufmunternd an. „Trotzdem geht in einem Krankenhaus nicht immer alles glatt. Die Leute werden klagefreudiger. Sie beschweren sich, sind unzufrieden, egal, wie gut sie versorgt worden sind. Kennen Sie solche Fälle im Zusammenhang mit Dr. Peuler?"

„Natürlich hat es im Haus Prozesse gegeben", Frau Merz, die bislang ganz vorn auf der Kante ihres Fernsehsessels gesessen hatte, rutschte nun ein klein wenig nach hinten. „Aber Dr. Peuler hat keinen einzigen von ihnen verloren."

„Nun, das wundert uns nicht. Er war schließlich ein guter Arzt." Max war unsicher, wie lang Vedder seine Geduld noch beibehielt. „Aber gerade, wenn ein Patient einen Prozeß verloren hat, ist er vielleicht besonders zornig. Er fühlt sich ungerecht behandelt, und er möchte dann auf anderem Wege Rache nehmen."

„Das kann ich mir nicht vorstellen. Doch nicht bei Dr. Peuler."

„Frau Merz, hätten Sie sich vorher vorstellen können, daß Ihr lieber Dr. Peuler irgendwann blutig auf seinem Schreibtisch liegen würde?" Frau Merz schüttelte ängstlich den Kopf. „Sehen Sie", Jan Vedder lächelte einnehmend. „Manchmal werden wir von der Bosheit der Menschen überrollt. Ich bin Polizist. Ich erlebe das fast täglich. Deshalb müssen wir jedem Hinweis nachgehen, um dem Mörder Ihres Chefs auf die Spur zu kommen. Das ist Ihnen doch wohl klar?"

Frau Merz nickte, genauso stumm und intensiv, wie sie eben den Kopf geschüttelt hatte.

„Also, versuchen Sie sich zu erinnern! Gab es in der letzten Zeit irgendwelchen Ärger? Mit Patienten? Oder von mir aus auch mit anderen Leuten. Bitte erinnern Sie sich!"

„Es gab im Februar einen Zahnprozeß. Aber der richtete sich eher gegen die Anästhesie als gegen Dr. Peuler."

„Wie meinen?" Vedder konnte seine Liebenswürdigkeit nicht mehr lange aufrechterhalten.

„Nun, ein junger Mann behauptete nach der Operation, zwei Schneidezähne seien bei der Operation lädiert worden. Er wandte sich zunächst an meinen Chef. Der hat die Sache dann aber an die Anästhesie weitergeleitet."

„Aha, also keine weiteren Vorkommnisse?"

„Eigentlich nicht. Jedenfalls nicht in letzter Zeit."

„Wann dann?" Vedder mußte an sich halten.

„Ich erinnere mich an einen Fall, der sich vor drei Jahren zutrug. Damals war eine Frau nach einem Sturz eingeliefert worden. Sie war schon etwas älter, so Ende Fünfzig. Ich an ihrer Stelle hätte mich gar nicht mehr in einen Kirschbaum hineingewagt, aber die, nun ja. Auf jeden Fall, ist sie aus über drei Metern Höhe auf den Boden gestürzt. Sie war einen Moment ohnmächtig. Dann hat ihr Mann sie gefunden und in die Klinik gebracht."

„Und weiter?"

„Die Frau hatte einen Arm gebrochen, der gegipst werden mußte. Nichts Kompliziertes. Außerdem hatte sie sich stark geprellt. Zur Beobachtung sollte die Frau über Nacht im Krankenhaus bleiben. Manchmal kommt es noch nachträglich zu inneren Blutungen, weil die Milz oder ein anderes Organ gerissen ist. Vorher kann man das nicht immer einwandfrei erkennen. Auf jeden Fall muß dann flugs operiert werden, daher diese Vorsichtsmaßnahme."

„Aha."

„Jetzt war es aber so, daß die Frau unbedingt nach Hause wollte. Sogar gegen den Willen der Ärzte. Sie meinte, mit einem gebrochenen Arm lege sie sich nicht ins Krankenhaus. Man wolle ja sowieso nur der Krankenkasse das Geld aus der Tasche ziehen. So ein Quatsch. Und dann hat sie unterschrieben."

„Daß sie auf eigene Gefahr das Krankenhaus verläßt?"

„Genau!"

„Und dann ist exakt das passiert, was sie eben beschrieben haben?"

„Richtig. Die Frau hat innere Blutungen bekommen. Der Ehemann hat zunächst gar nichts bemerkt, weil er ein Schlafmittel genommen hatte. Als der Krankenwagen kam, war die Frau schon nicht mehr am Leben."

„Aber die Frau hatte unterschrieben. Die Sachlage muß klar gewesen sein."

„Das sagen Sie so. Nur, der Ehemann hat nachher behauptet, er und seine Frau seien nicht ordnungsgemäß informiert worden. Natürlich ist er dabei vor Gericht nicht durchgekommen. Bei der Unterzeichnung des Entlaßpapiers wird natürlich auf ein Aufklärungsgespräch verwiesen, aber das spielte für den Mann keine Rolle."

„Hat der Mann noch Kontakt aufgenommen?"

„Allerdings: Er stand zweimal bei uns im Krankenhaus und hat herumgebrüllt. Beim zweiten Mal hat Dr. Peuler die Polizei verständigen müssen. Die Sache war nicht mehr haltbar."

„Und weiter!"

„Ein paar Tage später hat der Mann meinen Chef angerufen und ihn wüst beschimpft. Erst als der dann eine Anzeige gestellt hat, war der Fall erledigt."

„Wie heißt der Mann?" Vedder zog einen Block aus der Jackentasche.

„Ich weiß gar nicht, ob ich-" Frau Merz fuhr sich unsicher durchs Haar.

„Frau Merz, wir stecken in einer Mordermittlung."

„Kastner. Die Frau hieß Gertrud, der Mann Erwin oder Erich oder so ähnlich. Auf jeden Fall wohnten die beiden damals in Oberreinighausen, also eine gute Viertelstunde von hier."

„Das waren also die Kastners, können Sie sich an einen weiteren Fall erinnern?"

„Zumindest keinen, bei dem irgendwelche Emotionen im Spiel waren. Denn das ist es doch, was Sie am meisten interessiert?" Hannelore Merz sah Jan Vedder mit großen Augen an. Offensichtlich hatte sie das Gefühl, sie habe jetzt begriffen, worum es dem Kriminalkommissar ging.

„Ganz richtig. Wenn Ihnen nichts weiter einfällt, Frau Merz, dann werden wir uns jetzt verabschieden. Vielen Dank für Ihre Hilfe."

„Ich hätte da noch eine kleine Frage", Max vermied es, Vedder anzublicken. „Als Peulers Sekretärin wußten Sie natürlich über seinen Tagesablauf bestens Bescheid. Sie sagten eben, daß es morgens eine Zeit gab, in der Dr. Peuler nicht gestört werden wollte."

Frau Merz nickte. „Ja, zwischen sieben und halb acht. Nur in dringenden Notfällen durfte man dann in sein Büro."

„Was waren solche dringenden Fälle?"

„Nun, ein Notfall auf der Station vor allen Dingen oder etwas, was für die anstehenden Operationen von Belang war. Ansonsten kann ich mir eigentlich nichts vorstellen."

„Das heißt, es ist Ihnen auch nicht klar, warum jemand in sein Büro ging? Es lag nichts an, was an diesem Morgen unbedingt erledigt werden mußte?"

Frau Merz schüttelte erneut den Kopf. „Keine Ahnung. Nachher drehte sich ja alles um den Mord."

„Verstehe. Wissen Sie denn, woran Dr. Peuler an besagtem Morgen gearbeitet hat?"

„Nein, das weiß ich nicht. Es lagen Papiere unter seinem Kopf, das habe ich gesehen. Die hat die Polizei doch sicher untersucht, nicht wahr?"

„Natürlich!" Max räusperte sich.

„Na, dann können wir ja jetzt!" Jan Vedders Aufforderung ließ keinen Widerspruch zu. Max folgte ihm daher brav zur Haustür. Im Flur fiel ihm eine Urkunde auf, die an der Wand hing.

„Sie sind im Sauerländischen Gebirgsverein?"

Frau Merz lächelte schwach. „Ja, ich wandere sehr gern. Zusammen mit meiner Freundin oder mit meiner SGV-Gruppe. Hier in der Gegend läßt es sich ja wunderbar wandern."

„Das ist aber auch das einzige", murmelte Vedder. Max hoffte, daß Frau Merz es nicht gehört hatte.

„Wo Sie schon Ihre Freundin erwähnen, Frau Merz. Haben die Peulers eigentlich einen großen Freundeskreis?"

„Sie hatten einen riesigen Bekanntenkreis, allein schon durch Frau Peulers unermüdliches Engagement. Richtig befreundet waren sie eigentlich nur mit den Luckners, dem Rechtsanwalt und seiner Frau. Die beiden sind schon benachrichtigt. Sie befinden sich seit einer Woche in den USA."

„Sie sind schon benachrichtigt, das ist gut."

„Und Geschwister haben die Peulers ja leider nicht. Sowohl mein Chef als auch seine Frau waren Einzelkinder."

„Also gibt es praktisch überhaupt keine nahe Verwandtschaft?"

„Nein, wenn man von Frau Peulers Mutter einmal absieht."

„Frau Peulers Mutter? Die lebt noch?"

„Oh ja. Sie wohnt in Hamm."

„Aber sie muß steinalt sein."

„Zweiundneunzig. Ich habe erst vor zwei Wochen Blumen zum Geburtstag hingeschickt."

„Nett von Ihnen."

„Das ist nicht nett. Das war meine Aufgabe als Sekretärin."

„Ich verstehe." Max lächelte verständig. „Vielen Dank dann nochmal und einen schönen Tag!"

Jan Vedder saß schon in seinem Auto.

26

Max mochte keine Kirschen. Aber selbst wenn er sie gemocht hätte, wäre er nicht auf diesen Baum geklettert, an dem die Kirschen fast vier Meter hoch hingen. Nun, vielleicht war Frau Kastner die sauerländische Einmachkönigin gewesen. Unter zwanzig Kilo Ernte machten die es nicht. Max sah sich weiter um. Es war ihm eigentlich ganz recht, daß er allein hier war. Jan Vedder hatte ihm glattweg einen Vogel gezeigt. Eine Geschichte, die so lange zurückliegt – warum sollte dieser Kastner plötzlich zum Racheengel werden? Nun ja, zumindest telefonisch hatte es Vedder noch versucht. Als sich Kastner dann nicht gemeldet hatte, war der Notizzettel auf eine Ablage gewandert. Und nun war Max nach Dienstschluß hergekommen – ohne Vedder. Allerdings hatte er dadurch ein Problem. Allein konnte er schlecht bei Kastner an der Haustür schellen und höflich nach Dr. Peuler fragen. Deshalb hatte er beschlossen, sich zunächst von hinten dem Grundstück zu nähern. Er wollte sich ein Bild machen. Vielleicht war Kastner inzwischen bettlägerig und zu keiner Bewegung mehr fähig. Dann hatte sich die Sache erledigt, aber er wußte wenigstens Bescheid. Plötzlich hörte Max ein Geräusch. Musik. In einem der Nachbargärten war Musik angestellt worden. Vielleicht eine Geburtstagsparty, die in diesen Sekunden eine Steigerung erfuhr. Max war jetzt nur zwei bis drei Meter von der Terrasse entfernt. Das Haus war altmodisch. Es gab keine bodentiefen Terrassentüren vom Wohnzimmer nach draußen, wie in modernen Einfamilienhäusern üblich. Hier war offensichtlich nachträglich eine kleine Terrasse an der Rückwand des Hauses angelegt worden, von der es keinen direkten Zugang zum Haus gab. Mit ein paar durchsichtigen Wellplatten, die sich inzwischen algengrün gefärbt hatten, war das Ganze überdacht worden. Es standen ein paar weiße Gartenstühle auf den Waschbetonplatten, in der hintersten Ecke auch ein Spaten, eine Hacke und ein Besen. Außerdem hing ein Gemälde an der Hauswand. Ein Gebirgspanorama, das aussah, als sei es mit Klarsichtfolie überzogen, um es vor der Witterung zu schützen. Nicht weit davon entfernt entdeckte Max ein Geweih an der Wand. Es war also alles da, was zum Terrassenglück nötig war.

Vorsichtig bewegte Max sich auf die Hauswand zu und versuchte sich zu orientieren. Die Haustür befand sich auf der linken Seite. Er beschloß daher, rechts um die Ecke zu biegen. Auch da mußten schließlich ein paar Fenster sein, durch die er einen Blick riskieren konnte. An der Ecke angekommen, sah er, daß er Glück hatte. Aus drei Fenstern strahlte gelbes Licht. Es war also jemand zu Hause. Das erste Fenster war ziemlich hoch und klein. Eine Toilette, Gott sei Dank leer. Jemand hatte vergessen, das Licht auszuschalten. Das nächste Fenster war etwas größer. Die Küche. Wieder war niemand im Raum. Max versuchte sich einen Eindruck zu verschaffen. Eine altertümliche Tapete - braune und orangefarbene Teekesselchen, die sich munter abwechselten. Die Möbel wirkten ein wenig zusammengeschustert, ein dunkler Tisch mit drei Stühlen, ein gelblicher Schrank an der Seite. Irgend etwas fiel Max auf. Jetzt wußte er es. Die Küche war zu gepflegt. Es lagen keine Kaffeefilter oder Apfelschalen herum. Zwei gespülte Tassen standen zum Abtropfen bereit, die Frühstücksbrettchen standen wohlsortiert in einer Ablage. Das ist kein Junggesellenhaushalt, dachte Max, hier muß es eine Frau geben. *Womm!* Genau in diesem Moment bekam er einen Schlag auf den Hinterkopf. Er taumelte und fiel auf die Seite. Vor seinen Augen schwamm alles. Trotzdem gelang es ihm, sich zur Seite zu rollen. Als er sein Gesicht dem Angreifer zuwandte, hatte er plötzlich eine skurrile Szene vor Augen. Ein alter Mann im Trainingsanzug, in der Hand einen Spaten, dahinter eine Frau im passenden Alter, ausstaffiert mit Kopftuch und wild gemustertem Kittel. Max hatte trotz dröhnendem Kopf noch Gelegenheit, an die Teekesselchentapete zu denken und daran, wie sich Kittel und Tapete wohl im Duell machten. Dann jedoch fiel ihm der Besen auf, den die Frau angriffsbereit in der Hand hielt.

„Aber ich habe doch nur-", wimmerte Max. Dann wurde er ohnmächtig.

Er konnte nicht lange bewußtlos gewesen sein, denn als er erwachte, standen die beiden Alten noch immer über ihm. Allerdings debattierten sie jetzt heftig.

„Ich rufe die Polizei", erklärte der Mann entschlossen. „Der wollte ins Haus einsteigen. Ein Ganove, das sieht man auf den ersten Blick."

„Ich bin von der Polizei", flüsterte Max. Trotz schwacher Denkleistung war ihm klar, daß er nur so seine Haut noch retten konnte.

„Er ist von Polizei, siehst." Die Frau hatte einen slawischen Akzent. Jetzt war Max auch klar, warum er sie sich genausogut auf einem polnischen Rübenfeld hätte vorstellen können.

„Vielleicht lügt er ja", zischte der Mann. „Haben Sie einen Ausweis?"

„Wenn ich erstmal-" Max faßte sich an den Kopf. Es kam ihm vor, als habe man mit einem einzigen Schlag alle Nervenbahnen in Hochspannung versetzt, die zum Kopf hin oder durch den Kopf durch führten. Diese Aktion würde ihn eine 10er-Packung Aspirin kosten, mindestens.

„Arme Junge!" Die Mammuschka legte jetzt ihren Besen beiseite und beugte sich zu Max hinunter. „Muß erstmal besorgt werden." Sie konnte es nicht lassen, noch einen bösen Seitenblick auf den Trainingsanzügler zu werfen, bevor sie Max in die Vertikale verhalf.

„Geht schon, geht schon", stammelte der. Noch einmal überkam ihn ein Schwindel. Zur Sicherheit lehnte er sich an die Hauswand.

„Mußt erstmal ins Haus kommen", befahl die gemusterte Frau und faßte ihn schlichtweg unter. Ihrem Begleiter blieb nichts anderes übrig, als seine Gartengeräte wegzuräumen.

Als Max auf dem Sofa des rustikalen Wohnzimmers lag, ging es ihm schon deutlich besser. Seine Erretterin hatte ihm einen Tee gekocht, mit dem wahrscheinlich schon während des Dreißigjährigen Kriegs die Soldaten gestärkt worden waren. Jedenfalls spürte Max eine Wirkung, wie er sie sonst bei keinem Getränk erlebt hatte.

„Warum nicht einfach geklingelt?" fragte seine Gastgeberin, die sich neben ihn aufs Sofa gequetscht hatte. Max war inzwischen so weit, daß er diese Frau liebte.

„Ich weiß auch nicht. Ich wollte mir zunächst einfach

diesen Kirschbaum ansehen."

Der Kopf des Mannes, der auf einem Stuhl in der Nähe gesessen hatte, schnellte nach oben. „Den Kirschbaum?"

„Sie haben Ihre Frau nach einem Sturz vom Kirschbaum verloren, nicht wahr, Herr Kastner?"

„Woher wissen Sie das?"

„Vielleicht ist Ihnen bekannt, daß Dr. Peuler ermordet worden ist. Dr. Peuler ist der Arzt, mit dem Sie damals im Krankenhaus zu tun hatten."

„Der ist ermordet-?"

„Wir lesen nicht Zeitung", erklärte die gemusterte Gastgeberin. „Steht nur Mist drin."

„Dr. Peuler ist in seinem Büro erschlagen worden. Das haben Sie nicht gewußt?"

„Wir gehen nicht sehr viel aus", erklärte Kastner. „Ich habe noch nicht davon gehört."

„Herr Kastner, wo waren Sie vorgestern, morgens gegen sieben Uhr?"

„Vorgestern? Um sieben? Ich war im Bett. So früh stehe ich noch gar nicht auf", Herr Kastner wurde jetzt sehr aufgeregt „Ich war im Bett."

„Ist wahr. Immer schläft bis neun Uhr", erklärte Mammuschka, die ganz offensichtlich Kastners Lebensgefährtin war.

„Haben Sie den Tod Ihrer Frau eigentlich mittlerweile verdaut?"

„Warum fragen Sie das?" Kastner wurde ungehalten. „Ich war 36 Jahre verheiratet. Wissen Sie, was das bedeutet? 36 Jahre?"

„Und glauben Sie ernsthaft, daß Dr. Peuler eine Mitschuld am Tod Ihrer Frau trägt?"

Kastner sank zusammen, als er die Frage hörte.

„Nein", der Mann sprach jetzt ganz leise. „Nicht mehr. Gertrud hat selbst unterschrieben. Das war ihre Art. Sie wollte nach Hause. Sie wollte sich nicht sagen lassen, wo sie übernachten soll. Sie hat unterschrieben. Wir haben das Risiko selbst übernommen."

Max sah Herrn Kastner eine Weile an. Er log nicht. Er hatte seinen Zorn überwunden. Wahrscheinlich nicht zuletzt mit Hilfe dieser neuen Frau. Max nahm einen letzten

Schluck von dem kräftigen, dampfenden Tee. Dann stand er vorsichtig auf und verabschiedete sich. Der Kuß, den Mammuschka ihm auf die Wange drückte, war naß und kräftig. Max wußte nicht, wann er zuletzt so leidenschaftlich von einer Frau geküßt worden war.

27

Das Krankenhaus hatte seinen ganz eigenen Rhythmus. Mir wurde immer klarer, daß man jemandem, der in der Klinik lag, kein Buch zu schenken brauchte. Eine Flasche Traubensaft vielleicht oder ein Kölsch, aber ein Buch? Wann sollte man denn zum Lesen kommen – beim Blutdruckmessen oder Röntgen? Während des Essens oder beim Duschen? Während der Bettnachbar Besuch hatte oder der Fernseher lief?

Heute hatte ich selbst Unmengen von Besuch gehabt. Allein drei Schülergruppen waren da gewesen, außerdem zwei Kolleginnen und Alexa, die immer noch unter dem Schock einer Dessousparty gestanden hatte. Schwester Wulfhilde, meine Chefin hatte sich telefonisch gemeldet, genauso wie meine Eltern. So ein Tag im Krankenhaus ging schneller herum, als mir lieb war. In der letzten Viertelstunde hatte ich ein wenig an meinem Schaubild herumgekritzelt. Köster, den ich am Tag zuvor noch mit hineingeschrieben hatte, war per Alibi gleich wieder hinausgeflogen. Die Polizei würde sein Alibi überprüft haben. Schade, so ein korrupter Verwaltungschef wäre nicht die schlechteste Lösung gewesen.

Was war eigentlich weiter aus der Morphiumspur geworden? Max hatte nichts erzählt, nur daß die Sache noch nicht endgültig geklärt war. Zum wiederholten Mal blickte ich auf die Uhr. Kurz nach sieben. Im Haus war langsam Ruhe eingekehrt. Ob ich noch ein bißchen herumlaufen konnte? Heute war ich im obersten Stock gewesen. Von dort hatte man eine grandiose Aussicht über die Stadt. Allerdings hatte ich mich wohl etwas übernommen, denn danach hatte ich Schmerzen in der Seite gekriegt. Naja, das viele Herumliegen bekam mir allerdings auch nicht.

Dann lieber noch ein bißchen Bewegung.

Im Bett nebenan lag Herr Peters und schlief. Zu seiner Verärgerung war er heute noch nicht operiert worden. Irgend etwas war mit der Umstellung seiner Diabetes-Medikamente nicht glatt gegangen. Jetzt mußte er sich noch zwei Tage länger gedulden.

Draußen auf dem Flur war nichts los. Das Abendessen war abgeräumt, in den Zimmern liefen die Fernseher. Im Schwesternzimmer war niemand zu sehen, vielleicht war gerade Übergabe. Zwei Stationen drüber begegnete ich Gustav. Wie immer war er bester Laune. Er schob wieder mal ein Bett durch die Gegend, auch diesmal zusammen mit dem Läufer.

„Der Blinddarm", tönte Gustav, als er mir entgegenkam.

„Nein, der ohne Blinddarm", gab ich zurück.

„Aber Blinddarm war's. Ich hab's ja gleich gesagt, woll?" Gustav hob den Daumen und war samt Läufer und Bett schon wieder verschwunden.

Als ich den Flur weiterschlenderte, sah ich Dr. Lübke in der Ferne vorbeihetzen. Ich nahm ihn nur den Bruchteil einer Sekunde wahr, konnte aber erkennen, daß er schäumte. Der arme Kerl. Er mußte völlig überfordert sein. Der Ärger mit dem Gynäkologen, die Polizei, die seine Arbeit behinderte, und dann noch die Unstimmigkeiten auf der Station. Instinktiv beschleunigte ich meinen Schritt und nahm die Richtung, in die Dr. Lübke gehastet war. Ich sah noch, wie die Tür zum Treppenhaus sich langsam schloß. Lübke mußte dort langgegangen sein. Seine Schritte waren weiter unten noch zu hören. Lautlos tappte ich hinterher und kam mir im selben Moment vor wie ein kleines Kind. Warum spionierte ich diesem Kerl hinterher? Was erwartete ich eigentlich? Ich würde mir diese Fragen später beantworten. Jetzt sah ich erstmal zu, daß ich den Mann nicht aus den Augen verlor. Zwei Stockwerke tiefer fiel vor mir wieder die Glastür ins Schloß. Lübke war auf die Drei gegangen. Wahrscheinlich hatte er nichts anderes vor, als nochmal eben mit den Schwestern zu sprechen. Die Glastür zum Gang war sperrangelweit offen und eingehakt. Auf dem Flur war Lübke allerdings nicht mehr zu sehen. Ich bewegte mich langsam vorwärts, als ich plötzlich Stimmen hörte. Laute Stimmen. Sie kamen aus Frau Merz' Zimmer, dem Sekretariat von Dr. Peuler. Ich schaute mich um. Von der Versiegelung war nichts mehr zu sehen. Wieder waren von drinnen die Stimmen zu hören. Lübke brüllte. Das war nicht zu überhören. Die Situation erinnerte mich an die vom Vortag. Da hatte sich Lübke mit dem Gynäkologen gefetzt.

„Vertrauensbruch!" hörte ich deutlich, dann den Namen Peuler. Im Anschluß eine Antwort, die ich nicht verstehen konnte. Vorsichtig rückte ich der Tür näher, um das Gespräch mitanhören zu können. Auf dem Flur war alles totenstill. Dann allerdings ein Geräusch, ein Klicken - der Aufzug. Ich sah mich um und überlegte. Schließlich ging ich ein paar Schritte weiter. Ein weiteres Mal schaute ich mich um. Noch war der Aufzug nicht angekommen. Ich stand nun vor Peulers Tür. Auch hier war das Siegel abgenommen worden. Lautlos drückte ich die Klinke hinunter. Das Zimmer war nicht abgeschlossen. Ich hielt den Atem an. Dann war am Ende des Flurs das Geräusch des Aufzugs zu hören. Ein leises Klingeln, die Aufzugtür öffnete sich. Vorsichtig öffnete ich die Tür und schloß sie blitzschnell hinter mir. Ich stand in Dr. Peulers Zimmer, und ich hatte Glück. Die Durchgangstür zum Büro seiner Sekretärin war geschlossen. Im nächsten Augenblick wurde mir klar, was ich eigentlich tat. Ich war in ein fremdes Zimmer eingedrungen. Und es gab nicht mal einen guten Grund dafür, abgesehen davon, daß ich Lübkes Streit jetzt besser verfolgen konnte. Sofort war mir klar, mit wem Lübke es nebenan zu tun hatte. Dr. Wolkov, sein Assistenzarzt, der liebenswürdige Russe.

„Ihnen ist überhaupt nicht klar, was Sie da angerichtet haben", brüllte Lübke. „Wissen Sie, was das für den Ruf unseres Krankenhauses bedeuten kann? Wir sind ruiniert, wenn das herauskommt. Wie sieht es denn aus, wenn ein Assistenzarzt sich mit Drogen volldröhnt? Wie sieht das denn aus?"

„Nicht vollgedröhnt. Wirklich nicht vollgedröhnt", Wolkovs Stimme hatte etwas Verzweifeltes.

„Was meinen Sie denn wohl, was in der Zeitung stehen wird? Der geschätzte Assistenzarzt Dr. Wolkov hat sich zwar nicht vollgedröhnt, sondern lediglich zur Beruhigung gelegentlich eine Dosis Morphium genommen! Wir werden zerrissen. Verstehen Sie? Wir werden zerrissen."

„Aber es weiß doch keiner-"

„Sind Sie da so sicher? Ich muß diese Erkenntnis an die Polizei weiterleiten, das ist Ihnen doch wohl klar. Meinen Sie, da kann man überzeugt sein, daß nichts an die Öffentlichkeit gelangt? Das wäre ein Wunder."

„An die Polizei? Aber Polizei denkt, ich hätte mit Mord zu tun." Wolkov war seine Angst anzuhören. Und je mehr er sich aufregte, desto mehr kam ihm die Sprache in die Quere.

„Das ist Ihr Problem, nicht meins."

„Aber ich habe Chef nicht umgebracht. Warum denn? Warum sollte ich-"

„Ganz einfach. Weil er herausgefunden hat, was mit Ihnen los ist. Und weil er Sie hochgehen lassen wollte. Deshalb!"

„Aber Chef wollte mich nicht hochgehen lassen. Ich habe mit ihm gesprochen. Er hatte Verständnis, wenn die Sache ein Ende hat. Er hatte Verständnis."

„Das machen Sie erstmal der Polizei klar."

„Ich war zu Haus, als der Mord passierte. Ich bin später erst in die Klinik gekommen."

„Wolkov, stellen Sie sich vor, ich glaube Ihnen das sogar, aber das spielt jetzt keine Rolle. Es spielt eine Rolle, was die Polizei denkt. Und was die Öffentlichkeit denkt. Sie haben den Ruf dieses Haus geschädigt und deshalb werde ich morgen bei der Verwaltung um Ihre Entlassung bitten."

„Entlassung?"

„Was haben Sie denn gedacht? Meinen Sie, wir würden Ihnen freudestrahlend die Hände reichen und freiwillig Ihre Dosis an Dolantin erhöhen?"

„Aber ich bin nicht abhängig. Nur soviel gearbeitet. Das kann doch kein Mensch aushalten. Und Dr. Peuler habe ich auch nicht umgebracht. In diesem Land alles wird verdreht. Ich soll an allem schuld sein. Aber das ist nicht wahr. Und jetzt werde ich entlassen. Das ist nicht richtig, Herr Dr. Lübke. Das ist einfach nicht richtig!"

Eine Tür knallte zu. Dr. Wolkov hatte das Büro verlassen.

Von nebenan war nichts zu hören. Wahrscheinlich stand Dr. Lübke wie angewurzelt da. Das konnte ich gut verstehen. Mir ging es genauso. Dann hörte ich nebenan doch ein Geräusch. Was, wenn der Oberarzt hereinkam? Ein Schaben war zu hören. Hektisch sah ich mich um. Dieses Büro hatte dieselbe Struktur wie die Patientenzimmer. Sogar das Waschbecken war noch vorhanden und derselbe dunkelgrüne Vorhang wie in den anderen Zimmern schirmte das Waschbecken vom Rest des Raumes ab. Es waren nur zwei Schritte bis dahin. Ich hatte mich gerade hinter dem Vorhang verschanzt, als ich hörte, wie die Zwischentür aufging. Lübke war im Zimmer, nur zwei Meter von mir entfernt. In meinem Kopf raste es. Was, wenn er ein Glas Wasser trinken wollte nach diesem Gespräch? Ich traute mich kaum zu atmen. Lübke schien an eines der Regale herangetreten zu sein. Man hörte ein paar Geräusche. Wahrscheinlich hatte er einen Ordner herausgezogen, denn nun hörte man ein Klicken, so als ob jemand ein Blatt aus einem Ordner herausnehmen wollte. Jetzt schien Lübke wieder ins andere Zimmer zu gehen. Ich hörte einen Schlüssel klimpern, dann drehte sich das Schloß in Frau Merz' Zimmer. Für einen Augenblick stellte sich Erleichterung ein. Er war weg. Zwei Sekunden später hörte ich, wie jemand von außen die Tür an Dr. Peulers Zimmer kontrollierte. Ich schloß die Augen. Lübke hatte diese Tür nicht vergessen. Wieder das Drehen des Schlüssels im Schloß. Kein Zweifel. Ich war eingeschlossen. Hier, wo vor drei Tagen Dr. Peuler ermordet worden war. Na, hoffentlich war ordentlich geputzt worden.

28

Jetzt suchte ich schon eine Viertelstunde. Ich hatte mir eine Frist gesetzt. Wenn ich innerhalb von zwanzig Minuten keinen zweiten Schlüssel fand, würde ich mich bemerkbar machen. Klopfen, rufen oder beim Pförtner anrufen. Oder aber ich würde den Weg über den Balkon nehmen. Krampfhaft suchte ich weiter. Bei mir steckten solche Schlüssel in den Stiftbehältern oder in der Schublade. Hier allerdings war kein einziger Schlüssel zu finden, weder in Frau Merz' Schreibtisch nebenan noch hier im Chefarztzimmer. Während ich die schweren Schubladen vorsichtig durchsuchte, bekam ich den Verdacht, daß die Polizei etliche Sachen mitgenommen hatte. In einigen Regalen und in manchen Schubladen herrschte ziemliche Leere. Systematisch sah ich nochmal von oben nach unten alles durch. Hier war nichts, jedenfalls kein Schlüssel. Ich ließ meinen Blick über den Schreibtisch schweifen. Ein Foto der Ehefrau in einem silbernen Rahmen. Frau Peuler war eine hübsche Frau, ein blonder Pagenschnitt, ein nettes Gesicht. Im Gegensatz zu Alexas Zeitungsfoto war sie auf diesem Bild sehr leger gekleidet, sportlich. Frau Peuler stand in einem Park. So sah es jedenfalls aus. Wahrscheinlich war das Foto auf einem Ausflug gemacht worden. Neben dem Bilderrahmen waren die üblichen Schreibutensilien aufgereiht, ein Behälter für Büroklammern, eine Art Rinne, in der ein paar edle Stifte lagen, ein Notizblockbehälter, alles aus dunkelbraunem Leder, allerfeinste Qualität. Dr. Peuler zeigte Klasse. Nur leider keinen Schlüssel. Entmutigt sah ich aus dem Fenster. Der Balkon. Dann entschied ich mich. Ich würde es über den Balkon versuchen - immer noch besser als rufend um Hilfe zu bitten. Vorsichtig öffnete ich die Glastür nach draußen. Es war dämmrig draußen, aber auch das konnte nicht über den schmucklosen Beton hinwegtäuschen. Da dies ein Patientenzimmer gewesen war, war der Balkon mit den anderen Balkonen an dieser Front verbunden und nur durch Plastikabtrennungen unterbrochen. Links ging es zum Balkon von Peulers Sekretärin, rechts mußte sich das nächste Patientenzimmer anschließen. Als ich mich über das Geländer beugte, wurde mein Bauch eingequetscht. Ich fuhr zurück. Die Narbe schmerzte höllisch. Nach zwei Minuten versuchte ich es ein zweites Mal. Mit aller Vorsicht gelang es mir, mich so weit vorzubeugen, daß ich einen Blick ins Nachbarzimmer werfen konnte. Dort war noch Licht. Außerdem lief der Fernseher. Es war keine

Kunst, auf den nächsten Balkon zu gelangen, auch wenn man sich wegen der Absperrung außerhalb des Balkons am Geländer fortbewegen mußte. Die Schwierigkeit würde wohl eher darin bestehen, in das fremde Zimmer nebenan zu gelangen, ohne allzu viel Mißtrauen zu erwekken. Für den Fensterputzdienst war es zu spät. Außerdem fehlten mir für einen Meister-Proper-Auftritt die passenden Utensilien. Ich ging nochmal in Peulers Büro zurück. Um keine Spuren zu hinterlassen, drückte ich alle Schreibtischschubladen zu, die ich beim Suchen geöffnet hatte. Die oberste, die noch komplett herausgezogen war, klemmte. Ich ruckelte etwas hin und her. Nichts zu machen. Ich spürte es, als ich die Schublade an der Rückwand packte, um sie etwas gängiger zu machen. Da klebte etwas. Vielleicht Wolle, die mit einem Tesastreifen an der Rückseite der Schublade festgeklebt war. Ich tastete vorsichtig weiter. Sonst war da nichts. Nur dieser Klebestreifen mit dem wolligen Zeug darunter. Ohne etwas sehen zu können, löste ich den Tesastreifen behutsam ab. Dann zog ich das Ganze vorsichtig heraus. Haare! Schwarze Haare, die mit Klebestreifen an einer Schublade befestigt waren. Warum? Ich sah das Bündelchen angeekelt an. Eine Erinnerung? Dr. Peulers erste Freundin? Frau Peuler konnte es jedenfalls nicht sein. Die war blond. Das war auf dem Schreibtischfoto eindeutig zu erkennen. Gut, vielleicht färbte sie sich inzwischen die Haare, aber dunkelhaarig war sie sicherlich niemals gewesen. Nachdenklich steckte ich das Haarbündel in meine Tasche. Ich war mir sicher, daß die Polizei es nicht entdeckt hatte. Aber hatte es irgendeine Bewandtnis? Schwer zu entscheiden. Nachdenklich ruckelte ich mit Gewalt die Schublade zu. Außerdem schloß ich die Zwischentür zum Büro von Peulers Sekretärin. Endlich konnte ich mein Balkon-Vorhaben in Angriff nehmen. Ich schwang mich übers Geländer, kletterte in etwa acht Metern Höhe an der Balkonabtrennung vorbei und stieg dann auf den Nachbarbalkon. All das gelang mir, ohne ein einziges Mal nach unten zu schauen oder das heftige Stechen in meiner rechten Seite zu beachten. Ein Blick in das Krankenzimmer zeigte mir, daß man mich noch nicht bemerkt hatte. Die Bewohner starrten noch immer wie paralysiert in die Glotze. Ich mußte erst klopfen, um ihre Aufmerksamkeit zu erregen. Ehrlich gesagt, war ich glücklich, daß ich es hier mit zwei jungen Kerlen zu tun hatte. Manch anderer hätte sich in dieser Situation bedroht gefühlt und um Hilfe geschrieen. Die beiden Invaliden hier drinnen sahen sich jedoch nur einen Moment erstaunt an, einer sagte etwas zu dem anderen, dann erhob sich der am Fenster schwerfällig und humpelte auf die Balkontür zu. Wenn ich mich nicht täuschte, war es der Patient im grün gestreiften Bademanteloutfit. Mein grünes Gegenstück sozusagen.

„Ja?" Offensichtlich erwartete man, daß ich zunächst ordnungsgemäß mein Anliegen vorbrächte. Sollte ich den Eismann machen und fragen, ob noch jemand ein Magnum wollte?

„Ich hab mich ausgeschlossen", plauderte ich einnehmend und war ganz stolz, daß ich beinahe die Wahrheit sagte. „Zu blöd. Ich konnte von draußen keine Schwester herbeirufen."

Die beiden Patienten sahen mich ausdruckslos an. Ich ahnte, was sie dachten: *Ein Spinner! Ein echter Spinner*. Gott sei Dank wußten sie nicht, was ich wirklich von Beruf war.

„Wenn ich dann mal eben durch ihr Zimmer durch dürfte." Ich drängte mich an dem Pyjama-Humpler vorbei. Lieber schnell weg, bevor den Jungs bewußt wurde, daß ich nebenan gar nichts zu suchen hatte.

„Wirklich zu dumm von mir", plapperte ich noch, winkte freundlich und drängte mich aus dem Zimmer hinaus. Um ein Haar hätte ich dabei einen Pfleger umgerannt, einen Pfleger, den ich kannte – Stefan.

„Ach hallo", grüßte ich kumpelhaft und taumelte weiter. Der Pfleger sagte nichts. Ich war froh, daß ich mich aus dem Staub machen konnte. Ein paar Atemzüge später stellte sich so etwas wie Erleichterung ein. Ich war draußen. Ich war frei. Eilig hastete ich zu meinem Zimmer. Herr Peters schlief noch immer tief und fest. Als ich mich ins Bett fallen ließ, merkte ich, daß ich klatschnaß geschwitzt war. Wirklich ganz schön anstrengend so ein Klinikaufenthalt.

29

Die Beamten im Streifenwagen hatten strikte Order, auf Marlene Oberste zu warten. Es dauerte auch nicht länger als zwölf Minuten, dann hielt ihr schwarzer Golf vor dem Haus. Nachdem dieser Vincent Jakobs angerufen hatte, war sie sofort losgefahren.

„Ich gehe allein rein und rufe Sie bei Bedarf", erklärte die Hauptkommissarin knapp. Dann ging sie mit eiligen Schritten zur Tür.

Es dauerte nicht lange, bis geöffnet wurde.

Beate Wolkov erschien bereits nach dem ersten Klingeln. Sie sah verweint aus.

„Er ist nicht mehr da", war alles, was sie sagte. „Aber glauben Sie mir, er hat es nicht getan."

30

„Warum verwahrt man eine Haarsträhne?" Alexa versuchte neue Antworten darauf zu finden. Als Erinnerung, hatte sie eben am Telefon zu Vincent gesagt. Als Erinnerung an jemanden, der einem lieb und wert ist. Als Erinnerung an vergangene Zeiten, an die Kinderzeit, als man noch buschige Locken hatte. Jetzt saß sie im Kinderzimmer und dachte weiter darüber nach. Eine schwarze Haarsträhne. Da war wieder dieses Gefühl. Ja, tatsächlich. Alexa spürte, daß da ein Zusammenhang war zwischen dem Mord an Dr. Peuler und den Haaren, die Vincent gefunden hatte. Irgend etwas verband die beiden Dinge. Alexa sah sich im Zimmer um, das bald ihrem Kind gehören sollte. Ein Bastkörbchen stand da, fertig bezogen. In einer Kommode lag die Erstlingswäsche, daneben im Regal ein paar Babyspielzeuge, die Alexas Schwester aussortiert hatte. Einige Bücher aus Alexas Kindheit. Damit hatte es zu tun, mit Alexas Kindheit, mit irgendwelchen Erinnerungen. Alexa rutschte zu dem Regal hinüber. Als sie das Buch sah, passierte es. Alles war da. Die Szene. Das Drumherum. Der Zusammenhang. Fieberhaft griff Alexa das Buch und blätterte darin. Da endlich hatte sie die Geschichte aufgeblättert. Es war „Schneewittchen". Warum war sie nicht eher darauf gekommen? Ein Klassiker. Da endlich hatte sie die Stelle gefunden und las:

Es war einmal mitten im Winter, und die Schneeflokken fielen wie Federn vom Himmel herab, da saß eine Königin an einem Fenster, das einen Rahmen von schwarzem Ebenholz hatte, und nähte. Und wie sie so nähte und nach dem Schnee aufblickte, stach sie sich mit der Nadel in den Finger, und es fielen drei Tropfen Blut in den Schnee. Und weil das Rote im Schnee so schön aussah, dachte sie bei sich: „Hätt' ich ein Kind so weiß wie Schnee, so rot wie Blut und so schwarz wie das Holz im Rahmen."

Bald darauf bekam sie ein Töchterchen, das war so weiß wie Schnee, so rot wie Blut und so schwarzhaarig wie Ebenholz, und wurde darum das Schneewittchen genannt.

Alexa war sich sicher. Es war kein Zufall. Das rote Kreuz auf dem weißen Hintergrund, und dann noch der Schreibtisch aus schwarzem Holz. Genauso hatte Vincent es beschrieben und genauso hatte der Täter es inszeniert. Die Szene sollte an das Märchen erinnern, an Schneewittchen. Und jetzt noch die schwarzen Haare. Es war wichtig herauszufinden, von wem die Haare stammten. Dann hätte man den Täter gefaßt.

Plötzlich fiel Alexa Dr. Wolkov wieder ein. Der Mann hatte sich hochgradig verdächtig gemacht. Offensichtlich war er morphinabhängig. Außerdem hatte er ein Motiv, seinen Chef aus dem Weg zu räumen. Aber wie kam er mit Schneewittchen zusammen? War das Haar von seiner Frau? Hatte Peuler doch nicht so monogam gelebt, sondern vielleicht etwas mit Wolkovs Frau gehabt? Gekannt hatte er sie sicherlich. Schließlich arbeitete sie im Krankenhaus, hatte Benno Vincent erzählt. Vielleicht war sie Schneewittchen?

Auf einmal fühlte Alexa einen Schmerz im Bauch. Sie lehnte sich nach hinten und wartete einen Augenblick. Gleichzeitig versuchte sie, tief durchzuatmen. Das war eine Wehe, ganz klar. Also wollte er doch raus, der kleine Kerl. Das paßte ja großartig.

+

Er lag lange wach. Dabei wußte er, daß das nicht gut war. Man mußte ausgeschlafen sein, um optimal zu funktionieren. Es war wichtig, daß man ausgeschlafen war. Die Haare lagen parat, gut. Er würde sie wieder hinterlassen. Auch, wenn sie sie beim letztenmal gar nicht gefunden hatten! Sie waren ja so dumm. Er hätte sich gewünscht, daß er es mit klügeren Leuten zu tun bekommen hätte. Diese Polizeileute verstanden rein gar nichts. Unwillig drehte er sich vom Rücken auf den Bauch und fühlte unter dem Kopfkissen nach. Dort lag sie. Die volle Locke ihres schwarzen Haares. Er hielt sie vor seine Nase und atmete genußvoll ein. Noch heute konnte er ihren Duft wahrnehmen. Den Duft seiner Prinzessin. Er würde nur ganz wenige Haare herausnehmen, dieses Mal. Damit die Locke nicht darunter litt. Vorsichtig steckte er sie wieder unter das Kopfkissen. Wo war er nochmal stehengeblieben? Ach ja, diese Polizeileute verstanden rein gar nichts. Wer weiß, ob sie diesmal etwas begreifen würden. Dabei war die Sache so genial. Die Art und Weise, wie er es tun würde, wäre selbst ein Zeichen. Unglaublich. Vor Aufregung konnte er plötzlich nicht mehr ruhig im Bett liegen. Er stand auf und ging quer durch sein Zimmer. Es war eine geniale Idee. Es war einfach eine geniale Idee. Schneewittchen wäre stolz auf ihn. Ganz bestimmt. Schneewittchen wäre stolz.

31

Schon seit einer halben Stunde wartete ich auf Alexa. Sie wollte nach der Schwangerschaftsgymnastik kommen, hatte sie mir versprochen. Die war um halb drei und dauerte eine halbe Stunde. Jetzt war es halb vier, und Alexa war immer noch nicht da. Meine Unruhe wuchs. Alexa hatte gestern abend Wehen gehabt, die sich aber nach einer guten Stunde wieder verzogen hatten. Wer weiß, was jetzt die Schwangerschaftsgymnastik bewirkt hatte. Alexa sah das viel lockerer - wenn er raus will, will er raus, mit Gymnastik oder ohne. Alexa dachte eben in tierärztlichen Kategorien. Wollte Kalb raus, kam Kalb raus. Wollte Walmutter zur Schwangerschaftsgymnastik, ging Walmutter eben zur Schwangerschaftsgymnastik. Egal, ob ich mir Sorgen machte. Ich blickte im Zimmer herum. Herr Peters war eben hinausgeschoben worden, zum Röntgen, glaubte ich. Es war furchtbar still im Zimmer. Just, als ich mich entschlossen hatte, Alexa zu suchen, klopfte es.

Marlene Oberste. Sie kam allein.

„Herr Jakobs, ich müßte nochmal kurz mit Ihnen sprechen." Die Hauptkommissarin sah übernächtigt aus. Das wunderte mich nicht.

„In Folge Ihrer gestrigen Mitteilung haben wir versucht, Dr. Wolkov aufzuspüren."

Die Ausdrucksweise sagte alles. Sie hatten den Kerl nicht gefunden.

„Leider war er nicht zu Hause. Da er nach Aussagen seiner Frau ein paar Sachen zusammengepackt hat, müssen wir davon ausgehen, daß er sich auf der Flucht befindet. Sie wissen, was das bedeutet. Dr. Wolkov ist als Täter hochverdächtig." Ich nickte, obwohl ich anderer Meinung war. Dr. Wolkov hatte Angst. Er hatte alles verloren. Vielleicht hatte er sich nur deshalb aus dem Staub gemacht.

„Nun meine Frage: Sie haben das Gespräch zwischen Wolkov und Dr. Lübke gestern mitangehört. Ich will gar nicht wissen, wie es dazu gekommen ist. Nur eins: Hat Wolkov irgendeine Andeutung gemacht? Hat er verlauten lassen, was er vorhatte, wenn er gekündigt wird?"

Ich versuchte mich an das Gespräch zu erinnern. Dann schüttelte ich den Kopf. Ich war mir sicher. Wolkov hatte nichts dergleichen angedeutet.

„Nein, er hat nichts gesagt. Er war viel zu perplex."

„Dasselbe hat Dr. Lübke auch ausgesagt", Marlene Oberstes Stimme klang ein klein wenig resignativ. „Trotzdem wollte ich es bei Ihnen nochmal versuchen."

„Tut mir leid, daß ich Ihnen nicht helfen kann."

„Wir kriegen ihn", verkündete die Hauptkommissarin selbstsicher. „Wir haben alles dichtgemacht. Sein Foto ist an alle Polizeistationen in der Bundesrepublik gegangen. Die Nachbarländer, Grenzübergänge und Flughäfen sind informiert. Früher oder später kriegen wir ihn, ganz klar."

„Aber Sie hätten ihn lieber früher als später, nicht wahr?" Ich sah Marlene Oberste in die Augen.

„Sie haben es erkannt, Herr Jakobs!" Dann verließ die Hauptkommissarin das Zimmer.

Als sie draußen war, öffnete ich die Schublade meines Nachtschränkchens. Ganz obenauf lag der Tesastreifen mit den verklebten schwarzen Haaren. War es Unterschlagung von Beweismaterial, was ich gerade betrieben hatte? Nein, ich war mir sicher. Die Kripo war auf den Fersen des russischen Assistenzarztes. An schwarzen Locken war sie kein bißchen interessiert.

Redete ich mir jedenfalls ein.

32

Alexa kam sich vor wie ein Pfannkuchen. Wie ein gefüllter Pfannkuchen. Hingebungsvoll lag sie auf ihrer Isomatte und ließ sich von Henry eine Übung erklären. Es war irgendwie so erniedrigend. Bei Henrys muskulösem und sehnigem Körper wirkte alles wie eine choreographisch durchgestylte Tanznummer. Bei ihr jedoch konnte bestenfalls davon die Rede sein, daß ein Pfannkuchen in der Pfanne mühsam gewendet werden sollte.

„Ich glaube, das reicht für heute." Henry klatschte elanvoll in die Hände. „Bis zum nächstenmal die Damen." Alexa sah Henry dankbar an. Der fing ihren Blick auf und lächelte. „Nicht verzweifeln. Es dauert nicht mehr lange. Und dann starten wir mit Ihrem Körper ein Aufbautraining."

Die anderen Schwangeren trabten verschwitzt in die Umkleidekabine. Bei Alexa dauerte es etwas länger, bis sie sich hochgerappelt hatte.

„Ich glaube selber, daß die Geburt bald ansteht", erklärte sie, als sie endlich in der Senkrechten war. „Ich hoffe nur, daß diese blöde Mordsache dann endlich vorbei ist. Eben stand schon wieder ein Polizeiauto vorm Eingang."

„Nun, diese Geschichte hat sich wohl keiner gewünscht." Henry setzte sich mit kerzengeradem Rücken auf einen herumliegenden Gymnastikball. „Ich habe Dr. Peuler ganz gut gekannt. Es tut mir furchtbar leid um ihn."

„Sie haben ihn gekannt?"

„Noch besser seine Frau. Sie hatte mal was am Knie und brauchte dringend eine Behandlung. Hier im Krankenhaus wollte sie sich nicht so gern sehen lassen. Daher bin ich zu ihr nach Hause gegangen. Ausnahmsweise - weil sie die Frau vom Chef war."

„Und – was ist sie für eine Frau?"

„Sie ist sehr charmant - und fröhlich dabei. Wir hatten viel Spaß beim Training. Allerdings hat sie dann die Einheiten abrupt beendet."

Alexa blickte hoch. „Warum? Gab es Ärger?"

„Keine Ahnung. Offensichtlich hatte ich irgendwas Falsches gesagt. Ich glaube, es ging darum, wo man am liebsten wohnen würde. Mein Traum ist es nämlich, irgendwann ins Süddeutsche zu gehen. Stellen Sie sich vor, in Freiburg zum Beispiel regnet es viel weniger als bei uns. Na ja, auf jeden Fall sagte ich zum Chef: Mensch, Herr Dr. Peuler, wie hat es Sie eigentlich hierher verschlagen? Hätten Sie sich nicht auch etwas anderes vorstellen können?"

„Und deshalb war er sauer?"

„Ja, schon. Offensichtlich sah es für ihn so aus, als wollte ich ihn als blöd hinstellen. So nach dem Motto: Wenn man als Mediziner hierbleibt, dann hat man nichts Besseres geschafft."

„Hat er denn irgendwas gesagt?"

„Er nicht, aber seine Frau. 'Es muß nicht jeder an der Uniklinik arbeiten,', hat sie zu mir gesagt, 'auch wenn er die Gelegenheit hat'. Und nach der Gymnastik wollte sie dann keinen Termin mehr machen."

„Ganz schön empfindlich, die Herrschaften", meinte Alexa.

„Gott sei Dank ist er nicht nachtragend", antwortete Henry. „Bei unserer nächsten Begegnung war wieder alles in Butter."

„Das freut mich."

Henry nickte und zeigte gleichzeitig auf Alexas Bauch. „Falls es plötzlich losgeht, drück' ich auf jeden Fall die Daumen."

Dann schwang er seine Locken und verließ den Raum.

Alexa war ziemlich in Gedanken, als sie die Stufen nach oben stapfte. So ganz einfach schienen die Peulers ja nicht zu sein. Wegen solch einer Lappalie so zu reagieren – das war schon übertrieben. Als Alexa im dritten Stock angekommen war, mußte sie erst eine Weile verschnaufen. Während sie sich ans Treppengeländer lehnte, sah sie durch die Glastür hindurch, daß ein ungleiches Pärchen in ihre Richtung steuerte. Eine energische Frau mit einer Ledermappe unterm Arm und ein junger Jeanstyp mit Baseballkappe auf. Als die beiden die Durchgangstür öffneten, erkannte Alexa den Mann. Jan Vedder. Sie kannte den Polizisten von einem Mordfall auf einem Bauernhof. Dann war die Dame an seiner Seite offensichtlich diese Hauptkommissarin. Alexa war gespannt, ob Vedder sie wiedererkennen würde, doch genau in dem Augenblick, als er sich hinter seiner Chefin durch die Tür gequetscht hatte, klingelte sein Handy. Marlene Oberste lief unbeirrt weiter die Treppe hinunter, Vedder nestelte in seiner Jackentasche herum, fingerte sein Telefon heraus und versuchte Schritt zu halten.

„Ja", raunte er endlich in den Hörer. Inzwischen war er an Alexa vorbei, ohne sie in irgendeiner Form zur Kenntnis genommen zu haben.

„Nein!" Vedder, der inzwischen ein paar Stufen nach unten getapert war, blieb abrupt stehen.

„Wo?" Der Tonfall ihres Mitarbeiters hatte auch Marlene Oberste alarmiert. Sie war schon fast im zweiten Stockwerk angekommen, hastete jetzt aber wieder ein paar Stufen herauf. Alexa konnte sehen, wie sie Vedder auffordernd anblickte.

„Wir kommen sofort." Vedder drückte einen Knopf. Offensichtlich war das Gespräch beendet.

„Halten Sie sich fest", Marlene Oberstes Blick besagte eindeutig, daß Vedders einleitende Kommentare überflüssig waren.

„Eva Peuler ist vor einer halben Stunde überfahren worden, am Waldrand, da, wo sie immer walken geht. Der Fahrer hat Fahrerflucht begangen. Wenn Sie mich fragen, war das kein Unfall."

Dann hörte Alexa nur noch ein Rennen. Die beiden rasten das Treppenhaus hinunter. Im selben Augenblick spürte Alexa eine heftige Wehe.

33

„Das sieht alles ziemlich böse für Wolkov aus!" Alexa saß inzwischen auf meinem Bett und hatte sich einigermaßen beruhigt. Erst hatte ich gedacht, daß das jetzt vielleicht der Beginn der Geburt war. Aber dann hatten Alexas Schmerzen nachgelassen – also doch nur ein paar Probewehen.

„Obwohl mir nicht einleuchtet, warum dieser Mensch auch noch die Frau seines Chefs umbringen sollte. Peuler selbst, ja. Dafür hatte er ein Motiv, aber seine Frau? Das begreife ich einfach nicht."

„Er tickt aus. Er rächt sich am System."

„Am System?"

„Wolkov hat zu Lübke gesagt, er habe immerzu arbeiten müssen. Vielleicht warf er Peuler vor, sich in der Zwischenzeit auf die faule Haut zu legen und im Schlaf das Geld zu scheffeln."

„Aber so einer ist Peuler doch überhaupt nicht", warf Alexa ein. „Er hat sich eingesetzt, er hat für den Erhalt aller Abteilungen gekämpft, er hat Dienste geschoben. Das hat Benno dir doch alles erzählt."

„Ja, schon", verteidigte ich mich. „Aber ich versuche doch nur, mich in diesen Wolkov hineinzuversetzen. Irgend etwas muß ihn doch treiben."

„Er war's nicht." Alexa verschränkte trotzig beide Arme vor der Brust. „Wenn du mich fragst – er war's einfach nicht."

„Und wer war's dann?"

„Da steckt eine ganz andere Geschichte dahinter. Der Wolkov hätte niemals dieses Kreuz in seinen Chef hineingeritzt. Der hätte sich nach der Tat vom Acker gemacht, fertig. Aber der eigentliche Täter, der möchte uns etwas sagen. Der will sagen: Dieser Mann hat's verdient, seht her, und diese Frau hat's auch verdient, und zwar aus dem und dem Grund."

„Und was ist der und der Grund?"

„Das weiß ich auch nicht genau. Aber es hat etwas mit Schneewittchen zu tun."

„Mit Schneewittchen?"

„Die Idee ist mir schon gestern abend gekommen, kurz nachdem du mir von der Locke erzählt hast. Aber eigentlich geisterte mir das Bild schon länger durch den Kopf, ohne daß ich es genauer hätte benennen können."

„Welches Bild? Das von Schneewittchen?"

Alexa setzte sich jetzt aufrecht hin, um besser erklären zu können.

„Weißt du noch, als du mir zum erstenmal von dem Mord erzählt hast? Du hast den Tatort beschrieben und du hast gesagt, da sei ein rotes Kreuz auf weißem Untergrund gewesen, und das Opfer habe auf einem Schreibtisch aus dunklem Holz gelegen."

„Das stimmt, und du meinst–"

„Rot wie Blut, weiß wie Schnee und schwarz wie Ebenholz. Der Täter hat da etwas inszeniert. Der hat Peuler nicht im Affekt getötet. Der hat gewußt, daß er da morgens an seinem dunklen Schreibtisch sitzt. Und er hat auch gewußt, daß er um die Zeit bereits seinen weißen Kittel trägt." Alexa sah mich eindringlich an. „Und jetzt noch diese schwarze Locke. Die stammt von Schneewittchen. Ich bin sicher. Die stammt von Schneewittchen."

„Du meinst, der Täter hat auch diese Locke absichtlich am Tatort hinterlassen?"

„Natürlich, das ist doch kein Zufall."

„Aber warum so versteckt? Um ein Haar wäre sie gar nicht gefunden worden. Warum hat er sie nicht auffälliger deponiert?"

„Das habe ich mich auch schon gefragt", Alexas Feuer verglühte langsam. Sie wurde nachdenklich. „Vielleicht war dieses Zeichen nur für ihn selbst gedacht. Ein Gruß, der nur für ihn selbst wichtig war. Oder es ist einfach ein Tick. Vielleicht macht der Täter das öfter, daß er hinter einer

Schublade etwas verbirgt."

„Wenn das alles stimmt", bemerkte ich nachdenklich. „Dann habe ich jetzt ein Problem."

Alexa sah mich fragend an.

„Ich habe Marlene Oberste nichts von der Locke erzählt."

„Wie bitte?"

„Ich dachte, daß das Haar auf jeden Fall von Peuler selbst an dieser Schublade befestigt worden ist."

„Ach, erzähl doch nichts! In Wirklichkeit war es dir peinlich, daß du dich bei Peuler im Zimmer rumgetrieben hast. Wenn du von der Locke erzählt hättest, hättest du das nicht länger verschweigen können." Alexa stand auf. Dabei stöhnte sie hörbar vor sich hin. „Seit der Schwangerschaftsgymnastik kann ich mich kaum noch bewegen."

„Du wolltest ja unbedingt hingehen!"

„Henry meint auch, das sei kein Problem."

„Wer ist Henry?" Meine Frage war eine rhetorische. Ich wußte, wer Henry war. Dieser knackige, braungebrannte Krankengymnast. Alexa grinste.

„Nun sag schon, wer ist Henry?"

„Mein Schwangerschaftstrainer. Ein Traum von einem Mann!" Alexa setzte ihr liebenswürdigstes Lächeln auf. „Falls du wegen Unterschlagung von Beweismaterial hinter Gitter mußt, wird er mich bestimmt gerne vorübergehend betreuen."

Als Alexa das sagte, wußte ich nicht, wen ich mehr haßte. Braungebrannte Krankengymnasten oder hochschwangere Sauerländerinnen, mit denen ich seit kurzer Zeit verheiratet war.

34

Max hörte davon, als im Radio die Lokalnachrichten liefen. Er war völlig perplex. Eva Peuler tot? Der Gedanke schnürte ihm alles zu. Vor zwei Tagen noch hatte er mit der Frau gesprochen, hatte die Verzweiflung zu spüren bekommen, die sie bewegte. Und jetzt war sie tot. Von einem Auto überrollt. Max dachte nach. Der Täter mußte

Spuren hinterlassen haben. Wenn er mit dem Wagen Frau Peuler voll erwischt hatte, blieb das nicht ohne Folgen. Vielleicht waren Lackteilchen zu entdecken, von denen man Rückschlüsse auf das Auto ziehen konnte. Abdrücke vom Reifenprofil. Beobachtungen von Augenzeugen.

Insgesamt war dieser Mord in keiner Weise mit dem ersten zu vergleichen. Der erste war sauber und durchdacht gewesen. Spuren waren praktisch nicht zurückgeblieben. Der neue Mord glich eher einer Verzweiflungstat als einem ausgeklügelten Verbrechen. Da sollte jemand aus dem Weg geräumt werden. Wahrscheinlich jemand, der etwas wußte.

Max verbarg sein Gesicht im Kopfkissen. Verflixt. Vedder und er waren vorgestern dort gewesen. Sie hätten die Gelegenheit gehabt, mehr aus der Frau herauszukitzeln. Aber das war ihnen nicht gelungen. Max kletterte aus dem Bett und machte das Radio aus, in dem jetzt wieder Musik gespielt wurde.

Hatte die Polizei inzwischen Wolkov erwischt? Max hatte die Sache nur noch am Rande mitbekommen. Der Besuch bei Kastner war folgenreicher gewesen, als er zunächst gedacht hatte. Eine Stunde danach hatte ihn ein heftiger Schwindel überkommen. Außerdem dröhnte sein Kopf wie eine Motorsäge in einer sauerländischen Weihnachtsbaumschonung. Gehirnerschütterung, ganz klar. Der Arzt hatte ihm ein paar Tage Ruhe verordnet. Dabei hatte Vincent schon während seines Arztbesuchs versucht, ihn zu erreichen. Er hatte ein Gespräch belauscht – zwischen Lübke und Wolkov. Aber es war noch eine zweite Nachricht von ihm auf der Mail-Box gewesen. Vincent hatte sich inzwischen direkt bei Marlene Oberste gemeldet. Die Sache drängte. Verflixt, so gern Max auch weiter in der Sonderkommission Krankenhaus gearbeitet hätte, es hatte keinen Zweck. Der Kopf tat einfach zu weh. Trotzdem ließ ihn der Fall natürlich nicht los. Was war mit Wolkov? Er war abgehauen, klar. Verdächtiger konnte man sich praktisch überhaupt nicht machen. Aber warum hätte der Typ die Frau seines ehemaligen Chefs umbringen sollen? Wußte Frau Peuler etwas über ihn, das ihm hätte gefährlich werden können? War er durchgeknallt, geistig verwirrt, ohne daß ihm das auf Anhieb anzumerken war? Während er darüber nachgrübelte, schlief Max schon wieder ein. Kastner hatte wirklich ganze Arbeit geleistet.

35

Ich sah die Frau erst, nachdem ich schon eine Weile in der Bank gesessen hatte. Sie hatte sich in der letzten Reihe im rechten Seitenflügel niedergelassen, und ich nahm sie eigentlich nur deshalb wahr, weil sie sich die Nase putzte. Jedenfalls dachte ich das zuerst. Beim zweiten Hinschauen merkte ich, daß die Frau weinte. Nicht laut und schluchzend, sondern still und ausdauernd weinte sie in sich hinein. Die Frau war jung. Ich überlegte, was sie so traurig machte. Nun, wir befanden uns im Krankenhaus. Da waren schlechte Nachrichten nun mal an der Tagesordnung.

Ich blickte nach vorne und versuchte mich zu konzentrieren. Die Kapelle war mir für diesen Zweck am geeignetsten erschienen. Jetzt aber kam ich nicht zur Ruhe. Der Schneewittchen-Gedanke ging mir durch den Kopf. Alexa hatte vermutet, daß jemand *sein Schneewittchen* rächen wollte. Aber wer sollte das sein? Ein Patient vielleicht. Jemand, der hier im Krankenhaus sein Kind verloren hatte. Was aber, wenn Schneewittchen selbst Rache genommen hatte? Schneewittchen konnte eine ehemalige Freundin sein, eine Geliebte von Peuler. Jemand, der diese Ehe komplett zerstören wollte und deshalb beide Ehepartner ums Leben gebracht hatte.

Hinten rechts hörte ich, wie die Dame sich die Nase schneuzte. Ich zwang mich, mich nicht umzublicken. Die Locke. Die Locke lag wie ein dicker Klumpen in meiner Magengrube. Alexa hatte vollkommen recht gehabt. Wie hatte ich das Haar nur für mich behalten können? Verdammt nochmal. Ich war Beamter. Jedenfalls bislang. Wenn ich nicht wegen Unterschlagung von Beweismaterial aus dem Staatsdienst gekickt wurde. Blöderweise hatte ich Hauptkommissarin Oberste telefonisch nicht erreicht. Kein Wunder. Sie hatte mit Sicherheit wegen des zweiten

Mordes genug zu tun. Als ich auch beim zweiten Mal noch nicht mit der Chefin hatte sprechen können, hatte ich dem Polizeimeister auf der Wache den Fall geschildert. Gut, ehrlich gesagt, hatte ich eine ziemlich abgespeckte Version zum besten gegeben. Eine Version, in der ich nicht ganz so schlecht ausgesehen hatte wie in der Realität. Der Polizist hatte versprochen, die Informationen so schnell wie möglich an Frau Oberste weiterzuleiten. Die würde sich dann sicherlich noch bei mir melden. Oh ja, davon war ich überzeugt. Marlene Oberste, die heute schon bei mir gewesen war und der ich die schwarze Locke unrechtmäßig verschwiegen hatte, würde gleich bei mir auf der Matte stehen. Da war ich mir ganz sicher. Trotzdem redete ich mir ein, daß ich nicht aus reinen Fluchtgedanken in dieser Kapelle saß, sondern aus Gründen der Kontemplation. So nannte man das doch, wenn man zu sich selbst und so manch anderem finden wollte, oder nicht? Schon wieder ein Geräusch von rechts hinten. Ich schaute mich um. Die Frau saß noch immer da. Sie hatte zu weinen aufgehört und starrte nun wächsern vor sich hin. Leise stand ich auf und ging langsam auf sie zu. Erst als ich unmittelbar vor ihr stand, blickte sie mir ins Gesicht.

„Kann ich Ihnen irgendwie behilflich sein?"

Die Frau schaute zunächst durch mich hindurch. Dann schüttelte sie den Kopf.

„Nein, nein. Vielen Dank." Ihre Stimme war so leise, daß sie kaum zu verstehen war.

Ich lächelte der Frau aufmunternd zu und drehte mich um. Es war falsch gewesen, sie anzusprechen. Ich war hier schließlich nicht in der Schule.

„Sie haben Dr. Peuler gefunden, nicht wahr?"

Ich drehte mich um. Tatsächlich, die Frau hatte mich angesprochen. Mit verschwommenen Augen sah sie mich an. Ich nickte.

„Und Sie sind Lehrer am Elli, stimmt's?"

Ich nickte wieder und überlegte krampfhaft, woher die Frau mich kannte. Keine Chance. Als Lehrer war man nie sicher. Vielleicht die Mutter eines Schülers.

„Haben Sie schon von dem zweiten Mord gehört? Von dem Mord an Frau Peuler?"

Ich setzte mich in die Bank unmittelbar vor der Frau und drehte mich zu ihr nach hinten.

„Ja, ich hab davon gehört. Schlechte Nachrichten verbreiten sich ja bekanntlich am schnellsten."

„Sie hat mich angerufen. Gestern abend. Sie wollte mit mir sprechen."

„Wie bitte?"

„Wir haben einen Termin vereinbart. Heute mittag wollten wir uns treffen. Ich sollte zu ihr kommen, und ich war auch da. Ich war schon ganz verwundert, weil sie nicht zu Hause war. Eine Viertelstunde lang habe ich vorm Haus gewartet, dann bin ich gefahren. Ich habe gedacht, sie hat es sich anders überlegt."

„Woher kannten Sie Frau Peuler denn überhaupt?"

„Ich arbeite auch hier in der Klinik. Daher kenne ich ihren Mann. Bei einem Vortrag habe ich sie dann mal zufällig privat getroffen. Nachher haben wir noch zusammen etwas getrunken und uns dabei ganz gut unterhalten."

„Und warum wollte Frau Peuler mit Ihnen reden? Einfach nur so, um ihre Trauer abzuladen?"

„Natürlich, vor allem deshalb. Sie suchte ein Gespräch, um die Situation besser bewältigen zu können. Darüber bin ich sehr froh."

Ich nickte.

„Aber da war noch mehr." Der jungen Frau stiegen wieder die Tränen in die Augen. „Sie wollte mir etwas erzählen. Sie sagte, sie habe so ein komisches Gefühl."

„Ein komisches Gefühl? Was meinte sie damit?"

„Ich weiß es nicht. Aber sie meinte, sie könne sich gar nicht erklären, warum jemand ihren Mann habe umbringen wollen. Er sei doch so ein lieber Mensch gewesen."

„Aha."

„Sie könne das alles nicht verstehen, und deshalb müsse sie immer an diese alte Geschichte denken."

„An die alte Geschichte? Was meinte sie damit?"

„Das habe ich auch gefragt, als ich sie am Telefon hatte. Aber dann hat sie ganz furchtbar geweint, richtig geschluchzt hat sie. Und sie hat gesagt, sie könne jetzt nicht mehr. Morgen werde sie mir alles erzählen. Und dann hat sie aufgelegt."

Meine Gesprächspartnerin mußte jetzt auch wieder weinen. Sie zog ein zerfleddertes Taschentuch aus der Hosentasche und putzte sich damit die Nase.

„Wenn ich gestern einfach hingefahren wäre", schluchzte sie jetzt. „Dann würde Eva Peuler vielleicht noch leben."

„Das alles war nicht absehbar", versuchte ich sie zu beruhigen. „Sie dürfen sich keine Vorwürfe machen."

„Aber sie hätte mir die Sache sicherlich schon gestern erzählt. Und dann hätten wir Maßnahmen ergreifen können. Sie hat doch einen Verdacht gehabt." Die Stimme der jungen Frau war jetzt völlig außer sich.

„Sie hatten für heute einen Termin. Kein Mensch konnte ahnen, daß vorher noch etwas passieren würde."

„Ich habe noch überlegt, aber ich dachte, sie müsse sich sowieso erst beruhigen. Und dann-" Die Frau schluchzte hemmungslos heraus. Ich setzte mich neben sie und versuchte sie zu trösten.

„Sie müssen mit der Polizei sprechen", sagte ich irgendwann, als sie sich etwas beruhigt hatte. „Sie müssen mit der Polizei sprechen und denen alles erzählen. Außerdem sollten Sie sich Hilfe suchen." Ich erinnerte mich an ein Schild, das ich vor kurzem in der Cafeteria entdeckt hatte. „Es gibt hier im Haus eine Krankenhausseelsorgerin. Ich meine, Sie können gerne weiter mit mir sprechen, wann immer Sie wollen. Aber wenn Sie etwas anderes suchen, dann wenden Sie sich doch einfach an sie. Sie ist geschult. Sie kann Ihnen sicher helfen, damit Sie sich nicht weiter Vorwürfe machen."

Auf einmal sah mich die junge Frau aus ihren verweinten Augen überrascht an.

„Die Krankenhausseelsorgerin? Aber das bin ich doch selbst."

+

Im Zimmer setzte er sich auf einen Stuhl und versuchte, sich zu beruhigen. Er hatte ja nur einmal schauen wollen. Schauen, ob es da irgend etwas In-

teressantes gab. Die beiden Patienten aus 344 hatten davon erzählt. Daß plötzlich so ein Knilch vor der Balkontür gestanden hatte. Und daß er sich angeblich ausgeschlossen hatte. Aber natürlich wußten die Patienten, daß nebenan kein normales Patientenzimmer war. Nebenan war das Zimmer vom Chefarzt. Und in diesem Zimmer hatte doch vor kurzem ein Mord stattgefunden. Da war es einfach seltsam, daß plötzlich dieser Mann von dort herübergekrabbelt kam.

Deshalb hatte er nur mal schauen wollen. Schauen, was das für einer war. Und dann hatte er auf einmal die Locke gefunden! Sie hatte in der Schublade seines Nachtschränkchens gelegen. Ganz obenauf. Er hatte es gar nicht glauben können. Wie war dieser Mann an die Locke gekommen? Und warum hatte er sie verwahrt? Was wollte er damit? Er hatte der Versuchung nicht widerstehen können und die Locke an sich genommen. Dann hatte er fieberhaft weiter in seinen Sachen gekramt. Gott sei Dank war der Bettnachbar zur Anwendung weggewesen, und der Mann selber hatte sich zur Cafeteria aufgemacht, jedenfalls in die Richtung. So hatte er Zeit gehabt, noch etwas zu suchen. Und mit Erfolg! Da war nämlich noch etwas gewesen. Ein Zettel mit Namen drauf. In der Mitte hatte Peuler *gestanden und drumherum verschiedene andere Namen.* Wolkov *zum Beispiel und* Lübke. *Aber warum er wirklich ganz kribbelig geworden war, war wegen eines anderen Namens.* SCHNEEWITTCHEN *hatte da gestanden, in dicken fetten Lettern. Schneewittchen! Der Mann war ihm auf der Spur. Er hatte die Zeichen verstanden. Er war hinter ihm her. Nur wußte er nicht, auf welcher Seite der Mann stand. Man hätte ja denken können, er sei ein Polizist. Jemand, den man inkognito ins Krankenhaus geschleust hatte, um der Sache vor Ort auf den Grund zu gehen. Das kam ja oft vor, im Fernsehen. Mal wurde jemand ins Kloster, mal in ein Altenheim eingeschleust, um so besser an Informationen zu kommen. Aber das war in diesem Fall nicht möglich. Der Mann war schon am Sonntag abend eingeliefert worden, als Peuler noch gelebt hatte. Au-*

ßerdem hatte er sich tatsächlich einer Blinddarm-OP unterzogen. Er war kein Polizist. Aber vielleicht jemand, der auf eigene Faust ermittelte - ein Privatdetektiv oder Versicherungsagent, der zufällig gerade im Krankenhaus gelegen hatte und nun die Situation nutzte. Warum sonst hatte er der Polizei die Locke nicht ausgehändigt? Das war doch seltsam. Das war doch hochgradig seltsam. Übrigens war der Mann verheiratet. Er hatte eine Frau, die hochschwanger war. Auch sie schlawenzelte überall in der Klinik herum. Natürlich arbeiteten die beiden zusammen. Das war geschickt. Er war am Ort des Geschehens. Und sie quetschte im weiteren Umfeld die Leute aus. Das war geschickt. Und das war sehr gefährlich für ihn! Mit Gewalt faßte er sich an die Schläfen. Er bekam Kopfschmerzen. Starke Kopfschmerzen. Dann würde er noch schlechter nachdenken können. Dabei mußte er eine Lösung finden. Und zwar schnell. Er mußte schnell eine Lösung finden.

36

Irgendwie ergab sich das alles günstig. Ich wollte der Krankenhausseelsorgerin helfen, ganz klar. Aber gleichzeitig, ich muß es gestehen, hoffte ich, daß sich der Zorn der Hauptkommissarin etwas im Zaum halten würde, wenn sie gleich noch einen Brocken vorgesetzt bekäme, nämlich den mit der „alten Geschichte".

Marlene Oberste kam um fünf, und sie sah wahrlich abgekämpft aus. Ihrer Stimmung nach hatte man Wolkov noch nicht festgesetzt. Ich nahm mich zurück und fragte nicht nach. Soweit das möglich war, wollte ich mich von meiner besten Seite zeigen.

„Vielleicht können wir uns kurz draußen unterhalten?" fragte ich. Ehepaar Peters mußte schließlich nicht dabeisein, wenn ich zermalmt wurde.

Auf dem Gang war ziemlich viel los. Zwei Besucherinnen mit einem Blumenstrauß erkundigten sich nach einer Patientin. Pfleger Stefan peste mit einem Blutdruckmeßgerät vorbei. Ein leeres Bett stand im Flur, außerdem ein Rollwagen mit Bettwäsche. Wir suchten uns ein halbwegs ruhiges Eckchen, bevor meine Begleitung ordentlich zur Sache kam.

„Habe ich meinen Kollegen richtig verstanden, wenn er sagt, daß Sie in Dr. Peulers Zimmer ein Haarbüschel gefunden und es nicht der Polizei übergeben haben?"

Ich sah mich besorgt um. Frau Oberste sprach einfach zu laut für meinen Geschmack.

„Nicht direkt. Aber eigentlich schon. Ich hatte mir gedacht-"

„Wann waren Sie in Peulers Zimmer?"

„Gestern abend, als ich auch das Gespräch zwischen Lübke und Wolkov mitangehört habe. Unglücklicherweise bin ich in Dr. Peulers Zimmer eingeschlossen worden, und auf der Suche nach einem Zweitschlüssel stieß ich dann auf besagtes Haarbüschel."

„Aha!" Hauptkommissarin Oberste atmete tief durch, um nicht vor meinen Augen zu explodieren. „Und Sie haben es sowohl gestern abend als auch heute morgen nicht für nötig gehalten, uns über diesen Fund zu informieren."

„Das Haar war mit einem Klebestreifen an der Rückwand einer Schreibtischschublade befestigt. Ich habe im Leben nicht gedacht, daß es mit dem Mord zu tun haben könnte. Ich dachte, es stammte aus Peulers Vergangenheit, eine Jugendliebe oder so – völlig irrelevant."

„Ich habe Sie schon mal darauf hingewiesen, daß Sie Ihre Schlußfolgerungen lieber der Polizei überlassen sollten", die Kommissarin kam langsam ins Schreien. „Sie behindern unsere Ermittlungsarbeit. Ist Ihnen das eigentlich klar?"

Beschwichtigend hob ich die Hand. „Immerhin habe ich Ihnen gestern abend den entscheidenden Tip in Sachen Wolkov gegeben", verteidigte ich mich. „Wer weiß, wann Dr. Lübke Sie darüber informiert hätte."

„Verschonen Sie mich mit Ihrer Heldentat und zeigen Sie mir jetzt bitte die Locke!"

„Natürlich!" Hastig ging ich vor der Kommissarin zu meinem Zimmer zurück. Frau Peters war gerade dabei, sich von ihrem Mann zu verabschieden. Eilig ging ich an den beiden vorbei zu meinem Nachtschränkchen und zog die Schublade auf. Eigentlich überwog das Gefühl, daß ich das Schlimmste bereits hinter mir hatte. Leider hielt dieses Gefühl nicht lange an.

„Hier! Ich habe sie hier drin aufbewahrt." Nervös schaute ich die Schublade durch. Ich hatte die Locke doch ganz obenauf gelegt! Aber sie war weg! Sie war einfach weg!

„Die Locke", stammelte ich. „Ich habe sie wirklich hier hineingelegt. Glauben Sie mir. Aber sie ist nicht mehr da!"

Marlene Oberste sah mich an, als wollte sie mich auffressen. Dann drehte sie sich um und verließ das Zimmer. Frau Peters blickte mich verstohlen an. Inzwischen war ich sicherlich nicht nur als schlechter Lehrer gespeichert, sondern als jemand, der die Grenze zur Kriminalität längst überschritten hatte. Instinktiv hastete ich hinter Marlene Oberste her. Ich erwischte sie ein paar Türen weiter.

„Frau Oberste", erklärte ich. „Das sieht jetzt ganz unmöglich aus. Das weiß ich. Diese Locke muß gestohlen worden sein. Ich war eben eine Weile nicht im Zimmer. Und mein Bettnachbar ebenfalls. Er hatte eine Untersuchung. In der Zeit muß jemand drinnen gewesen sein und die Locke genommen haben."

Marlene Oberste sah gar nicht mehr ärgerlich aus, eher nachdenklich.

„Wann genau war das Zimmer leer?"

Ich blickte auf die Uhr. „Ich war ungefähr eine halbe Stunde lang in der Kapelle – so zwischen halb sechs und sechs würde ich sagen."

Die Kommissarin grübelte weiter.

„In der Kapelle habe ich übrigens die Krankenhausseelsorgerin kennengelernt", erklärte ich. Ich war nicht sicher, ob Frau Oberste mir wirklich zuhörte. „Sie hat erzählt, daß Eva Peuler sie gestern angerufen und um ein Gespräch gebeten hat. Die Seelsorgerin hatte das Gefühl, Frau Peuler habe etwas auf dem Herzen. Sie sprach von irgendeiner alten Geschichte, derentwegen ihr Mann wahrscheinlich umgebracht worden sei. Heute hätten die beiden einen Termin gehabt. Aber da war Frau Peuler schon tot." Ich kramte in meiner Hosentasche nach dem Zettel. „Dies ist die Telefonnummer der Krankenhausseelsorgerin.

Außerdem ihre Adresse. Sie ist den ganzen Abend zu Hause." Marlene Oberste nahm den Zettel an sich. „Danke."

Mein Gott, die Frau war entweder in Trance oder sie wurde richtig nett.

„Vielleicht glauben Sie mir die Geschichte mit der Locke nicht", versuchte ich es noch einmal. „Womöglich denken Sie, ich wollte mich nur wichtig machen. Aber das stimmt nicht. Die Locke war wirklich da, glauben Sie mir."

„Ich weiß", sagte Hauptkommissarin Oberste zu meiner Überraschung. „In dem gestohlenen Auto, mit dem Eva Peuler überfahren wurde, haben wir ebenfalls eine schwarze Locke entdeckt. Sie klebte im Handschuhfach. Und ich wette hundert zu eins, daß die Haare von ein und derselben Person stammen."

Ich war baff und wußte nur eins: Ich würde nicht dagegen wetten.

37

Meine Situation wurde mir erst später so richtig bewußt. Jemand war in meinem Zimmer gewesen und hatte die Locke mitgenommen. Das konnte niemand anders sein als der Täter! Als ich Alexa von diesem Gedanken erzählt hatte, wollte sie sofort, daß ich Polizeischutz anfordere. Ich selbst hatte eher mit dem Gedanken gespielt, frühzeitig nach Hause zu gehen. Dann allerdings hatte ich mich dagegen entschieden. Wenn der Täter mich kannte und tatsächlich meinte, daß von mir eine Gefahr ausginge, dann wußte er auch meine Adresse. Wenn er mir an den Kragen wollte, dann konnte er mich genausogut zu Hause suchen. Und das wollte ich Alexa nicht zumuten. Diese ganzen Mordangelegenheiten waren sowieso schon zuviel. Da mußte ich nicht noch dafür sorgen, daß wir die ganze Nacht mit einem Ohr an der Haustür lägen, um zu horchen, durch welchen Eingang der Täter ins Haus eindrang. Dann schon lieber Polizeischutz. Allerdings hatte ich Frau Oberste schon wieder nicht erreicht. Der Beamte auf dem Präsidium meinte, sie habe wohl ihr Handy ausgeschaltet. Und Vedder sei auch nicht erreichbar. Einen Moment lang erwog ich, dem Polizisten vor Ort alles zu erzählen. Dann entschloß ich mich zu warten, bis Marlene Oberste wieder auftauchte. Der Täter hatte gezielt zugeschlagen. Ganz offensichtlich hatte er speziell die beiden Peulers aus dem Weg räumen wollen. Klar, er wußte jetzt, daß ich die Lokke gefunden hatte. Aber hatte er das nicht letztlich gewollt? Deshalb mußte der Täter mich nicht unbedingt als Gegner ansehen.

Trotzdem war es ein komisches Gefühl, als ich kurze Zeit später über den Flur lief. Der Täter arbeitete im Krankenhaus, da war ich mir ganz sicher. Sonst hätte er den Moment, da niemand in unserem Zimmer war, nicht so gut abpassen können. Es konnte ein Pfleger sein oder eine Schwester, ein Arzt, eine Hebamme, jemand, der in der Küche arbeitete oder beim Hol- und Bringedienst. Es konnte die Krankenhausseelsorgerin sein oder jemand aus der Verwaltung. Irgend jemand halt, der sich unbemerkt in der Klinik bewegen konnte. Das machte mich nervös. Das machte mich einfach nervös.

„Der Herr Jakobs!" .

Ich fuhr herum.

„Sie sind doch nicht etwa als Patient hier?"

Die Dreisams. Ich atmete auf. Das Wirteehepaar, bei dem ich die ersten Tage im Sauerland untergekommen war. Schon damals hatten sich die beiden ständig Sorgen gemacht, daß ich als Alleinstehender nicht richtig versorgt wurde – daß meine Hosen keine Bügelfalten haben würden und meine Mahlzeiten nicht ausgewogen wären. Auch jetzt musterte mich Hilde Dreisam wieder, als überlegte sie, ob ich Essen auf Rädern nötig hätte.

„Herr Jakobs, Sie sind noch schmaler geworden."

Das war glattweg gelogen. Schließlich hatte ich aus solidarischen Gründen fast genausoviel zugenommen wie Alexa. Allerdings hatte Frau Dreisam schon immer Schwierigkeiten mit den Augen gehabt. Vielleicht handelte es sich allein um ein sehtechnisches Problem.

„Mir geht es prächtig", widersprach ich, während mir heftig die Hand geschüttelt wurde. „Ich habe zwar eine Blinddarmoperation hinter mir. Aber jetzt ist schon wieder fast alles in Ordnung."

„Der Blinddarm?" Frau Dreisam sah mich an, als hätte

ich gerade eine Diagnose bekanntgegeben, die sich vor allem durch absolute Hoffnungslosigkeit auszeichnete.

„Der Blinddarm!" wiederholte Herr Dreisam, als könnten die beiden nur in kleinen Schritten diese grausame Wahrheit verarbeiten.

„Sie wissen ja, daß man daran-" Herr Dreisam fuhr sich mit dem Handrücken an der Kehle entlang. Die Geste sollte mir offensichtlich demonstrieren, daß mindestens jeder zweite am Blinddarm elendig krepierte.

„Nicht der Rede wert", versuchte ich es erneut. „Eine reine Routinesache. Wie gesagt, ich bin bald wieder vollständig auf dem Damm. Beim Husten habe ich noch Schmerzen und beim Lachen auch, aber das ist kaum erwähnenswert."

„Na, das Lachen dürfte Ihnen hier wahrscheinlich vergangen sein." Hilde Dreisams Gesicht veränderte sich in ein verwegenes Blinzeln. „Wir waren gerade bei meiner Schwägerin. Sie hat eine neue Hüfte gekriegt. Hier scheinen ja Mord und Totschlag an der Tagesordnung zu sein."

„Um Gottes willen!" Ich versuchte ein künstliches Lachen. „So schlimm ist es nun wirklich nicht. Ich werde hier im Krankenhaus bestens versorgt."

„Trotzdem – ein Mord!" Jetzt schaltete sich Herr Dreisam ein. „Dabei war dieser Dr. Peuler ein ganz reizender Mensch. Wir waren damals so zufrieden, als Hilde die Last mit ihren Krampfadern hatte."

„Vor allem rechts", fügte Hilde hinzu. Und schon war sie dabei, ihr rechtes Hosenbein zu lüpfen. „Das ist eine saubere Sache geworden. Und nichts ist wiedergekommen. Da bin ich sehr zufrieden."

„Und dabei war es ja ein Glück, daß er überhaupt hier im Krankenhaus war."

„Wieso ein Glück?" Jetzt wurde ich aufmerksam.

„Nun, er hätte es damals auch anders haben können."

„Wie meinen Sie das?"

„Wissen Sie, in den Siebzigern war doch der Fritthelm in Paderborn in der Dekanatsverwaltung tätig", erklärte Frau Dreisam mit einer Selbstverständlichkeit, als seien damit alle Unklarheiten beseitigt.

„Der Fritthelm", wiederholte ich und fragte mich zur gleichen Zeit, ob der sauerländische Friedhelm direkt von „Fritte" abgeleitet war.

„Der Fritthelm ist unser Neffe - von meinem Bruder Heinz der Älteste", erläuterte ihr Gatte.

„Na ja, und der Fritthelm, der hat damals schon gesagt: Daß der Herr Dr. Peuler zu euch ins Krankenhaus geht, das ist ein Wunder."

„Ein Wunder?" Die Geschichte als solche erschien mir immer wunderlicher.

„Ja, und zwar deshalb", Frau Dreisam führte die Erklärung nun fort, „weil der Dr. Peuler in Paderborn eine viel bessere Stelle hätte bekommen können, auch als Chefarzt, aber an einer viel größeren Klinik."

„Das ist interessant."

„Dr. Peuler hatte die Stelle eigentlich schon zugesagt", erläuterte Hilde weiter. „Er war ja Oberarzt in Soest gewesen und hatte sich dann an einer Klinik in Paderborn beworben. Aber kurz vorher wollte er plötzlich nicht mehr."

„Ich finde das sehr anständig", sagte Herr Dreisam, „daß sich der Herr Doktor für uns entschieden hat."

„Aber warum?" fragte ich. „Haben Sie irgendeine Ahnung, warum das so gelaufen ist?"

„Das konnte der Fritthelm schon damals nicht beantworten."

„Vielleicht hat es ihm einfach so gut gefallen, hier im Sauerland?" Frau Dreisam blickte ihren Mann lächelnd an. Klar, die beiden waren sich einig. Ich selbst aber witterte eine Spur, einen winzigen Hinweis, einen Stolperstein in Peulers Biographie. Unter Umständen gab es irgendeine brisante Geschichte, die dazu geführt hatte, daß Peuler die Stelle in Paderborn nicht angetreten hatte.

„Ihnen auf jeden Fall eine gute Genesung!" wandte sich Frau Dreisam plötzlich wieder an mich. „Wenn wir gewußt hätten, daß Sie auch hier auf Station liegen, dann hätten wir uns natürlich mehr Zeit mitgebracht."

„Ach danke", wehrte ich ab. „Ich komme ja schon bald wieder raus."

„Auch dann müssen Sie sich weiter pflegen. Das ist Ihnen hoffentlich klar."

„Natürlich, sonst-" Ich legte wie Herr Dreisam den Handrücken an die Kehle. Es war mir wichtig zu signalisieren, daß ich die Gefahr für mein Leben erkannt hatte.

„Aber Sie sind ja jetzt verheiratet", flocht meine ehemalige Wirtin noch ein. „Da sind Sie ja in besten Händen."

„Genau", flötete ich. „Und meine Frau ist noch dazu Tierärztin. Die kennt sich mit organischen Gebrechen bestens aus."

„Na dann!" Die Dreisams wandten sich zum Gehen. Dann drehte sich Hilde aber doch noch einmal um. „Ihre Frau – das wollte ich Sie immer schon mal fragen – was ist das eigentlich für eine geborne?"

„Eine geborne?" Was mußte ich jetzt sagen? Die Kaste benennen? Ihr Familienstammbuch aufsagen? Dann fiel mir die richtige Antwort ein.

„Eine Schnittler", sagte ich und war froh, daß ich im sauerländischen Gewinnspiel triumphiert hatte. „Sie ist eine geborne Schnittler."

Die Dreisams lächelten, winkten und machten sich schließlich von dannen. Trotzdem konnte ich ein paar Bruchstücke ihrer weiteren Unterhaltung mitanhören: „ob das von den Schnittlers aus der Gartenstraße „ – „aber die hatten doch nur Jungs" – „womöglich von dem Jüngsten eine Tochter"-

Ach, wie liebte ich das Sauerland. Und nicht nur das. Ich hatte sogar eine Tochter dieser holden Region geehelicht. Was würde man wohl über unsere Kinder sagen? „Ist das nicht einer von Jakobs? Wo der Vatter am Elisabeth-Gymnasium ist?" Nein, ganz sicher würde man **das** nicht sagen. Ich brauchte mir nichts vormachen. Bei unseren Kindern würde es eher heißen: „Ist das nicht einer von der Schnittlers Seite? Von Schnittlers Alexa der Älteste?" So würde es sein. Auch, wenn ich noch dreißig Jahre hier leben sollte. So würde es sein und nicht anders.

Trotzdem konnte mich diese Einsicht nicht erschüttern. Ich hatte eine Entdeckung gemacht, eine wichtige Entdeckung, die Peulers Leben betraf – und vielleicht auch seinen Tod. Davon mußte ich Alexa erzählen - meiner Alexa, die von Schnittlers Hans die Jüngste war.

38

Marlene Oberste stieg aus dem Auto und sog die Waldluft in ihre Lungen. Sie hatte einen Moment Abstand gebraucht. Zehn Minuten ohne Telefonat und ohne die Nachfrage eines Kollegen. Jetzt stand sie hier in der Sonne und genoß den grandiosen Blick über das Tal. Nichts als Wälder, Wiesen, Kühe und zwei Hochsitze. Mitten durch die Idylle plätscherte ein kleiner Bach, über den eine urige Holzbrücke führte. Verdammt schön die Gegend, das mußte man zugeben. Wenn man hügelige Landschaften liebte, kam man im Sauerland voll auf seine Kosten. Sie mußte daran denken, daß Peulers Sekretärin eine leidenschaftliche Wanderin war. Frau Merz. Vedder hatte gesagt, Hannelore Merz habe für ihren Chef geschwärmt. Der Mann, dem sie jeden Tag begegnet war und der trotzdem unerreichbar blieb. Da war schon etwas dran. Marlene Oberste hatte inzwischen selbst mit ihr gesprochen. Als Täterin kam sie trotzdem nicht in Betracht. Was hatte sie denn für ein Motiv?

Marlene Oberste lehnte sich ans Auto und schaute nach oben. Ein Mäusebussard zog seine Runden. Man hätte denken können, er habe sie ins Visier genommen. Die Hauptkommissarin dachte an das Telefonat, das sie heute morgen mit ihrem Hagener Kollegen Steinschulte geführt hatte. Sie hielt viel von Steinschulte. Er war jemand, der sich schnell in einen Fall hineindenken konnte und neue Ansätze fand. Steinschulte hatte angeregt, Peulers Lebenslauf stärker einzubeziehen. Damit hatte er eine offene Wunde getroffen. Schon wiederholt war Marlene der Gedanke gekommen, daß sie genau diesem Ansatz zu wenig Beachtung geschenkt hatte. Aber sämtliche Hinweise hatten auch so eng mit dem Krankenhaus zu tun gehabt. Zum Beispiel die blutigen Schleifspuren unter Peulers Kopf. Jemand hatte dem Chefarzt ein Blatt unter dem Kopf weggezogen, ein Papier, das mit Sicherheit wichtig war. Es konnte der Schlüssel sein, der entscheidende Hinweis, das Mordmotiv. Vielleicht Wolkovs Entlassung, ein Schreiben an die Verwaltung. Oder aber ein Gutachten in einer ganz anderen Angelegenheit. Eine Patientensache oder so etwas in der Art.

Auf jeden Fall würden sie weiter nach Wolkov fahnden. Jan Vedder und die zwei neugekommenen Kollegen hatten die Sache in der Hand, und sie war sicher, daß sie die Aufgabe korrekt weiterführen würden. Trotzdem drängte sich Marlene Oberste jetzt der Verdacht auf, daß sie etwas außer acht gelassen hatte. Daß etwas ganz anderes dahinterstecken könnte, etwas Privates, etwas, das mehr mit der Vergangenheit der Peulers als mit ihrem jetzigen Leben zusammenhing. Das schwarze Haar, das man im gestohlenen Jeep gefunden hatte, gehörte einer Frau. Das hatte die DNA-Analyse längst ergeben. Einer sehr jungen Frau. Und das Labor hatte zudem angegeben, daß es schon vor langer Zeit abgeschnitten worden sei. Vor mindestens zwanzig Jahren, schätzte man. Das war doch etwas, immerhin ein Hinweis. Folglich hatte sich Marlene Oberste daran gemacht und zunächst Hartmut Peulers Lebenslauf zu rekonstruieren versucht.

1940 war er geboren, im ersten Kriegsjahr. Sein Vater war noch im selben Jahr gefallen, daher war der Junge ein Einzelkind geblieben. Ehrlich gesagt, hatte Marlene Oberste das enttäuscht. Eine Schwester, das wäre eine Spur gewesen. Das hätte irgendwie zu dem Haarbüschel gepaßt, das in diesem Fall eine wesentliche Rolle zu spielen schien. Aber es gab eben keine Schwester, auch keine zu kurz gekommene Halbschwester. Gab's nicht, war nicht. Nun, dann hatte es vielleicht eher mit einer Liebschaft zu tun. Die ersten drei Jahre hatte die Mutter mit dem Jungen in Recklinghausen gelebt, dann war sie aus Angst vor Bombenangriffen zu Verwandten aufs Land gezogen, in die Nähe von Bielefeld. Dort war der kleine Hartmut auch zur Schule gegangen und hatte Abitur gemacht. Zum Studium war er nach Frankfurt gewechselt, weil dort ein weiterer Onkel lebte, bei dem er günstig hatte wohnen können. All das wußte Marlene nicht aus Peulers Personalakte, die sie sich kopiert hatte, sondern von Peulers Sekretärin. Manchmal habe ihr Chef eine sentimentale Stunde gehabt, hatte Hannelore Merz berichtet, und dann habe er von früher erzählt.

Als junger Arzt war Peuler dann wieder in Richtung

Heimat gewechselt. Detmold, wo er seine Frau kennengelernt hatte, später eine Oberarztstelle in Soest, von da aus dann die Bewerbung ins Sauerland. Marlene strich sich durchs Haar. Irgendwo in dieser Zeit mußte etwas begraben sein. Irgend etwas, das mit der Frau mit den schwarzen Haaren zu tun hatte. Aber es war alles so schwierig, jetzt da Eva Peuler ebenfalls tot war. Es gab so wenig Anhaltspunkte. Keine Geschwister, keine Kinder, die man hätte löchern können. Die Befragung der Nachbarn hatte ergeben, daß sie zwar mit den Peulers durchaus einen freundlichen Kontakt gepflegt hatten, daß es aber letztlich doch immer beim Small talk über die gepflegte Gartenhecke geblieben war. Die Peulers wohnten in einer noblen Gegend. Da wurden nicht gerade regelmäßig Straßenfeste gefeiert. Natürlich hatten die Peulers in der Stadt eine Menge Kontakte gehabt, allein durch die ehrenamtlichen Projekte der Ehefrau. Außerdem war Herr Peuler sehr sportlich gewesen. Er war regelmäßig joggen gegangen, nebenher hatte er Tennis und Golf gespielt. Trotzdem war bislang noch keine einzige Person bekanntgeworden, die sich als echte Freundin oder echter Freund des Paars bezeichnet hätte. Gut, da gab es wohl diese Luckners. Herr Luckner war offenbar mit Hartmut Peuler zusammen im Lions-Club gewesen. Aber wie der Teufel es so wollte, waren gerade diese Leute derzeit im Urlaub, und nicht etwa in Holland oder Dänemark, nein, in den USA! Es war zum Heulen. Marlene Oberste konnte sich nicht erinnern, daß sie jemals in einem Fall so viele widrige Umstände erlebt hatte. Trotzdem war sie wild entschlossen, der Sache auf die Spur zu kommen. Bielefeld, Frankfurt, Detmold, Soest. Irgendwo dort mußte etwas versteckt sein. Peuler hatte seine Frau in Detmold kennengelernt. Vielleicht war das ein Ansatz. Unter Umständen gab es da eine Frau, die von Peuler enttäuscht worden war. Eine Frau, die er verlassen hatte, weil plötzlich die verführerische Eva vor der Tür gestanden hatte. Das würde auch ein neues Licht auf den Mord an Eva Peuler werfen. Ein Mord, der ihr bislang noch völlig rätselhaft war. Den sie, wenn überhaupt, bislang nur damit erklären konnte, daß Eva Peuler irgend etwas gewußt hatte. Etwas, das den

Mörder gefährdete, so daß er sie aus dem Weg hatte räumen müssen – im ganz wörtlichen Sinne. Dazu paßte natürlich die Aussage der Krankenhausseelsorgerin. Andererseits hatte die auch von einer alten Geschichte geredet - eine Geschichte, die womöglich mit den Haaren zusammenhing. Also doch die verlassene Schwarzhaarige? Eine Frau, die ein Kind von Peuler bekommen hatte? Ein Kind, das heute vielleicht Krankenschwester war? Die Sache schien verrückt, aber auch diese Morde waren verrückt. Wo sonst hatte man schon einmal von einem Kreuz im Rücken gehört?

Marlene Oberste rieb sich die Augen. Das Kreuz. Krankenhaus. Das Krankenhauskreuz. Vielleicht stimmte ja doch die Patiententheorie. Eine Sache, die schon vor langer Zeit passiert war, in den ersten Jahren von Peulers hiesigem Chefarztdasein – oder vielleicht sogar in der Zeit davor – in den Krankenhäusern in Detmold oder Soest? Die Sache war schwierig. Marlene Oberste versuchte noch einmal, sich zu konzentrieren. Die Haare aus Peulers Schreibtisch waren am hellichten Tag aus dem Nachtschränkchen von diesem Jakobs gestohlen worden, direkt im Krankenhaus. Da mußte sie ansetzen! Einmal war sie den Dienstplan der Station schon durchgegangen. Aber sie mußte tiefer graben. Vielleicht gab es irgend jemanden, der indirekt mit Peulers Biographie verknüpft war. Vielleicht ein Mitarbeiter einer anderen Station, der sich unbemerkt auf der Drei hatte aufhalten können.

Marlene Oberste seufzte. Sie konnte das nicht alleine machen. Vedder und die Neuen hingen in der Fahndung, Brigitte, Rainer und Bertram waren mit Eva Peuler beschäftigt, Spurensicherung, Zeugen – alles, was dazugehörte. Ein, zwei Kripokollegen mehr hätte sie jetzt noch gut gebrauchen können. Klar, die Beamten aus dem Präsidium konnten ihnen einiges abnehmen, vor allem dieser Brandt war ein helles Köpfchen, aber das Durchwühlen der Akten, das mußte jemand machen, mit dem sie gut zusammenarbeiten konnte. Marlene Oberste rieb sich schon wieder die Augen. Sie war so müde. Sie konnte kaum mehr klar denken.

Skilaufen, kam ihr plötzlich in den Sinn. In diesem Jahr

würde sie sich die Weihnachtstage freiblocken. Und dann käme sie mit Skiern hierher. Es mußte phantastisch sein, hier durch die Landschaft zu brettern. Zumindest, wenn nicht Mord und Totschlag in Sicht waren.

39

Alexas Stimme klang unglaublich fröhlich. Ganz nebenbei klang sie unglaublich laut.

„Ich schlafe noch", sagte Max und meinte es auch so.

„Das hört sich aber gar nicht so an. Im übrigen bin ich putzmunter."

„Das freut mich für dich."

„Was ist denn los mit dir? Bist du krank?"

„Ja. Oder besser noch, ich bin verletzt."

„Verletzt, um Gottes Willen. Was ist passiert?"

„Man hat mir einen Spaten über die Rübe gezogen."

„Einen Spaten? Bist du nebenberuflich in die Spargelernte eingestiegen?"

„Das nicht gerade. Außerdem braucht man dafür keinen Spaten."

„Jetzt sag schon, was ist passiert?"

„Ich war da vorgestern bei einem Mann, oder besser gesagt bei einem Paar. In polizeilichem Auftrag – naja, in weitestem Sinne."

„Du wolltest etwas herausfinden?"

„Ja, und stell dir vor: Ich habe es sogar herausgefunden. Oder besser, ich habe herausgefunden, daß der Typ es nicht war."

„Na klasse, dann habe ich ein super Angebot für dich. Vincent und ich haben gestern eine ganz neue Spur aufgetan. Hast du Lust, dem nachzugehen?"

„Von Lust kann gar keine Rede sein. Meine bisherigen Vorschläge haben überhaupt nichts gebracht. Ich hab' mir vorgenommen, mich ab jetzt zurückzuhalten. Trifft sich eh, da ich mit Gehirnerschütterung im Bett liege."

„Ach, Mäxchen, stell dich nicht so an!"

„Ich bin krank geschrieben!"

„Als wenn das im Fahndungsstreß jemanden interessie-

ren würde."
„Außerdem habe ich Kopfschmerzen."
„Da ist frische Luft gar nicht verkehrt."
„Frische Luft?"
„Ich sag' nur Soester Land. Flache Auen, satte Rapsfelder, gülledurchtränkte Luft."
„Und da willst du mit mir hin?"
„Vincent muß noch einen Tag im Krankenhaus bleiben. Stell dir vor, er hat seit gestern abend Polizeischutz."
„Polizeischutz? Warum denn das?"
„Na, wegen der Locke. Ach, weißt du das noch gar nicht? Siehst du, das ist das Problem. Man weiß gar nicht mehr, wem man was erzählt hat. Deshalb sollten wir uns unbedingt mal austauschen."
„Auf einer Fahrt nach Soest?"
„Ich bin in zwanzig Minuten bei dir."
Als Max den Hörer auflegte, war das einer der Momente, wo er glücklich war, noch immer ein Single zu sein. Frauen waren ja anstrengend genug, aber schwangere Frauen? Denen war er einfach nicht gewachsen.

40

„Das ist Schwachsinn", schimpfte Max. „Was sollen wir in Soest? Wenn an der Sache überhaupt irgend etwas dran ist, dann liegt es doch in Paderborn verborgen. Schließlich hat Peuler die Stelle in Paderborn abgelehnt, nicht die in Soest."
„Aber Soest ist nicht so weit weg."
„Alexa, das ist unlogisch. Wir können doch nicht nach Soest fahren, nur weil das nicht so weit weg ist. Wenn's danach ginge, könnten wir auch in Arnsberg rumsuchen. Ist auch nicht so weit."
„Wir haben keinen rechten Ansatz, deshalb ist Soest eine gute Möglichkeit."
„Aha!" Max gab es auf. Alexa war schwanger. Da gingen Frauen offensichtlich die Hormone durch. Sinnlos, sachlich mit ihnen zu diskutieren.
„Wir können doch an seiner alten Arbeitsstelle nachfra-

gen, ob bekannt ist, warum Peuler die Paderborner Stelle damals nicht angetreten hat."

„*Damals*, Alexa, du sagst es, das ist fast fünfundzwanzig Jahre her. Meinst du, die Leute, die mittlerweile dort arbeiten, haben noch irgendeine Ahnung von einem Oberarzt, der dort vor 25 Jahren gearbeitet hat?" Max wurde jetzt zynisch. „Sicher ist das eine Besonderheit beim Einstellungstest. *Nennen Sie die komplette Krankenhausbelegschaft der letzten fünfzig Jahre. Bei Nichtwissen stellen wir lieber eine andere Schwester ein.*"

Alexa ignorierte Max einfach und stellte das Radio an.

„Schöne Landschaft", sagte Max nach einer Weile, weil er auch mal etwas Positives von sich geben wollte.

„Ich weiß schon, warum ich die Juckelstrecke genommen habe. Ist die nicht herrlich?"

Max lehnte den Kopf an die Scheibe der Beifahrertür. Sicher, unter normalen Bedingungen hätte man die Soester Börde glatt genießen können. Sonnengelbe Rapsfelder, die Bäume in verschiedensten Grüntönen - traumhaft. Hinsichtlich seiner Kopfschmerzen beherrschte ihn allerdings nur eine Frage: Warum war er hier und nicht in seinem Bett?

„Wir sind bald da", erklärte Alexa, als sie das Ortseingangsschild von Soest passierten. An der nächsten Kreuzung fuhren sie geradeaus ins Zentrum, während links eine Umgehungsstraße ausgeschildert war.

„Dort geht's nach Hamm", murmelte Max. „Da lebt Frau Peulers Mutter."

Alexa reagierte ziemlich direkt. Im ersten Moment glaubte Max, es müsse ihnen nun unweigerlich jemand auffahren - so abrupt hielt Alexa an.

„Frau Peulers Mutter? Warum sagst du das erst jetzt?"

Hinter ihnen war ein Hupen zu hören. Kein Wunder, Alexa stand mitten auf der Straße. Das war für die anderen irgendwie lästig.

„Wen interessiert das denn? Die Frau ist über neunzig und mit Sicherheit längst von der Polizei befragt worden. Vergiß es!"

„Ich glaub's ja nicht", Alexa war außer sich, fuhr aber immerhin jetzt weiter. „Jetzt überleg doch mal. Wenn irgend jemand weiß, warum die Peulers damals nicht nach Paderborn gegangen sind, dann ist es doch Eva Peulers Mutter."

„Aber Eva Peulers Mutter ist schon sehr alt."

„Ja und? Deshalb ist man doch nicht automatisch verkalkt, wohingegen es genug Leute gibt, die schon mit dreißig nicht mehr richtig drehen."

Max überhörte die Bemerkung und gab sich wieder seinen Kopfschmerzen hin.

„Da wir nun schon mal hier sind, schlage ich vor, daß wir zunächst ins Krankenhaus gehen", Alexa war wie immer ganz pragmatisch. „Und wenn das nichts ergibt, können wir ja immer noch zu Eva Peulers Mutter fahren." Max zuckte die Schultern. Von ihm aus konnte es ruhig ins Krankenhaus gehen. Immerhin war da ja wohl an eine Tablette zu kommen. Die zweite schon an diesem Tag. Und es würde sicher nicht die letzte sein.

41

Alexas Anruf erreichte mich gegen drei. Die Frau mußte notorisch unterbeschäftigt sein, oder sie hatte wahrhaftig Nick Knatterton im Blut. Wie anders ließ sich erklären, daß sie mit Max nach Soest gefahren und kurzerhand ins Marienkrankenhaus marschiert war? Leider war die Sache ohne Erfolg gewesen. Sie hatten zwar zwei, drei Personen gefunden, die sich noch an Peuler erinnern konnten, aber warum der Arzt damals ins Sauerland und nicht etwa nach Paderborn gegangen war, hatten sie nicht herausgefunden. Nun saßen sie und Max mittelmäßig frustriert in der Soester Altstadt. Max klagte wohl über Kopfschmerzen, und Alexa selbst ging es auch nicht so gut.

„Ich hab' wieder Vorwehen", sagte sie. „Ziemlich nervig, wenn man unterwegs ist."

„Vielleicht sind es gar keine Vorwehen", sagte ich aufgeregt. „Vielleicht sind es eher solche, die unmittelbar vor der Geburt anstehen. Komm besser nach Hause!"

„Wir kommen ja gleich. Aber erst trinken wir hier in der *Zwiebel* einen Kaffee, und danach möchten wir noch etwas erledigen. Eva Peuler hatte eine Mutter. Was ich sagen will, ist, Eva Peulers Mutter lebt noch, wie Max auf der Hinfahrt gnädigerweise erwähnte. Sie wohnt in Hamm, und ich könnte mir vorstellen, daß sie am ehesten weiß, warum Tochter und Schwiegersohn damals nicht nach Paderborn gegangen sind."

„In Hamm?"

„Das liegt praktisch auf unserem Rückweg."

„Alexa, ich bitte dich, das ist ein riesiger Umweg."

„Auf jeden Fall möchten wir dort noch vorbeifahren."

„Aber deine Wehen."

„Vorwehen, Vincent, Vorwehen."

„Na, wenigstens ist Max bei dir."

„Das sage ich mir auch immer wieder. Sonst hätte ich niemanden, der mir die Ohren volljammert. Ach, Vincent, wir haben da nur ein Problem."

„Schieß los."

„Wir wissen nicht, wie Eva Peulers Mutter heißt. Vielleicht weiß irgend jemand im Krankenhaus, wie Eva Peulers Mädchenname war."

„Tolle Idee. Aber du überschätzt meine Kontakte ein wenig. Ich habe zu den Schwestern nicht gerade ein Vertrauensverhältnis, und für Dr. Lübke bin ich wahrscheinlich auch kein Lieblingspatient. Stell dir vor: Gestern haben sie sogar noch meinen Zimmernachbarn entführt."

„Warum das denn?"

„Das hängt mit dem Polizeischutz zusammen. Man hielt es für sinnvoller, nur mich allein zu beschützen, um nicht noch die Besucher von Herrn Peters filzen zu müssen." Noch während ich sprach, hörte ich ein Klopfen an der Tür.

„Kann ich mir vorstellen. Aber trotzdem: Siehst du irgendeine Möglichkeit, an den Namen heranzukommen?" Alexa war penetrant.

Leise öffnete sich die Tür, und Benno schaute um die Ecke. Hinter ihm kam mein Aufpasser ins Zimmer und sah mich fragend an. Ich winkte ihm zu und signalisierte, daß Bennos Besuch völlig okay war.

„Ich sehe eine Möglichkeit", antwortete ich Alexa. „Sie kommt gerade zur Tür herein. Laß dein Handy an und

fahr ruhig schon mal los. Sobald ich den Namen weiß, ruf'
ich dich an."

Als Benno an mein Bett trat, hatte ich gleich eine Frage
an ihn. „Sag mal, Benno, hast du eine Ahnung, was Eva
Peuler für eine geborene war?"

42

Das Haus, in dem Frau Rotbusch wohnte, war wunderschön. Die ganze Straße war phantastisch. Alte Stadtvillen, viel Grün in der Straße und hinter jedem Haus ein Garten, von dem man selbst als Dorfbewohner nur träumen konnte. Die Brüderstraße in Hamm war eine allererste Adresse.

Alexa hatte sich zunächst gewundert, als Vincents Schüler am Apparat gewesen war. Aber dann hatte Benno erzählt, daß er gute Verbindungen zur Verwaltung habe, genauer zu einer Schreibkraft, die dort arbeitete, und auf diesem Wege sei er schnell an den Mädchennamen von Frau Peuler herangekommen. Er habe im Lebenslauf gestanden, den Peuler damals eingereicht hatte. Damals, als er sich um die Chefarztstelle in der Klinik beworben hatte. *1973 Heirat mit Eva Maria Peuler, geb. Rotbusch* hatte dort gestanden, schwarz auf weiß.

Alexa hatte sich den Namen sofort notiert. „Dann können wir nur hoffen, daß die Dame nicht ein zweites Mal geheiratet und ihren Namen geändert hat."

„Viel Glück!" hatte Benno noch gesagt und dann aufgelegt.

Im Telefonbuch hatte nur einmal Rotbusch gestanden. *Adele Rotbusch, Brüderstraße 17.* Das hörte sich gut an.

„Könnte aber auch eine Teesorte sein", hatte Max noch geunkt. Immerhin. Seitdem er eine dritte Tablette geschluckt hatte, ging es ihm deutlich besser.

In der Brüderstraße 17 machte erst nach dem zweiten Schellen jemand auf. Eine junge Frau in Jeans und T-Shirt. Wenn das Adele Rotbusch war, war es eine Niete.

„Wir suchen Adele Rotbusch", begann Max das Gespräch. „Es geht um ihre Tochter." Die junge Frau musterte ihn und Alexa wenig unauffällig, wobei besonders Alexas Bauch ein wahrer Blickfang zu sein schien.

„Sie sind doch nicht von der Polizei?" Die Frage beinhaltete, ob dort Frauen bis zum letzten Tag vor der Entbindung zum Dienst erscheinen mußten.

Es war wie einstudiert. Alexa sagte „Ja", Max sagte „Nein". Die Frau schaute irritiert.

Dann ergriff Alexa die Situation. „Wir sind nicht dienstlich hier. Wir sind eher privat in den Fall verwickelt."

„Ich glaube nicht, daß Frau Rotbusch-"

„Bitte!" Alexas Stimme klang flehentlich. „Wir sind weit gefahren, um Frau Rotbusch zu sehen." Max hustete in sich hinein.

Die Frau an der Tür seufzte. „Vielleicht sagen Sie mir einfach Ihren Namen."

„Schnittler –äh Jakobs", sagte Alexa. Man konnte gar nicht unseriöser erscheinen.

Um so mehr überraschte es sie, als die junge Frau sie kurze Zeit später hineinwinkte. „Sie will Sie tatsächlich sehen", meinte sie, „zumindest, wenn ich sie richtig verstanden habe." Nach ein paar Schritten drehte sich die Frau noch einmal um. „Wie Sie sicher wissen, geht es Frau Rotbusch nicht gut. Und seitdem ihre Tochter und ihr Schwiegersohn ums Leben gekommen sind, hat sich ihr Zustand deutlich verschlechtert. Heute allerdings erscheint sie mir ganz rege. Sie sitzt auf der Terrasse. Am besten gehe ich voran."

Adele Rotbusch sieht aus wie ein Adler, dachte Max als erstes. Diese spitze Nase, die stechenden Augen. Ein Adler.

Alexa dachte ganz etwas anderes. Diese Frau leidet, dachte sie. Man sieht es ihr nicht auf den ersten Blick an. Denn sie ist es nicht gewohnt, ihre Gefühle zu zeigen. Dennoch: Sie trauert. Sie trauert um ihre Tochter.

„Guten Tag, Frau Rotbusch", Alexa beugte sich vor und gab der Dame im Rollstuhl die Hand. Sie fühlte sich hart und unbeweglich an. „Mein Name ist Alexa Jakobs. Ich bin sehr froh, daß Sie mit uns sprechen möchten. Das ist mein Kollege Max Schneidt."

Max mußte grinsen. Daß Alexa ihn als Kollegen bezeichnete, hatte etwas.

„Ich kann mir vorstellen, wie sehr Sie unter dem Verlust Ihrer Tochter leiden."

Adele Rotbusch sagte etwas. Es klang wie „Stein ... Stein ... schreib". Alexa blickte hilflos zu der jungen Frau hinüber.

„Frau Rotbusch leidet seit ihrem Schlaganfall unter einer Globalaphasie", erklärte sie und schüttete eine goldfarbene Flüssigkeit aus einer Saftkaraffe in ein Glas. „Ihr fehlen Wortschatz und Grammatik. Außerdem hat die halbseitige Lähmung das Sprechen selbst fast unmöglich gemacht. Trotzdem kann sie sich manchmal verständlich machen. Nicht wahr, Frau Rotbusch, wir verstehen uns."

„Jajajaja", brabbelte Frau Rotbusch, „Fau ... Tocht ... Stein."

„Ihre Tochter ist gestorben. Eva ist tot. Sie haben recht. Wir werden bald zusammen zur Beerdigung gehen, nicht wahr?" Die junge Frau führte das Glas mit Apfelsaft der alten Dame an den Mund. Sie nahm ein Schlückchen, ein paar Tropfen rannen ihr aus dem Mund, die die junge Frau abwischte.

„Setzen Sie sich doch", sagte sie jetzt. Irgendwie wurde sie ein bißchen lockerer. „Mein Name ist übrigens Christiane Scholand. Ich komme jeden Tag zwei Stunden her und kümmere mich um Frau Rotbusch. Ohne Pflegedienst und Hilfe von außen wäre es nicht möglich, daß Frau Rotbusch noch hier in ihrem Haus wohnt."

„Fau ... Tocht ... Stein", sagte Frau Rotbusch. Alexa hatte den Eindruck, daß sie ein bißchen ärgerlich war. Vielleicht hatte sie das Gefühl, es werde zuviel über sie gesprochen und zu wenig mit ihr. Andererseits schien ihr Vokabular ja sehr eingeschränkt zu sein.

„Frau Rotbusch, Ihre Tochter ist verstorben und Ihr Schwiegersohn auch. Mein Kollege und ich, wir sind der Meinung, daß ihr Tod vielleicht mit einer älteren Geschichte zusammenhängt."

Frau Rotbusch gab ein paar Laute von sich, die überhaupt nicht zu identifizieren waren. Max wandte sich leise an Frau Scholand. „Wie ist denn ihr Sprachverständnis?

Meinen Sie, sie bekommt irgendwas mit?"

„Das ist ganz unterschiedlich, nicht wahr, Frau Rotbusch? Manchmal verstehen Sie mich ganz wunderbar, und manchmal reden wir so richtig aneinander vorbei." Frau Rotbusch gab erneut ein paar Laute von sich. Wieder war kein einziges Wort zu identifizieren. Alexa sank langsam der Mut.

„Frau Rotbusch, wir haben gehört, daß Ihr Schwiegersohn vor etwa 25 Jahren eine Stelle als Chefarzt hätte annehmen können. Eine Stelle in Paderborn. Wußten Sie davon?"

„Cheffen...cheffen", sagte Adele Rotbusch. Sie wurde etwas aufgeregt. Ein Tropfen Speichel lief ihr aus dem Mundwinkel. „Dokor...cheffen."

„Genau, er sollte eine Chefarztstelle bekommen, in Paderborn. Aber er hat diese Stelle nicht angenommen. Warum nicht?"

„Cheffen...schaffen...fahren", sagte Frau Rotbusch. „Fahren...fahren...fahren."

„Fahren? Hatte es etwas mit Fahren zu tun?"

„Jajajajaja", antwortete Frau Rotbusch. Es war jetzt für alle erkennbar, daß etwas mit ihr vorging. Sie wollte etwas loswerden, aber das war alles so mühselig.

„Es hatte mit Fahren zu tun?" wiederholte Alexa. „Wer wollte denn fahren?"

„Fau...Toch...Mann", sagte Frau Rotbusch. Und dann sagte sie es gleich nochmal. „Fau...Toch...Mann."

„Das ist schwierig für sie", flocht Christiane Scholand ein. „Es kommt ihr nicht das richtige Wort in den Sinn, sondern immer gleich ein ganzes Wortfeld: Frau, Tochter, Mann. Wenn man Glück hat, ist das Richtige dabei. Nur weiß man das leider nie so genau."

„Wollte Ihr Schwiegersohn fahren?" fragte Alexa.

„Jajajaja."

„Wollte Ihre Tochter auch fahren?"

„Jajajaja."

„Aber wohin?" Alexa wußte nicht mehr weiter. Frau Rotbusch schien Fragen einigermaßen mit 'ja' oder 'nein' beantworten zu können, aber woher sollte Alexa die richtigen Fragen wissen?

„Fall...bumm...fall", brabbelte Frau Rotbusch jetzt. Sie war immer noch sehr aufgeregt.

„Das ist neu, das sagt sie sonst nie", erklärte Frau Scholand.

„Fall...bumm...fall...fall...bumm...fall." Frau Rotbusch klang jetzt richtig verzweifelt.

„Ein Unfall!" rief Max plötzlich. „Hatte es mit einem Unfall zu tun?"

„Jajajajaja!" Frau Rotbusch schrie förmlich.

„Ich weiß nicht, ob das hier gut ist", Frau Scholand nahm Frau Rotbuschs linke Hand. „Diese Aufregung. Womöglich passiert noch etwas."

„Ein Unfall, das haben wir verstanden", Alexa stieg jetzt ebenfalls der Schweiß auf die Stirn. „Bitte beruhigen Sie sich, Frau Rotbusch, wir bekommen noch heraus, was Sie uns sagen wollen. Wir bekommen es heraus. Sie müssen sich nur beruhigen."

„Jajajajaja."

„Es ist ein Unfall passiert", wiederholte Max ruhig. „Im Krankenhaus? Ist im Krankenhaus ein Unfall passiert?"

Frau Rotbusch sagte etwas, was nicht zu verstehen war.

„Ist der Unfall im Krankenhaus passiert? Ist ein Patient zu Schaden gekommen?"

„Nei", schrie Frau Rotbusch so abrupt, daß es allen in die Glieder fuhr.

Christiane Scholand sah hilflos Alexa an. „Ich habe Angst", sagte sie dann. „Diese Aufregung ist einfach zuviel für sie."

„Der Unfall passierte nicht im Krankenhaus", sprach Max ruhig weiter. „*Bumm.* Er passierte auf der Straße."

„Jajajaja."

„Ihre Tochter und Ihr Schwiegersohn hatten einen Unfall?" faßte Alexa zusammen. „Einen Verkehrsunfall?"

„Jajajajaja."

„Wurde dabei jemand verletzt oder getötet?"

„Jajajaja."

„Es wurde jemand getötet?"

„Jajajaja."

„Kannten Sie die Person, die getötet wurde?"

Frau Rotbusch gab wieder ganz unverständliche Laute

von sich.

„Also kannten Sie die Person nicht?"

„Jajajaja."

Frau Rotbusch klang plötzlich sehr matt. Die Aufregung war von ihr gewichen.

„Ich glaube, Sie sollten jetzt aufhören." Frau Scholand griff noch einmal nach dem Glas Apfelsaft.

„Eine Frage nur noch", schloß Max. „Frau Rotbusch, könnte der Tod Ihrer Tochter mit diesem Unfall zusammenhängen?"

„Jaja. Jaja." Die Stimme klang jetzt furchtbar traurig.

Sie kann so wenig sagen, dachte Alexa, und trotzdem sagt sie so viel.

„Wir lassen Sie jetzt allein!" Max erhob sich. „Sie haben uns phantastisch geholfen, Frau Rotbusch. Vielen Dank."

Bei Alexa dauerte es einen Moment, bis sie sich aus ihrem schmalen Gartenstühlchen herausgeschält hatte. Als sie aufstand, starrte Frau Rotbusch auf ihren Bauch.

„Dadada", sagte sie und hob ein klein wenig die linke Hand. Alexa schaute auf ihren Bauch.

„Dadada"; wiederholte Frau Rotbusch.

„Ich bekomme ein Kind", sagte Alexa. „Es ist bald so weit."

„Fau...toch...mann....kin."

„Vielen Dank, Frau Rotbusch. Wenn wir mehr herausgefunden haben, werden wir Ihnen davon erzählen. Das verspreche ich Ihnen."

Frau Rotbusch starrte immer noch auf Alexas Bauch.

„Auf Wiedersehen, Frau Rotbusch. Bis bald."

„Dadadada."

Alexa hörte es noch, als sie bereits die Terrasse verlassen hatten.

43

Kurz, bevor sie das Zeitungsgebäude erreichten, spürte Alexa heftige Schmerzen. Sie blieb einen Moment stehen und wartete ab.

„Alles in Ordnung?" Max schaute sie besorgt an.

„Diese Vorwehen. Ganz schön unangenehm. Sie werden immer stärker."

„Sollen wir zurückfahren? Oder soll ich hier mit dir einen Arzt aufsuchen?"

„Um Himmels willen. Das ist völlig normal. Wir ziehen die Sache durch, jetzt, da wir direkt vorm Ziel sind."

„Sind wir das?"

Max sah unzufrieden aus. Nur auf Alexas heftiges Drängen war er mit nach Paderborn gefahren. Er hätte am liebsten alles in die Hände der Mordkommission gegeben. Andererseits hatte er keine Lust, schon wieder mit einer falschen Spur aufzulaufen. Daher hatte er sich dann doch gefügt.

Die beiden hatten lange überlegt. Wo konnte der Unfall passiert sein? Klar, zunächst hatten sie an Soest gedacht. Aber das war unlogisch. Warum hätte Peuler dann die Stelle in Paderborn ablehnen sollen? Die Sache mußte etwas mit Paderborn zu tun haben, anders war Peulers Zurückhaltung nicht zu erklären. Paderborn. Und dann war Alexa eine alte Schulfreundin eingefallen. Eine Schulfreundin, die mittlerweile bei einer Paderborner Zeitung arbeitete. „Ein Wink des Schicksals", hatte Alexa gerufen. Ein paar Minuten später dann hatte sie die Sache am Telefon klargemacht. Die Schulfreundin hatte Zugang zum Zeitungsarchiv. Und Alexa hatte sie tatsächlich dazu gebracht, schon mal mit der Suche zu beginnen.

„Vielleicht sollten wir besser-" Max schaute Alexa an. Er war noch immer nicht beruhigt.

„Nun, guck nicht so! Du wirst schon nicht als Geburtshelfer einspringen müssen, weder im Archiv noch an der Autobahnraststätte. So eine Geburt dauert. Glaub' mir! Ich hab' das schon hundertmal erlebt."

Max hatte nicht dagegengehalten, daß es durchaus Unterschiede zwischen Menschen und Zuchtschweinen geben konnte. Er hatte sich gefügt und schon war Alexa energisch Richtung Eingangstür marschiert. Der Servicebereich im unteren Geschoß war dunkel und verschlossen. Alexa sah auf die Uhr. Kurz vor acht, an einem Freitag. Falls Susanne Gerstmeier jetzt tatsächlich im Archiv der *Westfälischen* saß und nach Unfallberichten suchte, war ihr das hoch anzurechnen.

Max drückte langanhaltend auf die Klingel der Redaktion. Es dauerte eine Weile, bis eine Stimme zu hören war. Eine männliche Stimme.

„Ja?"

„Max Schneidt ist mein Name. Ich bin mit einer Freundin hier. Wir sind verabredet, mit Susanne Gerstmeier, Ihrer Kollegin."

„Alles klar. Ich komme runter."

Ein Summer ging. Max hielt Alexa die Tür auf und ging dann hinter ihr ins Treppenhaus. Sofort darauf waren Schritte im Treppenhaus zu hören. Da hüpfte jemand geradezu die Stufen herunter. Alexa hielt sich den Bauch. Diese Schmerzen wurden langsam unangenehm. Einen Moment später stand ein junger Mann vor ihnen. Er sah so dynamisch aus, wie seine Schritte geklungen hatten.

„Rossmann", sagte er und gab beiden die Hand. „Wir können gleich nach unten gehen. Susanne forstet da die Unterlagen durch. Wahrscheinlich ist sie bereits von einer Kellerassel nicht mehr zu unterscheiden."

Die Tür zu den Kellerräumen war geöffnet. Susanne hatte einen Keil unter die Eisentür geschoben. Wahrscheinlich, um die Frischluftzufuhr auf ein erträgliches Maß zu erhöhen. Der ganze Raum war mit Regalen vollgestellt. Die wiederum beherbergten allesamt dieselbe Art von großen, schwarzen Mappen. Mappen im Zeitungsformat. Es dauerte eine Weile, bis sie Alexas Schulfreundin gefunden hatten. Sie kniete in einer Ecke hinter einem Regal und las etwas.

„Alexa!" Susanne erhob sich und versuchte, den Staub von ihrer Hose zu klopfen. „Du bist ja schwanger."

„Ach, sieht man's schon?"

Max grinste. Immerhin hatte Alexa ihren Humor nicht verloren.

„Davon hast du mir ja gar nichts erzählt."

„Wir haben uns ja auch ein paar Jahre nicht gesprochen."

„Das stimmt." Susanne sah Alexa neugierig in die Augen. „Wirklich ein Ding, daß du dich so plötzlich gemeldet hast."

„Ich hoffe, du nimmst mir das nicht übel. Ich meine, daß

ich nach Jahren anrufe und dann gleich eine Bitte an dich habe."

„Das ist schon in Ordnung. Wenn ich dir nicht hätte helfen wollen, hätte ich abgesagt."

Alexa lächelte. Was Susanne sagte, stimmte. Susanne hatte immer schon das getan, was sie tun wollte. Sie hatte nach dem Abitur zunächst ein Studium angefangen, Jura, glaubte Alexa, was sie aber schon nach einem Semester abgebrochen hatte. Danach war sie mit einer Theatergruppe durchs Land gezogen. Ein Trüppchen, das Kindertheater machte. Aber in einer Größenordnung, bei der Alexa sich heute noch fragte, wovon Susanne sich damals über Wasser gehalten hatte. Später dann hatte sie zu schreiben begonnen, zunächst für ein alternatives Stadtmagazin, anschließend hatte sie sich für ein Volontariat qualifiziert. Sie hatte Glück gehabt, war noch hineingerutscht. Nach einigen Umwegen arbeitete sie jetzt als Redakteurin hier in Paderborn. Susanne war eine der wenigen in Alexas Abiturjahrgang, die sich ein paar Extratouren gegönnt hatten. Und die waren ihr anzusehen. Ihr Gesicht sah ein wenig verlebt aus. Aber sie schien glücklich, zufrieden. Offensichtlich war sie richtig angekommen.

„Das ist übrigens Max, ein guter Freund. Wir haben die Sache mit dem Unfall gemeinsam herausgekriegt. Hast du in den Zeitungen schon etwas gefunden?"

„Schon, aber eure Angaben sind sehr ungenau. Innerhalb der drei Monate, auf die ich mich konzentrieren sollte, habe ich drei tödliche Unfälle gefunden."

„Bevor du loslegst", schaltete sich plötzlich Kollege Rossman ein, der immer noch hinter ihnen stand, „ich muß wieder nach oben - Spätschicht in der Redaktion."

„Alles klar, vielen Dank", Susanne winkte ihm abwesend nach. Dann wandte sie sich wieder an Alexa.

„Also, hier sind die drei", sie griff nach zwei Mappen, die sie sich auf dem Boden zurechtgelegt hatte. „Am besten gehen wir drüben an den Tisch." Tatsächlich stand mitten im Raum ein alter Tisch. Er war komplett eingestaubt.

„Stühle gibt's hier nicht", erklärte Susanne. „Ich hoffe, es geht auch so."

Alexa nickte flüchtig und schaute gespannt auf die Mappen.

„Also, der erste Vorfall passierte Ende April 1975, auf der B1 Richtung Salzkotten. Hier ist ein Bericht vom 28. April 1975. Ein Motorradfahrer hat an einer unübersichtlichen Stelle überholt und ist unter einen Sattelschlepper geraten. Er war sofort tot."

„Ein Sattelschlepper", murmelte Max, „in unserem Fall eher unwahrscheinlich."

Susanne schaute Alexa an. Als die nickte, machte sie weiter.

„Der nächste Fall war Anfang Juni. Eine Gruppe junger Leute in Papas Wagen. Hier ist der Bericht, datiert am 3. Juni 1975. Der Fahrer hatte etwas getrunken und ist zu schnell gefahren. Als er mit vollem Karacho gegen einen Baum raste, wurde der Beifahrer schwer verletzt. Er starb einen Tag später im Krankenhaus."

„Im Krankenhaus", murmelte Max und wandte sich an Alexa. „Was hältst du davon?"

„Es stimmt nicht mit dem überein, was Frau Rotbusch uns sagen wollte. Aber man kann nie wissen. Steht irgend etwas im Artikel über den Fahrer? Und saßen noch mehr Leute im Auto?"

Susanne beugte sich tiefer über den Artikel. „Das Ganze passierte in Elsen, also ganz hier in der Nähe. Der Fahrer hieß Jürgen P., der verstorbene Beifahrer Günter S. So steht es jedenfalls hierdrin. Eine weitere Mitfahrerin wurde leicht verletzt. Ich kann euch den Bericht auf jeden Fall kopieren."

Alexa nickte. „Unmöglich ist es nicht, daß unsere Geschichte damit zusammenhängt. Worum geht's denn bei dem dritten Fall?"

„Zwei Fahrradfahrer", antwortete Susanne. „Kurz vor Mönkeloh außerhalb der Ortschaft."

„Beide tot?" wollte Max wissen.

„Nein, ganz anders", Susanne legte sich die Zeitung zurecht. „Zwei Kinder waren auf dem Heimweg vom Spielen. Ein Junge, neun Jahre, und seine kleine Schwester, fünf. Der Junge fuhr auf seinem Fahrrad, das Mädchen saß hinten auf dem Gepäckträger. Plötzlich sprang das

Mädchen ab und lief auf die Straße. Dort wurde es vom Auto erfaßt."

„Zwei Kinder", murmelte Alexa. Max dachte dasselbe.

„Deshalb hat sie immer auf deinen Bauch gezeigt. Es waren Kinder."

„Wer hat das Auto gefahren?"

„Ein Paar. Mehr steht hier nicht. Auch kein Namenskürzel. Wenn es stimmt, was hier drinsteht, haben die beiden keine Schuld. Sie sind nicht mit überhöhter Geschwindigkeit gefahren. Ein tragischer Unfall."

Alexa quetschte sich noch enger an Susanne und schaute ihr über die Schulter. Als sie das Foto sah, wußte sie Bescheid. Im Hintergrund war zu erkennen, wie ein Verletzter versorgt wurde. Zwei Rettungssanitäter waren von hinten fotografiert worden. Sie knieten vor einer liegenden Person, die nicht genauer zu erkennen war. Daneben lag ein Fahrrad und an der Seite war der Rettungswagen zu erkennen. Ein Rettungswagen vom Deutschen Roten Kreuz.

Alexa sah das Kreuz.

Das große rote Kreuz.

Ein Schmerz fuhr durch ihren Körper. In diesem Augenblick wußte sie, daß ihre Geburt längst angefangen hatte.

44

„Noch sechzehn Arbeitstage", sagte Benno gerade, als das Telefon klingelte. „Noch sechzehn Arbeitstage, dann ist meine Zivi-Zeit vorbei." Ich hob ab.

„Alexa, bist du's? Na, Gott sei Dank."

Alexa war aufgeregt. „Vincent, wir glauben zu wissen, was passiert ist. Peuler und seine Frau hatten damals einen Autounfall. Kurz bevor Peuler in Paderborn die Chefarztstelle annehmen wollte. Ein Mädchen ist überfahren worden. Ein Mädchen, das vom Gepäckträger ihres Bruders abgesprungen und so unters Auto geraten ist."

„Um Gottes Willen. Hatten die Peulers Mitschuld? Haben sie Fahrerflucht begangen?"

„Nein, überhaupt nicht. Jedenfalls sieht es für uns so

aus. Wir halten es für möglich, daß Peuler im Zusammenhang mit seiner Stelle in Paderborn war. Denn der Unfall ist ganz hier in der Nähe passiert. Natürlich war ein Krankenwagen da, ein Rettungswagen vom DRK mit einem großen roten Kreuz als Erkennungszeichen."

„Das Kreuz."

„Wir können uns die ganze Geschichte nur zusammenreimen. Aber vermutlich gehörte der Wagen zu dem Krankenhaus, in dem Peuler anfangen wollte. Wahrscheinlich hat er sich einfach gescheut, mit so einer Geschichte hier eingeführt zu werden. Nur so können wir uns erklären, daß er die Stelle kurzfristig abgelehnt hat und statt dessen ins Sauerland gegangen ist."

„Verstehe. Alexa, wo seid ihr denn jetzt? Und wie geht es dir?"

„Wir sind auf der A55 kurz hinter Paderborn. Max fährt wie ein Gesenkter. Denn ehrlich gesagt, habe ich das Gefühl - nun, das Baby-"

„Alexa, ist es losgegangen?"

„Ich glaub' schon."

„Ach, du lieber Himmel. Fahr lieber vor Ort ins Krankenhaus. Ich komme direkt dorthin. Das ist kein Problem."

Benno machte mir ein Zeichen. Er wollte signalisieren, daß er mich fahren konnte.

„Nein, Vincent, ich möchte nach Hause. Zeitlich ist das auch kein Problem. Die Wehen kommen erst alle zehn Minuten, und-"

„Acht", hörte ich Max im Hintergrund sagen. Ich fing an zu schwitzen.

„Wir sind spätestens in einer guten Stunde bei dir. Mach dir keine Sorgen. Was mich viel mehr beschäftigt-" Alexa wirkte jetzt richtig außer Atem, „falls dieser Unfall mit den Morden zusammenhängt – und Max und ich sind uns da ziemlich sicher – dann kommt vor allem der Bruder des Mädchens in Betracht. Ich möchte, daß du das weißt. Leider haben wir keinen Namen. Die ganze Sache ist damals mit großer Diskretion behandelt worden, wahrscheinlich ganz im Sinne der Peulers. Auf jeden Fall passierte der Unfall im Juni 1975. Das heißt, der Bruder ist jetzt vierunddreißig Jahre alt."

„Und du meinst - also, es könnte sein, daß es dieser Bruder ist, der hier auf der Station herumgeistert?"

„Genau, Vincent, deshalb paß auf dich auf. Wir sind bald da, und dann wirst du als Vater gebraucht."

„Alexa, um mich mache ich mir keine Sorgen. Vor meiner Tür steht ein Polizeibeamter. Aber deine Situation ist viel schlimmer. Denn bei dir steht leider keine Hebamme vor der Tür."

„Aber Max sitzt zu meiner Linken, nicht wahr, Max?"

Ich hörte, wie Max etwas murmelte. Ich durfte mir die Lage nicht näher ausmalen.

„Vincent, ich mache jetzt Schluß. Die nächste Wehe ist im Anmarsch. Bis später."

„Eine Frage noch: Ist die Polizei informiert?"

Es tutete in meiner Leitung. Alexa hatte schon auf den Aus-Knopf gedrückt.

Benno sah mich sorgenvoll an. „Kann ich irgendwie behilflich sein?"

Ich warf einen Blick auf meine Armbanduhr und ließ mich zurück aufs Kissen fallen. Dort dachte ich einen Moment lang nach. Dann erzählte ich Benno die ganze Geschichte in kurzen Sätzen.

„Vierunddreißig", murmelte Benno. Er hatte den Kopf auf seine Hände gestützt. „Es gibt unendlich viele Leute in dem Alter hier im Krankenhaus."

„Wir können das einschränken. Es muß ein Mann sein. Einer, der höchstwahrscheinlich nicht hier geboren ist, sondern eher im Paderborner Raum."

„Es sind immer noch etliche."

„Und hier auf der Station?"

„Hier auf der Station?" Benno dachte nach. „Wir haben doch hier kaum Männer. Die Ärzte kann ich so schlecht schätzen. Dr. Schulz, unser Arzt im Praktischen Jahr? Der ist jünger. Ende Zwanzig, auf keinen Fall älter. Dr Hartmann? Der dürfte älter sein, so Anfang Vierzig. Wolkov? Naja, der fällt wohl raus. Sein Geburtsort liegt deutlich weiter im Osten. Zwei junge Assistenzärztinnen hätte ich noch zu bieten. Aber eine Geschlechtsumwandlung haben die sicher nicht hinter sich."

„Und die Pfleger?"

„Wir haben hier doch fast nur- Stefan!" sagte Benno plötzlich. „Wir haben hier nur einen Pfleger in dem Alter. Pfleger Stefan."

„Und der ist auch noch nicht allzu lange hier, sagtest du."

„Genau. Ein paar Monate, länger nicht."

Mir kam in den Sinn, daß ich Pfleger Stefan begegnet war, nachdem ich meine Balkonkletteraktion hinter mich gebracht hatte. Vielleicht hatten die beiden Patienten dem Pfleger prompt alles erzählt. Wie sonst hätte jemand darauf kommen können, in meinem Schränkchen nach der Locke zu suchen?

„Weißt du, wo er geboren ist?"

„Noch nicht, aber bald." Benno sprang auf.

„Was hast du vor?"

„Meine Verbindungen zur Verwaltung nutzen."

„Benno, du bist verrückt. Es ist gleich neun Uhr. Freitag abend. Da sitzt niemand mehr in der Verwaltung."

„Um so besser!"

„Benno!" Ich schrie beinahe. Gleich würde mein Polizist hereinkommen.

Benno drängte sich aus der Tür. „Eine Viertelstunde, dann weiß ich Bescheid."

Schon war der gelbgefärbte Kopf verschwunden. Das gefiel mir nicht. Benno konnte sich hier nicht illegal Informationen beschaffen. Wie wollte er in die Büros hineinkommen? Verflixt, ich setzte mich auf die Bettkante. Gegen zehn konnte ich mit Alexa rechnen. Abgehetzt und fertig mit den Nerven. Das konnte nicht gut für unser Kind sein! Mein Gott, wir hatten die Geburt gedanklich so gut vorbereitet, und jetzt ging alles daneben. Erst dieser Krankenhausaufenthalt inklusive Mordeinheit und jetzt noch so eine stressige Niederkunft. Schlechter hätte das alles nicht laufen können. Langsam zog ich mich an. Meine Straßenkleidung. Egal, was heute passierte. Wenn ich Alexa bei mir hatte, würde ich sie keine Minute mehr aus den Augen lassen. Ich würde die morgige Abschlußuntersuchung nicht mehr abwarten. Ab jetzt war ich für mein Kind da, fertig, aus. Ich sah auf die Uhr. Zehn Minuten waren rum, und Benno war immer noch nicht da. Kein

Wunder, er mußte ja auch zunächst ein paar Schlösser knacken. Ich atmete tief durch. Benno war einmal mein Schüler gewesen. Ich wollte nicht, daß er durch die Klinik lief und Schlösser knackte. Leise ging ich zur Tür und öffnete sie einen Spalt. Dann machte ich einen Schritt hinaus in den Gang. Der Polizist saß nicht vor meiner Tür. Er stand am Ende des Flurs und unterhielt sich mit einer Person in weißer Kleidung. Wahrscheinlich starb er vor Langeweile und hielt hin und wieder mit einem Pfleger ein Pläuschchen. Hoffentlich hatte ihm jemand gesagt, daß gerade das Personal am verdächtigsten war. Ich versuchte zu erkennen, mit wem der Polizist es zu tun hatte. Der Beamte stand mit dem Rücken zu mir. Er war so massig, daß sein Gesprächspartner kaum zu identifizieren war. Jetzt bewegte sich der Polizist ein bißchen und machte die Sicht ein ganz klein wenig frei. Pfleger Stefan? Nein, der hatte doch blondes Haar und einen Zopf. Der Typ dahinten war dunkel. Dann erkannte ich ihn. Der Läufer. Der Mann vom Hol- und Bringedienst. Der Polizist stand weiter mit dem Rücken zu mir. Leise schloß ich die Tür zu meinem Krankenzimmer. Dann bog ich nach rechts ab und ging eiligen Schrittes den Flur entlang. Als ich die Stelle erreicht hatte, wo der Flur eine Biegung machte, atmete ich tief durch. Jetzt mußte ich nur noch die Verwaltung finden. Wenn alles gutging, war ich in ein paar Minuten wieder hier. Dann hatte ich noch genug Zeit, um Alexa in Empfang zu nehmen. Und um unser Kind auf die Welt zu begleiten.

Ich schluckte und rannte los.

45

Mit den Personalakten gab es ein Problem. Klar waren sie hier alle wunderbar in Hängeordnern einsortiert. Aber natürlich nach Nachnamen! Nur, wie hieß Pfleger Stefan mit Nachnamen? Benno hatte keine Ahnung. Er konnte doch jetzt nicht alle Akten durchgehen. Bis er das geschafft hatte, hätte sicherlich jemand Licht hier im Verwaltungstrakt gesehen und Alarm geschlagen. Benno dachte krampfhaft nach. Wie wäre es mit dem Computer? Vielleicht gab es da ebenfalls eine Aufstellung der Mitarbeiter. Wenn ja, konnte er dort schneller nach einem Stefan suchen. Es dauerte drei Minuten, bis der Computer hochgefahren war. Benno trommelte nervös auf den Schreibtisch. Endlich erschien eine Programmübersicht. Doch plötzlich schaltete sich ein Fenster davor. Der Rechner wollte ein Paßwort. Benno fluchte. Dann fing er an herumzuprobieren. *Pankratius, Pankratius-Klinik, Pankratius-Krankenhaus. Pank.* Der Bildschirm flimmerte. Es hatte tatsächlich funktioniert. *Pank.* Gar nicht mal so einfallslos, fand Benno. Wenn man bedachte, daß Zahlenmenschen ihn ausgedacht hatten. Benno klickte den Personalordner an. Dann wählte er den Ordner *Mitarbeiter*. Eine Liste von Namen tat sich auf, leider wieder ohne Vornamen. Benno hätte beinahe auf die Tastatur gedonnert. Dann riß er sich zusammen. Es mußte einen anderen Weg geben. Benno ging zurück in die Übersicht des Personalordners. *Geburtstagsliste* Es gab tatsächlich eine Datei *Geburtstagsliste*. Offensichtlich wurde dafür gesorgt, daß kein Fünfzigster ungefeiert blieb. Benno ging in die Datei hinein. Hier standen die Mitarbeiter nach Geburtstagen geordnet, angefangen im Januar bis hin zum Dezember. Und noch besser. Hier waren auch die Vornamen mit angegeben. Hier würde er Stefan auf jeden Fall finden. Es gab zwei Stefans. Einen Stefan Bergmann, geboren 1954. Und dann Stefan Kirchner, geboren 1968. Das mußte Pfleger Stefan sein. Aber er war trotzdem zu jung. Stefan Kirchner. Benno klickte sich wieder in die Mitarbeiteraufstellung ein und wählte den Namen Kirchner. Jetzt stand Stefan Kirchners Personalbogen vor ihm. *Pfleger in der chirurgischen Abteilung*. Auf jeden Fall hatte er wirklich den richtigen erwischt. *Geboren 3. Oktober 1968 in Mönchengladbach*. Fehlanzeige. Stefan paßte weder altersmäßig ganz genau, noch stimmte der Geburtsort. Es sei denn, Familie Kirchner war schon in den ersten Jahren nach Stefans Geburt nach Paderborn gezogen. Benno wechselte wieder in das Geburtstagsregister. Zumindest konnte er jetzt noch die anderen Namen durchsehen. Er konnte eine Liste machen, welche

Männer im betreffenden Jahr geboren waren. Und dann konnte er sogar nachschauen, wer von ihnen in Paderborn zur Welt gekommen war. Benno streckte sich kurz. Er mußte sich beeilen. Sonst würde irgend jemand ihn gleich überraschen.

Nach zehn Minuten hatte er acht Namen aufgeschrieben. Acht Männer, die in den Jahren 1965 bis 1967 geboren waren. Benno hatte sich entschieden, sich nicht auf ein Jahr zu beschränken. Die Altersangabe in der Zeitung konnte ungenau sein. Mit der Ausweitung fühlte er sich sicherer. Acht Männer fielen in die Sparte, von denen er vier kannte. Bei allen Vieren war er sich sicher, daß sie nichts mit einem Mord zu tun hatten. Trotzdem hatte er sich entschlossen, alle zu prüfen. Als Benno zurück in die Mitarbeiterdatei wechselte, merkte er, daß er nervös war. Was, wenn jetzt irgendwo *Paderborn* auftauchte? Natürlich war es das, worauf er hinarbeitete, aber was, wenn es wirklich passierte? Nummer eins kam aus Litauen, ein junger Assistenzarzt aus der Gyn. Nummer zwei war in Arnsberg geboren. Nummer drei in Brilon. Nummer vier stammte aus Berlin, na, endlich mal was Neues. Nummer fünf kam aus Menden, Nummer sechs – *Paderborn*. Da stand es. *Heinrich Reineken, Krankengymnast.* Er kam aus Paderborn. Henry! Benno zitterten die Finger. Im ersten Moment war er entschlossen, die Nummer der Polizei zu wählen. Dann entschied er weiterzumachen. Er mußte alle acht Namen abhaken. Alles andere wäre nicht korrekt. Nummer sieben kam aus Neuenrade. Nummer acht – *Paderborn*. Benno schluckte. Er konnte es nicht fassen. Noch einer von denen, die er kannte. *Michael Greitner. Hol- und Bringedienst.* Michael, der Bettenläufer. Hektisch fuhr Benno den Computer runter. Was sollte er jetzt tun? Die Polizei anrufen? Benno ging zur Tür und knipste das Licht aus. Er würde zunächst zum Jakobs gehen und sich mit ihm beraten. Zunächst mal zum Jakobs und dann zur Polizei.

Er schwitzte. Ja, er zitterte geradezu. Das war nicht gut. Man mußte ausgeglichen sein. Man mußte lernen, mit Krisen umzugehen. Das hatte schon der Psychologe immer gesagt. Damals, kurz nachdem es passiert war. Er hatte gesagt: Man kann die Dinge nicht rückgängig machen, aber man muß lernen, mit ihnen zu leben. Er hatte auch gesagt, es sei niemand schuld an diesem Unfall. Es sei niemand schuld. Nicht der Fahrer des Wagens. Nicht seine Mutter, die mit Grippe im Bett gelegen hatte, noch sein Vater, der so selten zu Hause war. Auch nicht er, der er seiner Schwester erlaubt hatte, sich auf den Gepäckträger zu setzen. Kinder seien unberechenbar, hatte der Psychologe gesagt, das Ganze ein tragischer Unfall, ein Schicksalsschlag, mit dem man jetzt leben müsse. Aber das konnten sie nicht. Sie alle nicht. Zuerst Mama. Mama hatte angefangen zu trinken. Immer sah sie Schneewittchen, wenn sie schlafen wollte. Immer sah sie Schneewittchen. Und deshalb fing sie an, abends ein paar Gläser Wein zu trinken. Aber das reichte irgendwann nicht mehr. Dann trank sie andere Sachen. Likör und Schnaps. Alles, was so da war. Papa schimpfte immer. Immer schimpfte er, weil er meinte, Mama habe nicht richtig aufgepaßt. Und jetzt passe sie nicht mehr richtig auf ihren Sohn auf, und alles würde den Bach runtergehen. Aber auf ihn mußte sie ja gar nicht aufpassen. Er war ja schon groß. Er konnte das schon selber. Und dann war Papa irgendwann weg, nach einem heftigen Streit. Er sagte, er könne es nicht mehr aushalten. Er würde ersticken. Mama würde alles kaputtmachen.

Ja, und dann war er mit Mama allein. Jetzt mußte er auf Mama aufpassen. Denn Mama war immer krank. Und traurig war Mama auch. Arbeiten konnte sie schon gar nicht. Immer war sie krank, die ganzen Jahre lang. Und dann war sie irgendwann gestorben. Vor zwei Jahren war sie gestorben. Sie war jetzt bei Schneewittchen, und das war gut. Vielleicht konnte sie jetzt auch Schneewittchen wieder ein paar Märchen erzäh-

len. Das hatte sie früher so oft gemacht. Sie hatte bei Schneewittchen am Bett gesessen, und dann hatte sie ein Märchen erzählt. Und wenn sie nicht gestorben sind, dann leben sie noch heute glücklich beisammen. *So hatten die Märchen fast immer geendet. Und wenn Mama dann rausgegangen war, dann hatte er das Märchen für seine Schwester noch einmal erzählt. Am liebsten das Märchen „Schneewittchen". Denn das war sie ja selber. Sie hatte schwarze Haare, ganz dicke schwarze Haare. Und sie hatte eine helle Haut und rote Lippen, so wie Schneewittchen. Deshalb nannten Mama und er sie so. Schneewittchen. Nachher hatte er oft daran denken müssen. An den letzten Satz.* Und wenn sie nicht gestorben sind, dann leben sie noch heute glücklich beisammen. *Schneewittchen lebte nicht mehr. Und Mama auch nicht. Wer noch lebte, war der Mann im Auto. Der, der Schneewittchen totgefahren hatte. Er lebte immer weiter, glücklich beisammen mit seiner Frau. Und das war nicht gerecht. Das war ganz anders als im Märchen. Im Märchen wurden immer die Bösen bestraft, und nicht die Guten. Im Märchen war das so. Und dann hatte er sich irgendwann auf die Suche gemacht. Und hatte ihn gefunden. Dr. Peuler. Seinen Namen wußte er ja noch von damals. Damals hatten er und seine Frau sie einmal besucht. Sie hatten helfen wollen. Frau Peuler hatte sogar geweint. Aber seine Mutter hatte gesagt, sie bräuchten keine Hilfe. Sie kämen schon klar. Und es wäre wohl besser, wenn sie nicht wiederkämen. Mit dem Unfall müßte schon jeder selber klarkommen. Da waren sie dann abgezogen, die Peulers. Er hatte sie erst 24 Jahre später wiedergesehen, kurz nachdem er sich entschieden hatte. Als Mama tot war, war der Entschluß in ihm gereift. Wenn es schon nicht von allein wie im Märchen passierte, dann würde er eben nachhelfen. Er wußte ja, in welcher Stadt sie wohnten. Dort hatte er einfach ins Telefonbuch geguckt. Ob sie immer noch da waren. Und tatsächlich. Dr. Hartmut Peuler wohnte noch hier. Die Straße war leicht zu finden gewesen. Dann hatte er sie beobachtet. Er hatte gesehen, daß sie wirk-*

lich glücklich beisammenlebten. Er hatte herausgefunden, daß er Arzt war und in welcher Klinik er arbeitete. Und dann hatte er einen Entschluß gefaßt: Er würde auch dort arbeiten! Das hatte nicht auf Anhieb geklappt. Aber er hatte ja Zeit. Nach einer Weile hatte er sich nochmal vorgestellt, und nach einigem Zögern war man sich dann einig geworden. Man konnte ihn verwenden. Am nächsten Ersten hatte er seinen Dienst begonnen. Plötzlich war er ihm nahe gewesen. Oft hatte er ihn schon morgens gesehen, wenn er in die Klinik gekommen war, gutgelaunt und ausgeglichen. Der Mann hatte sein Glück in der Tasche gehabt.

Schon bald hatte er gewußt, daß es morgens sein sollte. Morgens war Peulers Glück am größten gewesen, und morgens hatte er sich immer Zeit für sich allein genommen. Eine gute halbe Stunde saß er dann in seinem Büro und bereitete sich vor. Niemand durfte ihn dann stören. Es sei denn, es handelte sich um einen Notfall. So hatte er es dann auch aussehen lassen. Eine wichtige Angelegenheit, Herr Dr. Peuler. Hier, ein Schreiben von Dr. Kellermann. Sie möchten es sich bitte kurz durchlesen und mir dann wieder mitgeben. *Dr. Peuler hatte ihn kurz angeblickt und einen Moment gezögert. Fast hatte er gedacht, der Arzt habe ihn erkannt. Dann jedoch hatte Peuler das Schreiben angenommen und sich hineinvertieft. Drei Sekunden lang. In der Zeit hatte er nach dem Stein gegriffen, den er bei seinem letzten Besuch dafür vorgesehen hatte, und mit voller Wucht zugeschlagen. Peuler war nach vorne gekippt. Er hatte keinen Mucks mehr gesagt. Dann hatte er das Skalpell herausgeholt und das Kreuz in seinen Rücken geritzt. Das war einfacher gewesen, als er gedacht hatte. Aber es war ja auch ein gutes Skalpell gewesen, eines der besten, die auf dem Markt waren. Dann hatte er die Locke aus der Tasche gezogen und den mitgebrachten Tesafilm, und hatte das Haar an der Rückwand der Schublade verklebt. Er hatte all seine Zeichen hinterlassen. Dann hatte er den selbst verfaßten Zettel unter Peulers Kopf hervorgezogen und war gegangen.*

Das Ganze war ihm gut gelungen. Nicht mal Fingerabdrücke hatte er hinterlassen, denn er hatte einen Handschuh getragen. Die rechte Hand hatte im Handschuh gesteckt, die linke nicht, denn damit hatte er Peuler den Zettel gereicht. Alles war gut ausgedacht, sehr gut ausgedacht. Und auch beim zweiten Mal hatte er mit viel Sorgfalt gearbeitet. Allerdings war ihm dabei der Zufall zu Hilfe gekommen. Eigentlich hatte er nur mal schauen wollen - sich nochmal ein Bild machen, vom Haus, vom Grundstück, von der Einfahrt, um besser planen zu können. Und dann war sie einfach aus dem Haus gekommen. In Sportkleidung. Er hatte verwirrt auf die Uhr gesehen. Früher war sie immer schon früh morgens aufgebrochen, wenn sie walken wollte. Warum also jetzt erst am späten Vormittag? Aber sie war wohl aus dem Rhythmus. Das konnte man ihr ansehen. Sie war aus dem Rhythmus. Auf jeden Fall hatte er sofort gespürt, daß das eine Gelegenheit war. Er wußte, wo sie langlief, und er wußte, wo er sie mit dem Auto antreffen konnte. An den Wagen zu kommen war ganz problemlos gewesen und das Abpassen auch. Und sogar die Sache selbst war ihm leicht gefallen. Noch leichter als bei ihrem Mann. Vielleicht weil die Art und Weise, wie er es getan hatte, so eng mit Schneewittchen verknüpft war. Oder weil er wußte, daß er es nun vollständig geschafft hatte. Vollständig, weil sie jetzt beide ihre Strafe bekommen hatten - beide, die sie im Auto gesessen hatten. Ihre gerechte Strafe. Das war richtig.

Und trotzdem hatte er jetzt ein Problem. Da war dieser Lehrer. Das wußte er jetzt. Er war ein Lehrer. Und dieser Lehrer war ihm auf den Fersen. Er hatte die Locke gefunden. Und er wußte irgend etwas über Schneewittchen. Dieser Lehrer würde dafür sorgen, daß er eingesperrt wurde. Davon war er fest überzeugt. Er würde die Sache nicht auf sich beruhen lassen. Er würde ihn verfolgen, ihn verraten. Das wollte er nicht. Das wollte er ganz und gar nicht! Aber dieser Mann wurde den ganzen Tag überwacht. Ein Polizeibeamter saß vor seinem Zimmer. Sie ließen niemanden durch außer dem Lübke. Das hatte der Polizist selbst erzählt. Jetzt mußte er eine Lösung finden. Eine Lösung. Müde wiegte er sich hin und her. Er wäre gerne nach Hause gegangen. Aber er konnte doch nicht einfach gehen. Nicht, bevor er eine Lösung gefunden hatte. Ruckartig bewegte er sich nach hinten und stieß gegen die harte Kirchenbank. Er würde nicht eher gehen, bevor er die Lösung nicht im Blick hatte.

46

Benno war nicht da. Überhaupt sah der ganze Verwaltungstrakt verriegelt und verrammelt aus. Alles war dunkel. Offensichtlich hatte Benno kein Glück gehabt. Vielleicht versuchte er es jetzt auf anderem Wege. Ich beschloß denselben Umweg zu nehmen, den ich auch gekommen war. Vielleicht konnte ich so wieder in mein Zimmer eindringen, ohne daß meinem Polizisten mein Verschwinden überhaupt aufgefallen war. Als ich ins Treppenhaus kam, war es gespenstisch still. Nur eine Notbeleuchtung war angeschaltet, es war nicht so richtig hell. Eilig machte ich mich auf den Weg nach oben, als ich plötzlich ein Geräusch hörte. Ich warf einen Blick durchs Treppengeländer. Jemand kam herunter. Ich sah eine Hand auf dem Handlauf. Ein Husten. Plötzlich beugte sich oben jemand über das Geländer und schaute nach unten. Ich fuhr zusammen. Ein blonder Pferdeschwanz und blaue Augen - Pfleger Stefan.

„Sie hier?" fragte er. Eine Drohung lag in seiner Stimme. Ich überlegte keinen Augenblick länger, peste die Treppenstufen nach unten und riß die Tür zum Flur auf. Niemand war zu sehen. Die Cafeteria geschlossen. Nur das Portal der Kapelle war bloß angelehnt. Ich warf einen Blick zurück. Stefan war noch nicht zu sehen. Mit drei Schritten war ich an der Kirchentür und ließ sie hinter mir ins Schloß fallen. Links stand die Orgel. Ich ging daran vorbei und versteckte mich dahinter. Falls dieser Stefan hereinkam, würde er mich nicht sofort entdecken. Ich atmete durch. Meine Seite schmerzte. Wahrscheinlich von der Herumrennerei. Ich lehnte mich an die kalte Kirchenwand und schloß die Augen. Ob Stefan jetzt schon vorbei war?

Als ich die Augen öffnete, erschrak ich wie noch nie in meinem Leben. Da stand jemand mit einem Skalpell in der Hand und starrte mich an. Ich konnte nicht atmen. Ich konnte nicht schlucken. Ich hatte einfach nur Angst.

„Warum sind Sie-?" Meine Worte rannen mir aus dem Mund wie Speichel. Ich fürchtete, im nächsten Moment ohnmächtig zu werden.

„Schneewittchen", sagte der Mann. Es war der Läufer. Der Kerl vom Hol- und Bringedienst, der mich damals zusammen mit Gustav durch die Klinik geschoben hatte.

„Schneewittchen", wiederholte ich apathisch. Ich konnte kaum denken. Sollte ich den Mann zum Reden bringen? Ihn ablenken?

„Wer ist Schneewittchen?" Meine Stimme war brüchig. Ich überlegte, wie der Mann hieß. Benno hatte den Namen einmal genannt.

„Schneewittchen", sagte mein Gegenüber. Er kam einen Schritt näher. „Du weißt es doch. Du bist doch der einzige, der alles begriffen hat."

„Leider weiß ich gar nicht alles", flüsterte ich. „Ich bin nur zufällig auf das ein oder andere gestoßen. Ich gehöre nicht zur Polizei. Ich bin ein einfacher Patient."

„Du hast die Haare gefunden", sagte der Läufer. Michael hieß er. Er hieß Michael. Jetzt war der Name wieder da.

„Michael, ich weiß wie schrecklich die ganze Geschichte für Sie gewesen sein muß. Aber glauben Sie mir-"

„Schneewittchen", sagte der Mann wieder. Er hörte mir gar nicht zu und kam noch einen Schritt näher. Das Skalpell hielt er wie ein Messer auf mich gerichtet.

„Michael, hören Sie mir zu. Meine Frau ist hochschwanger. Just in diesen Minuten bringt sie unser Kind zur Welt. Ich werde Vater, verstehen Sie? Ich werde Vater."

„Schneewittchen", sagte der Läufer. Es war zum Verzweifeln. Mit einem Blick taxierte ich seinen Körperbau. Der Kerl war groß, aber nicht übermäßig kräftig. Wenn er noch einen Schritt näher kam, würde ich irgend etwas

tun müssen, um nicht alles Weitere ihm zu überlassen.
„Ich werde Vater, Michael. Sie haben doch auch eine Schwester gehabt. Sie wissen doch, daß Kinder-"

In dem Moment stürzte er auf mich zu. Ich versuchte auszuweichen und gleichzeitig den Arm mit dem Skalpell zu fassen. Die Klinge ratschte an meinem rechten Unterarm entlang und stieß dann vor die Betonwand. Mein Arm schmerzte wie wild. Trotzdem versuchte ich die Hand mit dem Skalpell zu fassen. Michael schmiß sich herum und schüttelte mich ab. Ich wich zurück. Im nächsten Moment würde er sich auf mich stürzen. Von meinem Arm tropfte Blut. Panisch schaute ich, ob irgend etwas da war, mit dem ich mich verteidigen konnte. Nur Kirchenbänke. Nichts, was man in die Hand nehmen konnte. Michael faßte das Skalpell fester. Im selben Augenblick schlug etwas auf seinen Kopf ein. Er sank ohnmächtig zu Boden. Das Skalpell schlidderte über die Steinplatten in meine Richtung. Immer noch war ich wie gelähmt. Im nächsten Moment sah ich Benno. Er war es, der mir zur Hilfe gekommen war. Er war kalkbleich und starrte auf ein Eisenteil, das vor ihm lag. Es war der Schirmständer. Benno hatte dem Läufer den Schirmständer übergezogen.

„Benno", sagte ich. „Benno."

„Sie waren nicht im Zimmer", stammelte der. „Deshalb habe ich Sie gesucht. Zum Glück hat Pfleger Stefan Sie hier in der Nähe gesehen. Sonst wäre ich nie darauf gekommen, daß Sie hier in der Kapelle sind." Dann fiel er mir in die Arme. Ich war froh, daß ich jemanden festhalten konnte.

„Was ist denn hier los?" Marlene Oberste hatte ein reizendes Stimmchen aufgelegt. Sie hetzte hinter Max in die Kapelle hinein. Die Hauptkommissarin schenkte Benno und mir nur einen kurzen Blick, beugte sich zu Michael hinunter und fühlte seinen Hals.

„Wir brauchen einen Arzt", kommandierte sie.

Benno rannte los.

„Daß Sie aber auch immer-" fuhr die Polizistin mich an. Max unterbrach sie.

„Du wirst gebraucht, Vincent. Alexa ist schon im Kreißsaal. Nun, beeil dich. Sonst kommst du zu spät."

Ich rannte. Es kam mir vor wie ein Albtraum. Aber ich rannte. Wenn ich einmal im Leben nicht zu spät kommen wollte, dann war es bei meinem Kind.

47

Ich erreichte den Kreißsaal während der Preßwehen. Alexa lag auf einem Bett und schrie vor Schmerzen. Der Anblick überwältigte mich. Alexas rotbraunes Haar breitete sich neben ihr auf dem weißen Laken aus. Ihr Gesicht war rot und verschwitzt und sie schrie, wie ich es noch nie zuvor gehört hatte. Es war ein Schreien ohne jede Zurückhaltung oder antrainierte Hemmung. Es kam aus Alexas tiefster Seele, aus ihrem Innersten. Mir kam in den Sinn, daß ein Mensch wohl nie so sehr Mensch war wie zum Zeitpunkt des Gebärens. Und es überkam mich wie eine Hitzewelle, daß ich dabei war. Daß dort gerade mein Kind zur Welt kam!

Ich näherte mich Alexa ganz vorsichtig von der Seite. Sie bemerkte mich erst, als die Wehe schwächer wurde. Ein Lächeln huschte über ihr Gesicht.

„Vincent, wie schön!"

„Alexa, ich bin jetzt bei dir. Alles ist gut." Ich setzte mich auf die Bettkante und streichelte sie. Meinen rechten Arm, den ich mit meinem Sweatshirt notdürftig umwickelt hatte, hielt ich versteckt zur Seite.

„Ist es vorbei?"

„Ja, Alexa, es ist vorbei."

„Das ist gut." Alexa lächelte wieder. Ich küßte sie sanft auf die Wange.

„Wie geht es dir? Hältst du es aus?"

„Auf jeden Fall habe ich ab heute einen Heidenrespekt vor allen Kühen, die vor meinen Augen ein Kalb zur Welt gebracht haben. Ich wußte nicht, daß man sich so sehr auf etwas freuen kann. Darauf, daß die Wehe vorbei ist."

„Sollen wir zusammen atmen?"

Alexa antwortete nicht. „Es geht wieder los", murmelte sie. Ihr ganzer Körper schien sich zusammenzuziehen. Die Hebamme und eine Ärztin, die sich bei unserer Begrüßung in die andere Ecke des Zimmers zurückgezogen hatten, kamen wieder heran.

„Versuchen Sie sich zu entspannen", sagte die Hebamme. Sie lächelte aufmunternd. „Und wenn es soweit ist, dann-"

Alexa schrie.

„Drücken Sie", rief die Hebamme, „drücken Sie nach unten. Legen Sie Ihre ganze Kraft hinein."

Plötzlich beugte sich die Gynäkologin über Alexa, legte sich auf ihren Bauch und drückte. Es war alles zuviel. Alexa schrie wie am Spieß.

„Ich sehe das Köpfchen!" rief die Hebamme. „Drücken Sie weiter. Es ist nicht mehr viel." Alexa preßte ihre Fingernägel in meinen Arm. Ich versuchte sie zu halten. Die Gynäkologin schien Alexa ersticken zu wollen.

„Es kommt", brüllte die Hebamme. Anders konnte sie sich gar nicht mehr verständlich machen. „Es kommt."

Dann ging alles ganz schnell.

„Da ist er ja!" sagte die Hebamme. Ich konnte nicht richtig sehen, weil die Gynäkologin im Weg stand. Aber da schien es tatsächlich aus Alexa herauszugleiten. Unser Kind. Unser Kind war da! Alexa sank zusammen. Ihre Anspannung war mit dem Kind entwichen. Sie war am Ende, aber sie war erleichtert. Ich spürte es unter meinem Arm. Dann umarmte ich sie, einen kurzen Moment lang. Ich umarmte sie, so gut ich konnte. Und dann sprang ich auf. Ich war zittrig. Die Beine gingen fast unter mir weg. Aber da war er. Voller Blut lag er da. Die Hebamme sortierte gerade die Nabelschnur. Der Kleine schrie ein wenig. Es hörte sich an wie ein Wimmern.

„Da ist er", stammelte ich. Ich konnte kaum sprechen vor Glück.

„Da ist er", sagte die Hebamme. „Und er ist ein Mädchen."

„Ein Mädchen." Ich war überwältigt.

„Möchten Sie die Nabelschnur durchschneiden?"

Ich nickte nur. Die Gynäkologin reichte mir eine Schere. Meine Hand zitterte. Ich konnte die Schere kaum greifen.

„Sie haben ja-" sagte die Ärztin. Entsetzt schaute sie auf meinen Arm. Mittlerweile war das Blut durch das

Sweatshirt gesickert.

„Gleich", flüsterte ich. Ich nahm die Schere in die Linke. Es dauerte noch eine Weile, bis ich es schaffte, mit der zitternden Schere die Nabelschnur zu erfassen. Dann schnitt ich.

Unser Kind war auf der Welt. Ich heulte los.

„Und du kommst jetzt ein wenig zur Mama", sagte die Hebamme. Sie nahm das Kleine und legte es Alexa an die Seite. Mir selbst rannen die Tränen übers Gesicht. Ich legte mich neben meine Tochter und schaute sie an. Sie hatte so kleine Finger, daß man Sorge hatte sie zu berühren. Und an den kleinen Fingern waren noch winzigere Fingernägel. Es war ein Wunder. Dies war ein ganz und gar vollständiger Mensch, nur so klein und zerbrechlich, daß man es kaum glauben konnte. Ihre Augen waren geöffnet. Es sah aus, als wolle sie möglichst viel von ihrer neuen Umgebung sehen.

„Sie hat deine Nase", sagte ich, beugte mich zu Alexa hinüber und küßte sie. „Sie hat wirklich deine Nase."

Alexa lächelte. Wie hatte ich nur denken können, alle Babies sähen gleich aus? Dieses unser Kind hatte eine Nase wie Alexa, und wenn ich ganz ehrlich war, glaubte ich, das Kinn meines Vaters zu erkennen. Unser Mädchen hatte große blaue Augen mit Wimpern, die sich jedes Model wünschen würde. Unser Kind war einzig und unverwechselbar. Ein Wunder der Natur und das größte Glück, das ich in meinem Leben je empfunden hatte.

„Ich störe Sie ungern", sagte die Ärztin und deutete auf meine Seite. „Aber meinen Sie nicht, Sie sollten sich verbinden lassen?"

Ich warf einen Blick auf meinen Arm. Das Sweatshirt war mittlerweile rot, und jetzt färbte sich auch das Laken, auf dem ich lag.

Alexa sah mich erschrocken an. „Du bist verletzt?"

„Nur ein Kratzer, glaub mir." Trotzdem erhob ich mich. Beim Aufstehen wurde mir etwas schummrig. „Ich lasse mir eben einen Verband anlegen. Bin gleich wieder da." Noch einmal beugte ich mich nach unten. „Paß gut auf sie auf."

Die Ärztin führte mich in einen Raum nebenan.

„Ich habe jemanden von der Chirurgie rufen lassen", sagte sie und deutete auf eine Liege. „Die kennen sich mit solchen Sachen besser aus. Legen Sie sich bitte hin. Ich nehme dann mal diesen Pullover ab, damit wir sehen, womit wir es zu tun haben." Kaum hatte sie das gesagt, öffnete sich die Tür. Ein junger Arzt kam herein. Ich wäre beinahe umgefallen.

„Dr. Wolkov", stammelte ich. „Ich dachte-"

„Falsch gedacht", murmelte der Arzt und grinste breit. „Aber da sind Sie nicht der einzige."

„Aber die Medikamente?"

„Die habe ich nicht genommen, glauben Sie mir." Dann begann er, mein Sweatshirt vom Arm zu wickeln. Ich starrte ihn immer noch ungläubig an.

„Wissen Sie, was Schlimmstes ist, was einem Mann passieren kann?" Wolkov sah mich durchdringend an. Ich schüttelte schweigend den Kopf.

„Wenn er die falsche Frau geheiratet hat." Der russische Arzt hielt noch einmal inne. „Ich wollte sie beschützen. Ich wollte nichts sagen. Sie nimmt das Zeug schon seit über ein Jahr. Mal hatte sie es von der Inneren, wo sie gearbeitet hat, mal bettelte sie, ich müsse ihr etwas besorgen. Ich wollte das nicht. Ich wollte das wirklich nicht, aber immer sagte sie, dann ginge sie weg."

„Hat Peuler davon gewußt?"

„Ja, er ist dahintergekommen. Nach einer OP ist irgend jemand aufmerksam geworden, und dann habe ich auch noch ein Medikament auf seinen Namen eingetragen. Er hat mich in Grund und Boden gebrüllt, aber stellen Sie sich vor: Er hat mich gedeckt. Gleichzeitig hat er gewollt, daß es nie wieder vorkommt und daß meine Frau eine Entziehungskur macht."

„Ich faß' es nicht."

„Meine Frau schafft es nicht. Sie kommt nicht los von dem Zeug, und ich kann das nicht mitmachen noch länger. Ich habe schon genug Fehler gemacht. Und dafür werde ich bezahlen müssen. Verstoß gegen das Betäubungsmittelgesetz. Und dann bin ich auch noch abgehauen."

„Wohin?"

„Ich war in einer Klinik, in Süddeutschland. Da habe ich

ein Gutachten erstellen lassen, damit jeder glaubt, daß ich kein Morphium genommen habe. Ich wollte das beweisen – schwarz auf weiß."

„Und? Bekommen Sie eine zweite Chance?"

„Weiß ich noch nicht. Ich war bei der Polizei zuerst. Und dann war ich bei Dr. Lübke. Er sagt, er will sehen, was er tun kann. Sicher weiß er noch nicht. Aber er bemüht sich. Und als ich beim Lübke war, da kam plötzlich dieser Anruf von der Gyn. Hier auf Station würde ein Chirurg gebraucht, und da habe ich mir den Kittel genommen und bin gerannt."

„Puh!" Ich konnte es nicht glauben. Und doch freute ich mich. Ich freute mich allgemein. Und ich freute mich für Dr. Wolkov.

„Na, dann wollen wir mal", sagte der Chirurg und nahm den Pullover ganz vom Arm herunter. Ich kann mich nur noch erinnern, daß alles rot war.

Dann sah ich eine andere Farbe. Schwarz.

48

Eine halbe Stunde später war ich wieder bei meinen Frauen. Alexa war inzwischen auf einem Patientenzimmer. Sie schlief, genauso wie unsere Kleine, die sie neben sich im Bett liegen hatte. Während ich den schwarzen Haarflaum unseres Kindes betrachtete, überkam mich plötzlich ein überwältigendes Gefühl. Ich war verantwortlich für dieses kleine Bündel. Tag und Nacht und immer und ewig.

Ich mußte an die beiden Geschwister denken, die einander verloren hatten, an die Eltern, die sicher ein Leben lang um ihre Tochter getrauert hatten. Mir wurde bewußt, wie schnell eine Biographie durch einen Schicksalsschlag aus der Bahn geraten konnte. Am liebsten hätte ich meine Tochter aufgehoben und fest an mich gedrückt. Ich wollte sie beschützen, ein Leben lang, und doch war meine Macht so klein und das Leben so groß.

Unwillig rieb ich die Tränen aus meinem Gesicht. Verflixt, dieses kleine Wesen hatte es innerhalb einer Stunde geschafft, einen hoffnungslosen Melancholiker aus mir zu machen. Vorsichtig erhob ich mich und ging nach draußen. Dies war der Moment, in dem man die Verwandtschaft anrief und alle mit der guten Nachricht überraschte. Als ich die Zimmertür hinter mir schloß, hörte ich plötzlich eine Stimme. Eine? Nein, mehrere. Max war da und Benno, beide im Gespräch mit Dr. Wolkov. Und Schwester Gertrudis war da. Wußte der Himmel, welche Glokken sie hatte läuten hören. Sie alle standen auf dem Flur. Das konnte kein Zufall sein.

„Vincent", sagte Max plötzlich. Alle schauten mich an. „Und?"

„Ein Mädchen!" rief ich. „Stellt euch vor. Es ist ein Mädchen!"

Schwester Gertrudis fiel mir als erste um den Hals. Machte sie sich Hoffnung auf klösterlichen Nachwuchs? Nein, ich glaube, sie freute sich nur.

„Ich faß' es nicht." Max schaute mich durchdringend an. „Vincent ist Vater."

„Ja", sagte ich, „Vincent ist Vater. Gott sei Dank."

„Nur eins noch", Schwester Gertrudis blickte mich nachdenklich an. „Ein Kind, das einen Rheinländer als Vater hat, aber im Sauerland geboren wird, was ist das eigentlich? Ein saurer Rheinländer?"

„Blödsinn", rief ich. Ja, ich schrie es beinahe. „Das ist ein *RH*einer Sauerländer. Geschrieben mit *H*, das sind die allerbesten."

Und dann lachte ich und weinte und dachte an Alexas Augen und an die Nase unserer Tochter und daran, daß jetzt alles anders sein würde.

Weitere Morde von Kathrin Heinrichs:

Vincent Jakobs' 1. Fall:
Ausflug ins Grüne
ISBN 3-934327-00-1   9,20 Euro

Es ist schon verrückt. Zunächst bekommt Kölschtrinker Vincent Jakobs diese Stelle als Lehrer. An einer katholischen Privatschule. In einer sauerländischen Kleinstadt. Und gerade beginnt er, das gemütliche Städtchen und seine illustren Gestalten zu schätzen, da muß er feststellen, daß sein Vorgänger auf nicht ganz undramatische Art und Weise zu Tode gekommen ist...

****

Vincent Jakobs' 2. Fall:
Der König geht tot
ISBN 3-934327-01-X   9,20 Euro

Sauerländische Schützenfeste sind mordsgefährlich. Diese Erfahrung muß auch Junglehrer Vincent Jakobs machen, als er einen Blick hinter die Kulissen wirft. Das Festmotto „Glaube, Sitte, Heimat" haben sich offensichtlich nicht alle Grünröcke auf ihre Schützenfahne geschrieben...

Weitere Morde von Kathrin Heinrichs:

Vincent Jakobs' 3. Fall:
Bauernsalat
ISBN 3-934327-02-8   9,20 Euro

Ex-Kölner Vincent Jakobs entdeckt das Landleben der besonderen Art: Bauer Schulte-Vielhaber wird von der Leiter gestürzt. Natürlich kann Vincent seine Nase nicht aus Schweinestall und Heuschober heraushalten und muß feststellen, daß die Lösung des Falls tief unter dem Misthaufen der Vergangenheit begraben liegt...

****

Süßsaure Geschichten
Nelly und das Leben
ISBN 3-934327-03-6   8,80 Euro

Warum zwei rosa Streifen das Leben verändern können.
Warum in Krabbelgruppen gelegentlich ein Mord passiert.
Warum Besuche im Spaßbad nicht wirklich spaßig sind.
Warum die erste Tupper-Party ein Wendepunkt im Leben ist.

Nellys Leben ist voller Fragen.
Und Nellys Geschichten sind voller Antworten.

****

→   *Kathrin Heinrichs im Internet*

www.Kathrin-Heinrichs.de